詞譜要籍整理與彙編（第一輯）

朱惠國◎主編　劉尊明◎副主編

詩餘圖譜

［明］張綖◎編著　劉尊明　李文韶◎整理

華東師範大學出版社
·上海·

圖書在版編目（CIP）數據

詩餘圖譜/（明）張綖編著；劉尊明，李文韶整理.
—上海：華東師範大學出版社，2022
（詞譜要籍整理與彙編）
ISBN 978-7-5760-2384-8

Ⅰ.①詩… Ⅱ.①張… ②劉… ③李… Ⅲ.①詞律—研究—中國—明代 Ⅳ.①I207.23

中國版本圖書館 CIP 數據核字（2022）第 013953 號

上海市促進文化創意產業發展財政扶持資金資助出版

詞譜要籍整理與彙編
詩餘圖譜

編 著 者 ［明］張綖
整 理 者 劉尊明 李文韶
責任編輯 時潤民
責任校對 龐 堅
裝幀設計 盧曉紅

出版發行 華東師範大學出版社
社 址 上海市中山北路 3663 號 郵編 200062
網 址 www.ecnupress.com.cn
電 話 021-60821666 行政傳真 021-62572105
客服電話 021-62865537 門市（郵購）電話 021-62869887
地 址 上海市中山北路 3663 號華東師範大學校内先鋒路口
網 店 http://hdsdcbs.tmall.com

印 刷 上海盛隆印務有限公司
開 本 890×1240 32 開
印 張 12.25
插 頁 4
字 數 205 千字
版 次 2022 年 7 月第 1 版
印 次 2022 年 7 月第 1 次
書 號 ISBN 978-7-5760-2384-8
定 價 98.00 元

出 版 人 王 焰

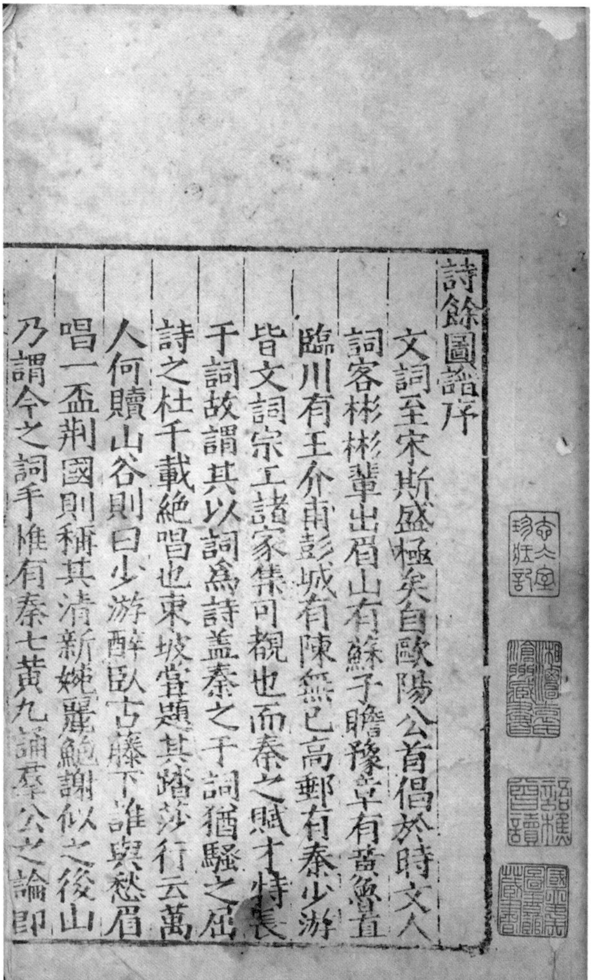

詩餘圖譜序
文詞至宋斯盛極矣自歐陽公首倡於時文人詞客彬彬輩出眉山有蘇子瞻豫章有黃魯直臨川有王介甫彭城有陳無已高郵有秦少游皆文詞宗工諸家集可覩也而秦之賦才特長于詞故謂其以詞為詩蓋秦之于詞猶騷之屈詩之杜千載絕唱也東坡嘗題其踏莎行云萬人何贖山谷則曰少游醉臥古藤下誰與愁眉唱一盃荆國則稱其清新婉麗鮑謝似之後山乃謂今之詞手惟有秦七黃九爾李公之論即

臺灣「中央圖書館」藏明嘉靖十五年（一五三六）初刻本《詩餘圖譜》書影（一）

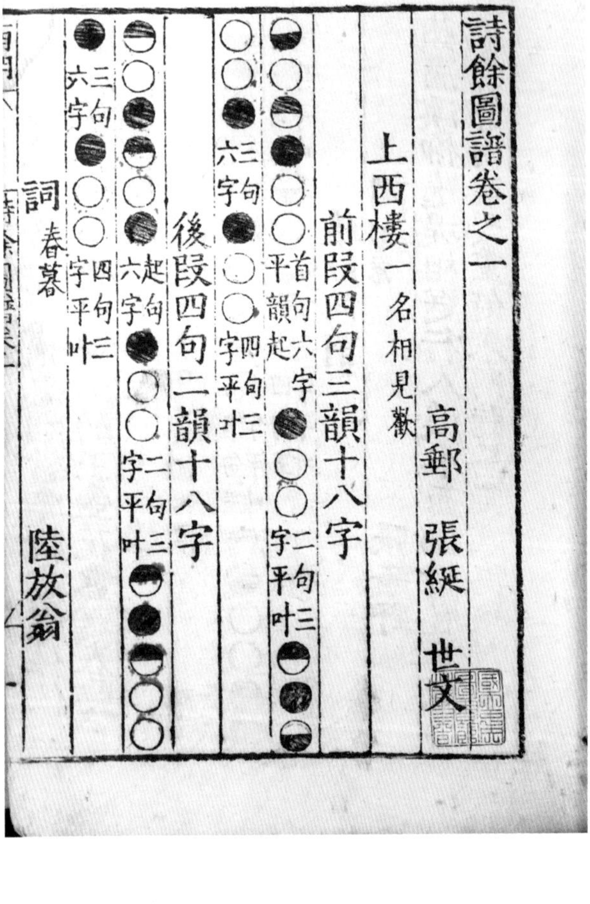

詩餘圖譜卷之一

高郵 張綖 世文

上西樓 一名相見歡

前段四句三韻十八字

首句六字平韻起

二句三字平叶

三句六字

四句三字平叶

後段四句二韻十八字

起句六字

二句三字平叶

三句六字

四句三字平叶

詞 春暮 陸放翁

詩餘圖譜卷之一

臺灣「中央圖書館」藏明嘉靖十五年（一五三六）

初刻本《詩餘圖譜》書影（二）

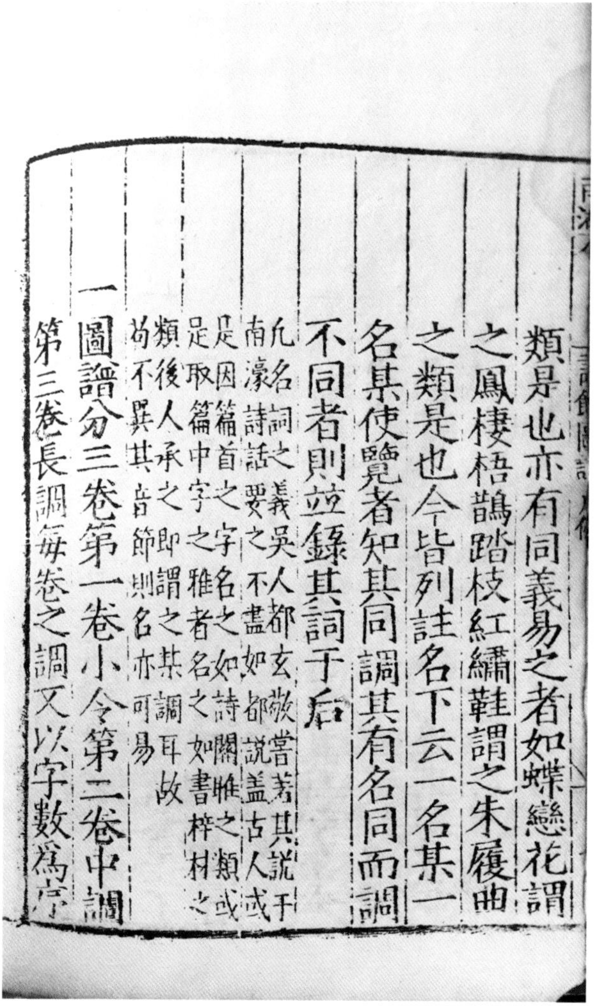
類是也亦有同義易之者如蝶戀花謂之鳳棲梧鵲踏枝紅繡鞋謂之朱履曲之類是也今皆列註名下云一名某一名某使覽者知其同調其有名同而調不同者則並錄其詞于后

凡名詞之義吳人都玄敬嘗著其說于南濠詩話要之不盡如都說蓋古人或是因篇首之字名之如詩關雎之類或是取篇中字之雅者名之如書梓材之類後人承之即謂之某調耳故苟不異其音節則名亦可易

一圖譜分三卷第一卷小令第二卷中調第三卷長調每卷之調又以字數為序

臺灣「中央圖書館」藏明嘉靖十五年（一五三六）
初刻本《詩餘圖譜》書影（三）

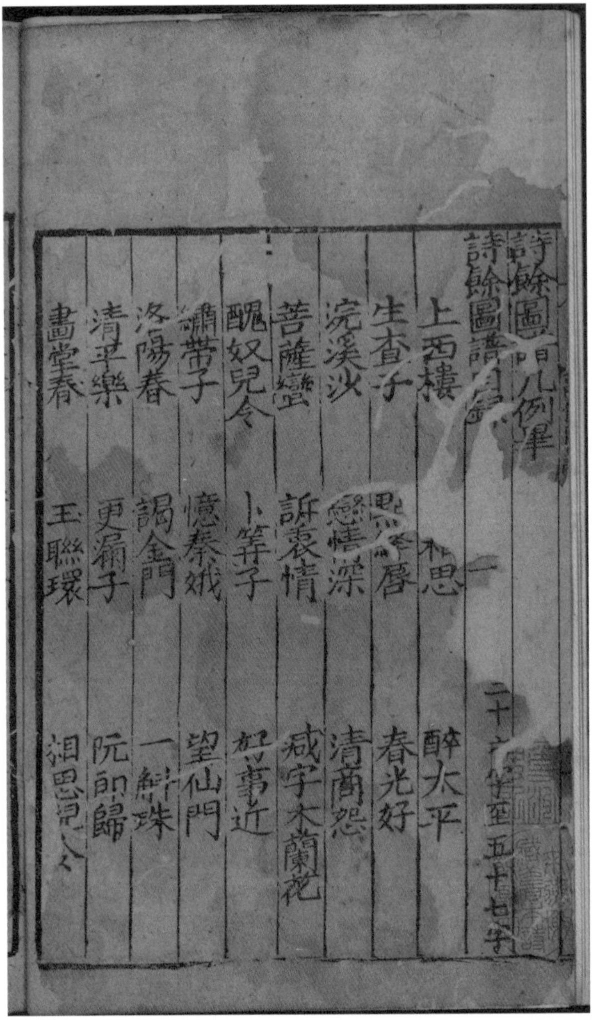

詩餘圖譜凡例畢

詩餘圖譜目錄

一　　二十六字至五十七字

上西樓　相思　醉太平

生查子　點絳脣　春光好

浣溪沙　戀情深　清商怨

菩薩蠻　訴衷情　減字木蘭花

醜奴兒令　卜算子　好事近

繡帶子　憶秦娥　望仙門

洛陽春　謁金門　一斛珠

清平樂　更漏子　阮郎歸

畫堂春　玉聯環　相思兒令

黄裳舊藏《詩餘圖譜》明刻本書影

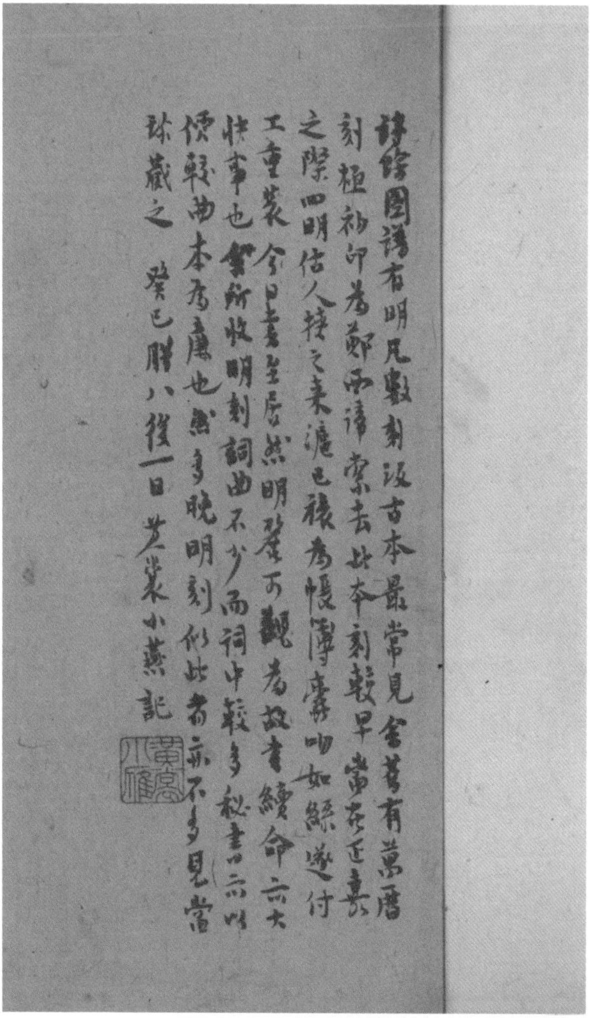

黃裳舊藏《詩餘圖譜》明刻本黃裳手書題記

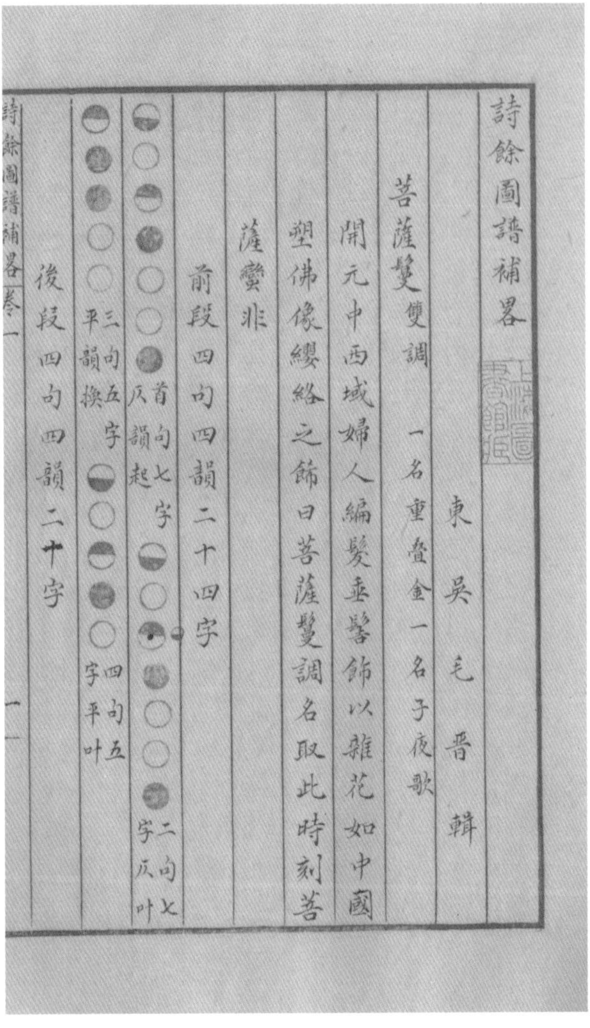
詩餘圖譜補畧

東吳毛晉輯

菩薩蠻雙調 一名重疊金一名子夜歌

開元中西域婦人編髮垂髻飾以雜花如中國塑佛像纓絡之飾曰菩薩蠻調名取此時刻菩薩蠻非

前段四句四韻二十四字

◐○◐●○○● 首句七字仄韻起 ◐○●●○○● 二句七字仄叶

◐●●○○ 三句五字平韻換 ◐○◐●○ 四句五字平叶

後段四句四韻二十字

詩餘圖譜補畧 卷一 一

上海圖書館藏鈔本《詩餘圖譜補略》書影

總序

詞譜，這裏主要指格律譜，產生於明中期，是詞樂失傳後，爲規範詞的創作而逐漸發展起來的一種專門性質的工具書。廣義的詞譜包括音樂譜和格律譜，但就明清詞譜而言，除極少數詞譜，如《自怡軒詞譜》、《碎金詞譜》是從《九宮大成》輯録而成，具有音樂性外，一般都是格律譜。

晚清以來，詞譜研究一直處於較少被關注的邊緣位置，相比詞史與詞論，詞譜研究的成果不多，且研究格局也比較狹窄，可以説，至今缺乏整體性、系統性的研究。晚清民初的詞譜研究大多集中在細部的考察和瑣碎的考訂上，對詞譜文獻尚未有全面的整理和系統的考察。民國時期，學者們多撰文專門探討四聲陰陽及詞人用調等問題，亦有一些學者熱心於增補詞調，至於詞譜的全面系統研究，則依然缺乏。一九四九年後，由於時代原因，詞譜以及與之關係密切的詞調與詞律研究長期受到冷落，直到進入新時期，相關研究才零星逐漸復甦，卻也呈現出十分不均衡的面貌：詞調研究成果相對多一些，但總體上缺乏規劃性；詞律、詞韻等方面的研究成果很少，且多見於語言學等外圍學科；詞譜文獻研究有一些進展，但主要是單個詞譜的研究，成果也比較零散；至於詞譜史的研究，不僅成果少，而且多是以史論方式介紹明清以至民國詞譜著作的編撰過程、詞律研究進程及相關學者的詞律思想主張，並没有觸及問題的實質。因此，明清詞譜的研究總體比較冷寂。

一

進入新世紀，尤其是二〇〇八年前後，明清詞譜研究開始受到重視，相關研究也逐步展開，並取得一些成績。在此過程中，有兩方面的研究推進速度較快，取得的成果也比較突出。

其一，重要詞譜的研究取得明顯進展。明清詞譜的研究起步較晚，但一些重要詞譜因爲影響較大，學術地位重要，吸引了一批學者投入較多精力進行研究，並已取得非常明顯的進展。這在《詩餘圖譜》、《欽定詞譜》、《詞繫》三部重要詞譜的研究方面表現得尤其充分。

《詩餘圖譜》是中國真正意義上的第一個詞譜，地位十分特殊，但以往專門的研究並不多。學術界雖然常常提及該譜，事實上對它的認識還比較模糊，其表現主要有兩方面：一是張冠李戴，將之和賴以邠等人的《填詞圖譜》相混淆，將後者的問題算在前者上；二是没有梳理《詩餘圖譜》版本，分不清初刻本和後續版本的區别，將後續版本中出現的問題誤以爲是張綖《詩餘圖譜》初刻本的。這兩種情況在以往的研究文章和著作中經常會遇到，直到張仲謀在臺灣發現《詩餘圖譜》初刻本，才徹底扭轉了局面。此後《詩餘圖譜》各種版本的發掘和梳理，進一步呈現了該詞譜的真實面貌和流傳過程。可以説，由於文獻資料的突破，《詩餘圖譜》的研究在最近十餘年快速推進，形成的成果也與之前有了質的變化。

《欽定詞譜》由於是「欽定」，在清代幾無討論的可能，更談不上去指謬糾誤，清以後，雖然「欽定」的禁忌不復存在，但由於該譜的「權威性」，也很少有人去留意、審視譜中的問題，部分學者也只是重視詞調補遺工作，而非對原譜本身作研究，因此《欽定詞譜》存在的問題也長期得不到糾正。但最近幾十年情況正在發生變化，陸續有學者關注此譜，將其納入研究範圍，而研究的核心内容，就是對其糾誤匡謬。大致而言，對《欽定詞譜》的研究可以分爲三個階段：第一個階段是一九九七年周玉魁發表《略論〈欽定詞譜〉的幾個問題》一文，開始對該譜進行整體性研究，並且研究的方向也十分明確，就是指出其存在的問題。這種思路事實上對《欽定詞譜》之後的研究路徑有明顯的導向作用。但作者發表此文後，再没見到其後續研究成果。第二階段是新世紀以後，主要是二〇一〇年前後，謝桃坊和蔡國强兩位發表了一系列論文，對《欽定詞譜》的問題作進一步討論，其研究思路與周文大致相近。其中謝桃坊偏重於《欽定詞譜》收録詞調標準的討論，也涉及譜中調名、分體、韻位等方面的具體問題，蔡國强則更偏重於調名、韻脚等具體問題的討論。蔡文的許多觀點之後被集中吸收到其考正著作中。第三階段是二〇一七年蔡國强的《欽定詞譜考正》出版，標誌着《欽定詞譜》的研究進入了一個新的階段。三個階段層層推進，進展較快。《詞繫》是最有價值的明清詞譜之一，但由於戰亂以及編撰者秦巘家道中落等原因，一直没有機會刊刻，外界所知甚少，因此相關的研究也就無從談起。直到上個世紀末，該書稿本被重新發現並整理出版後，學界才開始了對該書的研究。研究工作主要圍繞三個方面進行：首先是整體性介紹，由於該譜是第一次整理，這類介紹是必要的，以便於把握該譜的基本特點；其次是價值發現與詞譜史評價，這對於《詞繫》的深度認識以及詞譜史定位尤其重要；第三是文獻的發現與完善。北京師範大學出版社一九九六年出版了《詞繫》一書，是根據收藏在北京師範大學圖書館的未定稿本整理而成，其間唐圭璋、鄧魁英、劉永泰等先生做出重要貢獻。但是該稿本與夏承燾、龍榆生等先生描述的稿本不同，夏承燾等看到的是更加完善的謄清本，此事一度成爲迷案。此後有學者據《中國古籍善本書目》的著録，在北京大學圖書館發現了珍貴的謄清本，國家圖書館出版社於二〇一四年對其進行複製性出版，收入「中華再造善本續編」。至此，《詞繫》的最終面目得以被公諸於世，便於學者作進一步深入研究。《詞繫》的研究，從零到現在大致成熟，其推進速度也比較快。

其二，研究視野有所拓展，對冷僻的詞譜和海外的詞譜開始有所關注。明清詞譜研究之前主要集中在幾部比較著名的詞譜上，但最近十幾年一個明顯的變化，就是開始對冷僻的詞譜有了一定的關注，並取得初步進展。比較典型的例子是對鈔本《詞學筌蹄》、稿本《詞家玉律》、稿本《詞榘》、鈔本《詞海評林》等詞譜的關注與研究，及對稀見詞譜《牖日譜詞選》、《記紅集》、《三百詞譜》、《詩餘譜纂》、《詩餘協律》、《有真意齋詞譜》、《彈簫館詞譜》等的介紹與初步研究。其中對鈔本《詞學筌蹄》、稿本《詞槩》、稿本《詞家玉律》的研究代表了三種不同的類型。

《詞學筌蹄》以鈔本的形式存在，但在很長一段時間内被視爲一部詞選，較少受到關注。唐圭璋《全宋詞》「引用書目」將此書列爲第五類的「詞譜類」，是非常有識見的判斷，此後蔣哲倫、楊萬里編《唐宋詞書録》，也順着唐先生的思路，將其列爲「詞譜、詞韻類」。至此，該書詞譜的身份大體被確認。此書真正受到關注，進入詞譜研究的視野，是在張仲謀二〇〇五年發表《〈詞學筌蹄〉考論》一文之後。文章對該譜作了比較全面的介紹與討論，進一步論證其詞譜性質，以爲是中國現存最早的詞譜。但總體來看，作爲中國最早的詞譜，或者説詞譜的雛形，其產生的過程、背後的深層原因及詞譜學意義等問題，仍有待作進一步深入研究。

《詞槩》的編撰者方成培是有很高造詣的詞學家，其《香研居詞麈》一書向爲學界稱道，但同爲其重要詞學著作的《詞槩》卻未曾刊刻，也久未見著録，只在民國時期《歙縣志》等地方文獻上稍有提及。加上此書稿本長期保存在安徽省博物館，鮮爲人知。直到二〇〇七年鮑恒在《文學遺產》上發表文章介紹《詞槩》的兩個不同稿本，該書才進入學者的研究視野。作者在撰文的同時，還聯合王延鵬開始整理《詞槩》，在文獻比對、字迹辨識等基礎性工作上花費了大量心血。《詞槩》稿本的整理與出版，將對中國明清詞譜史的研究產生重要影響。

《詞家玉律》的情況則有所不同，編撰者王一元並非名家，書稿也只是保存在其家鄉的無錫圖書館，因此幾無人知。二〇一〇年，顏慶餘撰文介紹該稿本，這部詞譜才進入研究者的視野。但此稿的價值究竟如何，是否有整理的必要？仍需作進一步的考察與研究。總體來講，最近十來年，一些之前少有人關注的珍稀詞譜開始受到重視，並被不斷發掘與介紹，這對明清詞譜史的研究具有重要意義。就我們所知，此類詞譜有一定數量，該方面的研究工作將會持續一段時間。

最近十幾年，學者們對域外詞譜也開始加以關注。由於歷史原因，中國周邊的日本、朝鮮半島、越南三個地區在古代均採用漢字書寫系統，漢文詩詞創作十分普遍。詞譜作爲漢詞創作的工具書，也較早流傳到了這些國家。以往的詞譜研究對留存域外的明清詞譜關注不多，對域外國家本土編製的詞譜更是所知甚少。這種情況目前已有所改變，不少學者開始將目光投向域外，並嘗試將域外主要是日本的詞譜納入研究範圍。此方面的研究工作起步不久，大致可以分爲三個方面。第一，是研究流傳到域外的明清詞譜。如上所述，明清時期有不少詞譜流入域外，這些詞譜大部分都能在國内找到相同版本，但也有一些比較特殊的鈔本或批本，是國内所没有的，具有較高的文獻價值。對此已有一些學者開始關注並展開實際研究工作，如江合友《關於張綖〈詩餘圖譜〉的日藏抄本》，詳細介紹了《詩餘圖譜》的兩種日藏抄本；又如日本詞學家萩原正樹《關於〈欽定詞譜〉兩種内府刻本的異同》對日本京都大學一九八三年影印「京都大學漢籍善本」中的一種《欽定詞譜》底本作了介紹，並將其與中國書店一九七九年影印本作了詳細比對與析論。第二，是對域外國家本土編製詞譜的關注與研究。域外國家本土編製的詞譜一般是以中國傳過去的詞譜爲母本，在此基礎上作一些本土化改造。這些詞譜在彼處取得成功，有的甚至還返流回中國，受到中國詞人的喜愛，如日本田能村孝憲編的《填詞圖譜》。目前學界對這些詞譜也有所關注，如江合友《田能村孝憲〈填詞圖譜〉探析——兼及明清詞譜對日本填詞之影響》，朱惠國《古代詞樂、詞譜與域外詞的創作關聯》也涉及這一問題。其三是對域外詞譜學研究的關注，如日本學者萩原正樹近年研究森川竹磎的《詞律大成》，撰有《森川竹磎〈詞律大成〉原文與解題》，該書在整理《詞律大成》的同時，另附《森川竹磎略年譜》和《〈詞律大成〉解題》於書後，頗具資料價值。萩原正樹的著作代表了日本詞譜學的一些特點與最新進展，已引起國内詞學界的注意，有關的資料收集與評價也正在進行。從這三方面的研究看，明清詞譜研究的視野有了明顯的拓展，已進入了一個新的階段。

二

毫無疑問，近十幾年明清詞譜研究的進展是明顯的，但我們也清醒地看到，晚清以來，詞譜研究在詞學研究大格局中所占的比重偏小，積累不够，加上新時期成長起來的新一代學者普遍對詞調、詞律有陌生感，因此目前的明清詞譜研究總體上還存在基礎薄弱、人員短缺等問題。除此之外，研究工作本身也存在一些不足。這些不足主要有以下幾個方面。

一是基礎性、整體性的文獻研究缺乏。詞譜文獻學是目前明清詞譜研究中相對成熟的一部分，取得的成果也比較多，但問題是這些研究比較零散，不成系統。迄今爲止，學界對明清詞譜的整體情況還比較模糊，比如從明中葉《詞學筌蹄》產生以來，總共有過多少詞譜，其中存世的詞譜有多少，有哪些類型，收藏在什麽地方，保存情況如何？這些目前都是未知的，换句話説，時至今日，我們還未系統地摸過明清詞譜的家底。進一步看，這些詞譜各自有哪些編撰特點，作者的背景怎樣，當時是否被廣泛接受與普遍使用，實際評價又如何？對這些方面的研究工作雖然已有了一部分，但涉及的只是部分詞譜。因此説，詞譜文獻的基礎性研究還比較薄弱，很需要在調查研究的基礎上，編出一份相對齊全的明清詞譜收藏目録，如果在目録的基礎上，能撰寫系統性的明清詞譜敘録，或能反映明清詞譜總體情況的學術著作，就更好了。至於對明清詞譜的整理，目前主要集中在幾部著名的詞譜上，如《欽定詞譜》、《詞繫》、《碎金詞譜》等，一些在明清詞譜史上有重要地位的詞譜，如《填詞圖譜》、《嘯餘譜・詩餘譜》等，至今還没有被整理過，可見詞譜文獻研究雖然已取得一些進展，但依然缺乏大規模、集成性的研究成果。

二是大部分研究仍停留在淺層次的階段，没有深入到詞譜本身的内容中去。目前的明清詞譜研究雖然涉及到了詞譜的編製方式、文獻來源，以及與之關係密切的詞調、詞律、詞韻等多個方面，成果數量也已經有了一定的累積，但這些研究大部分停留在表面，缺少對實質性内容的深入思考。如大部分論著多集中在詞譜的作者、版本，以及編纂背景、標注符號、編排方法等外部要素上，而對於最能反映詞譜學本質的句式、律理、分體等問題的探討卻不是很多，即使有一些涉及明清詞譜修訂的論文觸及了詞律問題，也多是專攻一隅，未能系統而全面。換句話説，目前的研究大部分還是在外圍，並没有深入詞譜的實質。事實上，詞譜作爲一種專門工具書，是明清人在詞樂失傳後，爲規範並方便詞的創作而發明的，編譜者所依據的文獻以及對詞調的體認程度無疑會影響到詞譜質量的高下。我們現在能看到的文獻比明清人要全，因此在總結前人研究成果的基礎上，對主要的詞譜進行細致分析，討論其譜式的準確性和合理性，應該是明清詞譜研究的主要内容。此外，除了個别的早期詞譜，絶大多數明清詞譜都不是憑空產生的，編寫者或多或少地借鑒了前人的詞譜，既有繼承，也有發展，因此梳理這些詞譜之間的内在關係，看看後者在前者的基礎上解決了什麽問題，還留下什麽問題，由此分析明清詞譜發展演化的過程與規律，也應該是明清詞譜研究的一項重要内容。而從明清詞譜研究的現狀看，此類研究目前還比較少見，這無疑是一個比較明顯的缺憾。

三是對明清詞譜的學術價值和詞學史地位普遍認識不足。已有的明清詞譜研究大部分是從形式的角度入手，將詞譜視爲技術層面的工具，很少從詞學發展的層面深入探討其歷史地位，也很少從詞譜編製與創作互動的關係來考察其學術價值。對一些深層次問題，如明清詞譜產生的根本原因，詞譜發展的内在動因和規律，詞譜在清詞中興過程中的實際作用等，很少有專門的討論。比如我們在談到詞譜的產生時，較多關注到《詞學筌蹄》和《草堂詩餘》的關係，關注詞譜中標注符號的來源等，至於爲什麽會在這個時候形成這部製作粗糙卻又具有里程碑意義的詞譜，則目前還少有人去考量，而這個問題非常關鍵，是涉及到詞體能否生存、能否繼續發展的重大問題。又如我們現在討論清詞的中興，總結了很多因素，固然都有道理，而清詞的中興和詞譜的發達又有没有關係？這其中的綫索，也較少有人去作深入思考。可見在目前的詞譜研究中，理論的研究和思考還没有跟上去。這些都需要在今後的研究中加以改進，以對詞譜的學術價值有一個更加全面、深入的考量。

四是重要詞譜的校訂工作没有得到應有的重視。以《詞律》、《欽定詞譜》爲代表的明清詞譜從產生之日起，一直是詞創作的重要依據，將來無疑也會如此，因此詞譜的正確與完善對詞的創作至關重要。但如上所述，明清時期由於製譜者在文獻方面的不足和認識上的局限，導致這些詞譜在平仄、句式、韻律、分段等諸方面，都或多或少地存在一些瑕疵以及錯誤，即使明清詞譜中最著名、最權威、最流行的《欽定詞譜》和《詞律》，即通常所説的「譜」、「律」，也存在不少問題。《詞律》的問題在清代已經有學者指出過；《欽定詞譜》由於是「欽定」，在清代無法展開討論，近年雖有學者陸續指出其中存在的各式問題，但是這些工作總體來説比較分散，且没有從詞譜的系統性校訂、完善這一層面來展開，因此對普通的詞譜使用者而言，詞譜中的這些問題和錯誤一直存在，並在不斷地誤導詞的創作。問題的嚴重性還在於，幾乎極少有人想到詞譜有錯誤，更没有想到要去校訂明清詞譜，使之更加準確和完善。很少有一種工具書會像詞譜一樣，幾百年來一直不被加以校訂卻持續爲創作提供依據。即便是詞譜中由於文獻不足，僅依據殘詞製成之譜，如《欽定詞譜》中署名張孝祥的《錦園春》四十二字體，也至今依然被視爲創作的圭臬。因此對明清詞譜中影響最大，至今使用最廣泛的詞譜，如《詞律》、《欽定詞譜》等，在前人研究的基礎上，作一次系統、徹底的校訂，使之更加準確，是完全有必要，也有可能的一項工作，這不僅是明清詞譜研究的重大突破，也是一項功在當代，利在長遠的重大文化工程。

最後是明清詞譜研究缺少規劃，没有系統性。以上四方面問題之所以産生，非常重要的一個原因，就是現有的明清詞譜研究缺少總體規劃，没有系統性。如對明清詞譜基礎性文獻大規模的搜集與著録，對詞譜要籍如《詩餘圖譜》、《嘯餘譜·詩餘譜》、《填詞圖譜》、《詞榘》、《詞繫》等的大規模整理與研究，對重要詞譜如《詞律》、《欽定詞譜》的研究與校訂等，都需要有一定的規劃與統籌，調動相應的人力和資金支持。而現有的研究主要基於學者的個人興趣來展開，因此上述大規模的研究計劃就難以得到實施。

三

目前明清詞譜研究雖有許多工作要做，但其中最爲迫切的是基礎性文獻的整理與研究，只有掌握了明清詞譜的基礎文獻，才能對其基本特點、編製原理、演化軌跡、發展動因和詞學史地位、學術價值等作出準確、詳細、符合歷史事實的描述與闡釋。基礎性文獻的整理與研究主要包括兩個方面：一是對明清詞譜的存世情況進行全面排查與記録，二是在此基礎上選擇一些重要的明清詞譜進行有計劃的整理與研究。「詞譜要籍整理與彙編」叢書就是基於後一點而編撰的一套明清詞譜整理本。

本套叢書，我們計劃挑選二十部左右學術價值較高的明清詞譜進行整理與初步研究，挑選的原則主要考慮四個方面，即代表性、學術性、重要性和珍稀性。

所謂代表性，主要是指挑選的詞譜在譜式體例、時代分佈等方面均有一定代表性。詞譜的種類較多，從大的方面區分，可以分爲圖譜和文字譜，但同是圖譜，在標示符號和標示方式上也有不少差異，如黑白圈、方形框等，在圖和例詞的安排上，有的兩者分開，有的則合二爲一。至於文字譜，在譜式設計上也有不少差異，如有的與工尺合譜，有的則設計出獨特的文字表示不同的句式或體式。這些譜式不可能全部兼顧，但一些有代表性的譜式均在本叢書的考慮之内。時代的代表性，主要是兼顧不同時期編撰的詞譜。明清詞譜産生於明中葉，但在時段的分佈上並不均衡，有的時期如康熙、乾隆朝編撰的詞譜比較多，有的時期如雍正、嘉慶朝就少，除了詞譜本身發展原因外，與該時期的時間長短有關，但作爲一部叢書，還是要儘量兼顧各個歷史時期，以展示不同時期詞譜的特色。

學術性主要是關注詞譜本身的學術含量。詞譜是一種填詞專用工具書，同時也是詞調、詞律、詞韻研究成果的重要載體，體現出編譜者的學術水平和創新程度。作爲一套詞譜要籍整理叢書，詞譜的學術性是入選的一個重要標準。如張綖的《詩餘圖譜》是中國第一個真正意義上的詞譜，奠定了明清詞譜的編譜思路和基本體例，其學術性和創新性不容置疑；又如徐師曾《文體明辨·詩餘》「直以平仄作譜」，是第一個「去圖著譜」的詞譜，也是第一個明確有「分體」意識，調下以「各體别之」的詞譜。這些詞譜有較高的學術性，並在明清詞譜發展過程中具有重要作用，是我們重點予以整理與研究的。詞譜的重要性一般和其學術性相關，但也不能一概而論，有的詞譜儘管並不完美，卻由於各種原因，實際影響力比較大。比如程明善的《嘯餘譜·詩餘譜》，現在研究者普遍認爲是承襲了徐師曾《文體明辨·詩餘》，並非自己獨立創作，而且本身還存在多種問題，但該譜在明清之際非常流行，萬樹甚至以「通行天壤」來形容，實際影響非常之大。又如查繼超等《填詞圖譜》，萬樹以爲「圖則葫蘆張本，譜則矇捧《嘯餘》，持議或偏，參稽太略」，但作爲《詞學全書》的一種，在清初也十分流行，同樣具有重要影響。這些詞譜也是我們重點關注與進行整理的。另外，稀缺性也是我們重點考慮的一個因素。歷史上不少詞譜由於種種原因没有刊刻，一直以稿本或鈔本的形態保存在圖書館或博物館，這些詞譜除了學術價值，還有比較高的文獻價值，如方成培《詞榘》、毛晉《詞海評林》等。對這些詞譜的整理和研究，一定程度上還具有保存文獻的意義。其他稀見詞譜，如李文林《詩餘協律》、呂德本《詞學辨體式》等，雖是刻本，但由於存世數量有限，流傳不廣，也有整理、研究的必要。

綜合上述四方面的考慮，我們初步擬定需整理的詞譜要籍如下：

明代詞譜六種：張綖《詩餘圖譜》（附毛晉輯《詩餘圖譜補略》）、萬惟檀《詩餘圖譜》、顧長發《詩餘圖譜》、徐師曾《文體明辨·詩餘》、程明善《嘯餘譜·詩餘譜》、毛晉《詞海評林》。

清代詞譜十五種：吴綺《選聲集》並吴綺等《記紅集》、賴以邠等《填詞圖譜》、葉申薌《天籟軒詞譜》、孫致彌《詞鵠》、鄭元慶《三百詞譜》、李文林《詩餘協律》、許寶善《自怡軒詞譜》、方成培《詞榘》、禮思鵬《詞調萃雅》、郭鞏《詩餘譜式》、呂德本《詞學辨體式》、朱燮《朱飲山千金譜·詩餘譜》、舒夢蘭《白香詞譜》、錢裕《有真意齋詞譜》。

至於萬樹《詞律》、王奕清等《欽定詞譜》、秦巘《詞繫》這三部大譜，因有專門的研究與考訂計劃，故不置於本套從書中。而《碎金詞譜》偏重音樂性，且已有劉崇德先生整理並譯成現代樂譜，故也不列入整理名單。此外，隨研究深入並根據需要，以上書目也可能調整。

每一種詞譜的整理一般包括兩個方面：文獻整理和基礎研究。文獻整理遵循古籍整理的一般方法，並根據詞譜的特點作相應調整，主要包括有：底本選擇、校勘、標點、附録等。基礎研究主要對編撰者的生平行實、詞學活動進行考證，及對詞譜的編撰過程、基本特點、使用情況、版本與流傳等方面進行闡述，最後用「前言」的形式體現出來。

本叢書以「詞譜要籍整理與彙編」的總名出版。二十餘種詞譜以統一的體例，按時代先後爲序，採用繁體直排的形式，各自成冊。原則上，每一種均包括書影、前言、凡例、正文、附録五個部分。附録主要收録詞譜編撰者的生平傳記資料以及該譜其他版本的序跋、題辭等資料，但不包括後人的研究文章。此項視每種詞譜的具體情況而定，不作强求。

由於本叢書是第一次具規模性地整理詞譜文獻，參與者缺少經驗，加之時間與精力問題，難免會存在各種問題，在此敬祈海内外方家、讀者不吝指正。

朱惠國

二〇二一年三月於上海

目録

詩餘圖譜卷之二……一〇九

詩餘圖譜補畧……毛晉輯 二八六

附録

前言

張綖（一四八七—一五四三）在明代文壇上雖然於詩詞創作方面也取得了一定的成果，但是他更以詞學研究方面的建樹而聞名，其所撰《詩餘圖譜》便是詞學史上一部具有開創性的圖譜著作，對明清詞譜學的發展和成熟做出了重要的鋪墊和貢獻。

一、張綖的生平仕宦及創作著述

張綖，字世文，别號南湖居士。據其子張守中校刊《張南湖先生詩集》所附明吳郡顧瑮撰《南湖墓誌銘》記載：「其先陝之合水人。高祖文質仕元，爲雲南宣慰使。王師下雲南，率所部來歸，高皇帝嘉之，詔仍其官。後朝京師，擇地高郵請老焉，迨今五世爲高郵人。」（明嘉靖刻本，以下分别簡稱《詩集》和《墓誌銘》）可見其祖先本占籍合水（今屬甘肅慶陽），至明初其高祖張文質請老時始擇居高郵（今屬江蘇）。曾祖張得義，祖父張仲良，父張允通，名皆不顯。據張綖《送世觀弟北赴京畿應試》詩自述：「我宗本關西，我祖發科第。」「占籍爲郵人，於今已五世。世代業農賈，淳樸皆不仕。」（《詩集》卷四）可見自高祖歸老擇居高郵之後，張家五世皆不入仕，代以「農賈」爲業。

至張綖一代，始又踵繼高祖，崇儒習文，發憤讀書，追求科第。其《送世觀弟北赴京畿應試》詩又云：「先君崇儒術，詩書踵前系。一兄策高足，余亦篤逐驥。後先爭激昂，爰及於吾弟。」可見在父輩的教育下，張綖及其兄弟都在爭先恐後地應舉求仕。張綖與二兄和一從弟，自幼即聞名於當地。據《（乾隆）高郵州志》記載，張綖「與兄經、紘、從弟繪，有『張氏四龍』之目」。《墓誌銘》亦記載，張綖「七歲讀書」，「十五遊郡庠」，不僅「口占爲詩，時出奇句」，而且「自少志已不凡」，「兄弟更迭首冠，時有『四龍』之目」。正德八年癸酉（一五一三），年二十七歲時中舉，至十一年丙子（一五一六），「卒業南雍」（南京國子監）。此間，王陽明（王守仁）曾於南京搜訪人才，受國子監祭酒汪司成（汪偉）推薦，張綖得以拜識王陽明，與其對答議論，被陽明公稱譽爲「真豪傑也」。張綖有《感述呈王陽明》五言古詩一首，感慨「盛年忽已壯，嘆息將何成」（《詩集》卷一），蓋作於此時。王陽明亦有《寄張世文》一書，開篇即云：「執謙枉問之意甚盛。相與數月，無能爲一字之益，乃今又將遠別矣，愧負愧負！」以下感喟「今時友朋，美質不無，而有志者絕少」，反復「以立志爲説」，闡述「誠以學不立志，如植木無根，生意將無從發端矣。自古及今，有志而無成者則有之，未有無志而能有成者也」（《王文成全書》卷二十七《續編》二，文淵閣《四庫全書》本），足見殷殷勉勵之心，蓋亦作於同年張綖在國子監拜晤問學之後、王陽明以都察院左僉都御史南巡之前。

張綎雖早慧有志，然而科舉和仕途並不順利，凡「八上春官不第」。據《墓誌銘》記載，嘉靖十四年乙未（一五三五），時年四十九歲的張綎，「遂謁銓曹，得武昌通判，專督郡賦」。在通判武昌（今屬湖北武漢）任上，張綎勤於職守，體恤民情，捕除稾盜，教民向善；又適逢嘉靖皇帝兩度南狩，張綎「兩承大役，備極勞瘁，事集而民不擾」；此外，「暇則弔古尋幽，多所述作」。於是，「政聲文譽並起」。其後，擢知光州（今屬河南潢川），賑災濟民，亦深得百姓感激擁戴。及「述職京師」，「竟以武昌上官誣君怠事遊詠」，以致罷歸。

可見張綎爲官僅有武昌通判、光州知州兩任，爲時前後亦不過七至八年。其罷歸的具體時間雖無確切記載，但據《墓誌銘》記載「庚子之會」時所言「聞今已擢光守」，及「乃强一任，未朞，被中罷歸」，大致推斷當在嘉靖庚子（一五四〇）之次年，即嘉靖二十年（一五四一），至遲在嘉靖二十一年（一五四二），張綎時年五十五歲至五十六歲。《墓誌銘》又載：「先是讀書武安湖上，自號南湖居士。及是，增構草堂數楹，貯書數千卷，其中多手自標點，晝夜誦讀，目爲之眚，猶令人誦而默聽之。」可見張綎罷歸之後，至於嘉靖二十二年癸卯（一五四三）五十七歲去世，所剩已不過一兩年左右的光陰，主要是在家鄉過着誦讀和創作的生活。其去世正值端午節，所作《水調歌頭·端陽》一詞，編載於《詩集》卷四之末，或許就是他的絕筆之作。

張綎的創作和著述，應該主要是在青壯年時期進行和完成的，晚年罷歸後在患目眚之疾前可能還做了一些校書和整理舊稿一類的工作。關於張綖的著述，《墓誌銘》略有記載：「所著《詩餘圖譜》、《杜詩釋》、《杜詩本義》、《南湖入楚吟》，皆刊行於世；其他詩文未經編輯者，與《杜詩通》十八卷，皆藏於家。」據此並參考其他文獻著録，我們可以將張綖的著述主要分爲三大類，茲略予考述如下。

第一類是詩詞創作。《南湖入楚吟》又簡稱《入楚吟》，收録其通判武昌時所作詩詞，爲成都百潭人、武昌同知蔣芝刊行於張綖尚在武昌通判任上的嘉靖十七年（一五三八），卷首有許檖、汪必東、蔣芝序。據張守中《跋先君詩集後》云：「往年成都百潭蔣公，録先君《詠情集》、《入楚吟》，刻在鄂郡。甲辰歲毁於火。」（《詩集》卷末）可見與《入楚吟》同時付刻的還有《詠情集》。在張綖離世後的第二年甲辰歲，即嘉靖二十三年（一五四四），二集卻遭遇火劫，原本皆已不存，所幸集中作品仍得以保存。張綖的大多數詩詞則在其去世前尚「未經編輯」，「皆藏於家」，後由其子張守中輯録爲《張南湖先生詩集》四卷，於嘉靖三十二年癸丑（一五五三）刊行。這是張綖傳世於今的詩詞合集，收録了張綖平生所作詩詞，包括已經刊行而火後劫餘的《入楚吟》、《詠情集》中的作品，並重新進行了分類和編年。對此，張守中跋語敘述甚明：「不肖復以二集並先君生平所作詩詞，編年分類，集爲四卷，再刻於家。」每卷皆按年代先後編排，先收詩作，後附詞作；編年起於弘治辛酉（十四年，一五〇一），迄於嘉靖癸卯（二十二年，一五四三），共收其四十餘年間所作詩凡四六八首，詞凡一〇三首。該集前有朱曰藩序，署時嘉靖壬子（三十一年，一五五二）；又有許檖序，署時嘉靖戊戌（十七年，一五三八），皆作於刊刻之前。於二序後，還附録了吳郡顧瓌所作《墓誌銘》。每卷之末皆題「不肖孤守中校刊」，卷四末尾還有張守中跋語一篇。此集《四庫全書總目》卷一七六有提要，名爲《南湖詩集》，評曰：「是集詩多艷體，頗涉佻薄」，「蓋刻意於倚聲者，宜其詩皆如詞矣」。原刊本藏臺北故宫博物院，北京中國國家圖書館、上海復旦大學古籍所皆有膠片本，亦收入中國國家數字圖書館《中華古籍資源庫》。又有《四庫全書存目叢書》本，所據爲上海圖書館藏明嘉靖三十二（一五五三）年刻本，惟集前無許樾序，卷末亦無張守中跋，且將顧瓌撰《墓誌銘》移置卷末，除每卷之末仍題「不肖孤守中校刊」之外，卷一還標署「後學孫張袞編輯」。張袞生平不詳，既題署「後學孫」，蓋爲同宗孫輩後人，或屬張守中兒侄輩，當亦參與了《詩集》的編輯工作。

第二類是杜詩評點。據《墓誌銘》及張守中跋語，張綖所撰在生前已「刊行於世」的著作中，除了《入楚吟》、《詠情集》兩部詩集之外，還有《杜詩釋》、《杜詩本義》兩種。據考證，「《杜詩釋》刊行時名爲《杜工部詩釋》，有嘉靖十七年（一五三八）刻本」（張仲謀《明代詞學通論》第二章，北京：中華書局二〇一三年版，第三四頁）。《杜詩本義》在刊行時又名《杜律本義》。據閔定慶《張綖年譜稿略》「明世宗嘉靖十九年庚子（一五四〇）」這一年所載：「在光州，刻《杜律本義》，旋毁於火。張守中《杜律本義後序》：『所著《杜律本義》，庚子刻在光，毁之茲。』」（《詞學（第三十四輯）》，上海：華東師範大學出版社二〇一五年版，第二九七頁）《四庫全書總目》卷一七四提要云：「《杜詩通》十六卷，《本義》四卷。」「是編因清江范德機批點杜詩三百十一篇，每首先明訓詁名物，後詮作意，頗能去詩家鉤棘穿鑿之説，而其失又在於淺近。《本義》四卷，皆釋七言律詩，大抵順文演意，均不能窺杜之藩籬也。」清仇兆鰲《杜詩詳注》附録「諸家論杜」中，引録張綖南湖《杜詩五言選序》一篇云：「清江范德機先生批選杜詩，共三百十一篇，皆精深高古之作。……惜世罕見其編，余家藏舊本，暇日爲訂其舛訛，釋其大意，刻之郡齋，用貽同志。」（北京：中華書局一九七九年版，第二三二八頁）可見《杜詩通》是一部杜詩五言選本，乃是在元人范德機（范梈）批選杜詩一書基礎上的增訂箋釋之作，既增補了三十餘首，又加以編年和詮解；《杜詩本義》則專釋杜詩七律，故後來多名《杜律本義》。《杜詩通》今傳明隆慶六年（一五七二）張守中刻本，名《杜工部詩通》，前有侯一元、侯一麟二序及張守中題記，末有張鳴鸞跋，皆署時隆慶壬申（一五七二）秋日。此本北京大學圖書館有藏本，《四庫全書存目叢書》據以收録，惟集前僅有侯一元序，而移張守中題記於集末；又收入中國國家數字圖書館《中華古籍資源庫》，所録侯氏兄弟二序、張守中題記及張鳴鸞跋皆全。以上二本皆不録《杜律本義》四卷。另有臺北大通書局《杜詩叢刊》影印本（一九七四年版），收《杜詩通》十六卷，附《杜律本義》四卷，後者集前有張綖引，集末有張守中後序及張繪跋。

第三類是詞選詞譜。除了批點考釋杜詩杜律之外，張綖在學術上的主要興趣則偏向於詞學研究。這類著作亦有兩種，一種爲《草堂詩餘別録》，成書於嘉靖戊戌（十七年，一五三八），爲明黎儀抄本，署名「武昌府通判張綖」。前有張綖自序，開篇略敘詞史演變，而推尊唐宋詞「比之今曲，猶爲古雅」，續述編撰緣起云：「當時集本亦多，惟《草堂詩餘》流行於世。其間復猥雜不粹，今觀老先生硃筆點取，皆平和高麗之調，誠可則而可歌。復命愚生再校，輒敢盡其愚見，因於各詞下漫注數語，略見去取之意，別爲一録呈上。」可見這是一部以《草堂詩餘》爲藍本加以「別録」和評點的詞選，也是比較集中反映張綖詞學思想的一部選本。惟此書僅以抄本傳存，《南湖墓誌銘》及《四庫全書總目》等皆未著録此書。原本藏上海圖書館，朱崇才編《詞話叢編·續編》據以輯録，釐爲二卷（北京：人民文學出版社二〇一〇年版）。另一種即《詩餘圖譜》，爲詞譜類著作，《墓誌銘》及《四庫全書總目》等皆有記載和著録。這也是我們整理張綖詞譜編撰、探討張綖詞學成就的重心所在。

二、《詩餘圖譜》的編撰及概況

《詩餘圖譜》編成於嘉靖丙申年（十五年，一五三六）四月，同年六月刊刻於張綖通判武昌任上。這是張綖生前刊刻行世的著作中最早的一部，比《入楚吟》、《詠情集》、《杜詩釋》、《草堂詩餘別録》等同期同地刊刻的著作早了約兩年的時間，故《墓誌銘》記載張綖已刊行的生前著作便首列此書。張綖於嘉靖十四年（一五三五）十月始抵武昌擔任通判之職（參見閔定慶《張綖年譜稿略》），至此書刊刻不過八個月的時間，距其撰寫自序不過六個月的時間。如果此書是張綖通判武昌後於短短半年内完成的第一部著作，則既可見其對此書的重視，亦可見其用功之勤，效率之高。

據張綖自序可知，其外舅（岳父）王西樓（王磐）「妙達音旨」，張綖早年曾從其問學，「遂得聞精論」，其倚調創作，亦蒙稱賞，西樓翁並以詞學傳承相寄望。序云：「予後袁得唐宋以來及我朝諸名人詞，無慮數百家，暇日諷詠，亦似有得。間見當世君子詩文，高並古人，獨於詞調或不留意，謂其不屑留意也。竊欲私作一譜，與童蒙共之，而未遑也。近檢篋笥，得諸詞，爲成《圖譜》三卷，《後集》四卷，以副西樓翁之意。」可見張綖在岳父王磐這個明代著名詞曲家的教導和勉勵下，於詞學甚爲關注，既不滿於當世文人輕視詞學詞調的現象，且搜羅唐宋以來歷代名人詞達數百家之多，並早就有了編撰詞譜的想法；然從「未遑」的表述來看，大概是因爲八次參加科舉考試的緣故，所以一直沒有完成這一著述；從「近檢篋笥」之語來看，所謂「近」，大概是指通判武昌前後的時段，即約半年多或一年左右的時間。據此考察可以推斷，張綖編撰《圖譜》此書雖早有其意，且做了長期的理論準備和文獻積累，但其具體編撰和成書應該是在通判武昌之後約半年左右的時段裏，因爲此時他纔有心境和條件來從事詞學研究和著述，並將其著作付梓行世。

此書原刊本今完整收藏於臺灣「中央圖書館」，凡三卷三册。其版本形制爲：每半頁十行，每行十九字，雙白魚尾，四周單邊；版心上方題「南湖」二字，三卷正文首頁皆署「高郵張綖世文」。集前首載蔣芝撰《詩餘圖譜序》，署「嘉靖丙申夏六月吉，成都百潭蔣芝書於江漢亭」；次載張綖自撰《詩餘圖譜序》，末題「嘉靖丙申歲夏四月下浣日，高郵後學南湖居士張綖序」，並鈐「張世文」、「南湖」二印。可見此書編成和刊刻於嘉靖丙申年即嘉靖十五年（一五三六）四月至六月之際，爲其作序的成都百潭人蔣芝爲武昌同知，是張綖的同僚兼好友。二序之後爲《詩餘圖譜・凡例》，共八條，每條之中或條末間有注語和按語，皆以雙行小字排印，而《凡例》全篇之末又附按語一段，同正文一樣以大字單行排印，提出詞體分「婉約」、「豪放」二體之説。

全書目録分三卷，卷之一爲「小令」，注爲「三十六字至五十七字」，其中《洛陽春》、《玉聯環》與《一落索》爲同調重出，當以《一落索》爲正名；《繡帶子》與《相思兒令》爲同調重出，當以《相思兒令》爲正名；《醉落魄》與《一斛珠》爲同調重出，當以《一斛珠》爲正名；另於《生查子》調下附列《醉花間》，《菩薩蠻》調下附列《醉公子》，《卜算子》調下附列《巫山一段雲》，《玉聯環》調下附列《玉樹後庭花》，體式雖近而實非同調，目録中皆未列録；又目録於《謁金門》調下列《一斛珠》，而正文此處所收實爲《一落索》，而以《一斛珠》列於此卷之末。計入目録未載而正文附列的四調，總計卷一共收六九調九八首，其中四調四首爲同調異名而重複收録；若去其重複，則卷一實收「小令」凡六五調九四首。卷之二爲「中調」，注爲「六十字至八十九字」，共收四九調七二首，無附列之調，其中《小桃紅》與《連理枝》爲同調重出；若去其重出一調，則卷二實收「中調」凡四八調。卷之三爲「長調」，注爲「九十二字至一百二十字」，共收三六調五〇首，無附列之調，亦無重出之調。合計三卷共收一五四調，去其重出五調，實收一四九調，詞作凡二二〇首。此外，卷一所收小令調中，《訴衷情》四首，以宋僧仲殊詞撰譜，附列唐五代毛文錫、韋莊、顧敻詞，雖皆屬小令，而仲殊詞乃用宋代新曲，實與唐五代詞爲同名異調，可補列《訴衷情（令）》一調（姑加「令」字以爲區分）；《應天長》四首，以韋莊詞爲例，屬小令，附列三首中，牛嶠詞爲小令,而葉夢得、周邦彦詞爲長調,實與《應天長》小令爲同名異調,可補列《應天長(慢)》一調;《玉樓春》四首中,晏殊及毛熙震詞實屬《木蘭花》,宜與《玉樓春》相區别,可補列《木蘭花》一調;《雨中花》三首,實含令、慢二調,其中所附蘇軾詞在《東坡詞》和《東坡樂府》中即名《雨中花慢》,可補列《雨中花慢》一調。在卷二所收中調裏,《瑞鷓鴣》三首實分屬引、令、慢三調,作爲例詞的晏殊詞爲六四字的中調,當屬「引」、「近」之調,而附列的歐陽修之作和柳永詞,則屬五六字的齊言令詞體和八八字的雜言慢詞體,可補列《瑞鷓鴣(令)》和《瑞鷓鴣(慢)》二調;《謝池春》二首,作爲例詞的陸游詞乃中調,實爲《風中柳令》之别名,而附列的張先詞則爲慢詞,《張子野詞》即名《謝池春慢》,與陸游詞實爲異調,可補列《謝池春慢》一調;《千秋歲》三首,所附王安石詞實爲《千秋歲引》,與秦觀、張先《千秋歲》屬同名異調,可補列《千秋歲引》一調;《洞仙歌》二首,所附柳永詞爲慢詞,與晁補之《洞仙歌(令)》實屬同名異調,可補列《洞仙歌慢》一調;《江城梅花引》二首,所附万俟詠詞乃《梅花引》,爲小令體,賀鑄等人加一疊成長調,實與《江城梅花引》爲異調,可補列《梅花引》一調。卷三長調中,《喜遷鶯》二首,實分屬長調、小令二調,所附韋莊詞乃小令,與宋詞此調屬同名異調,可補列《喜遷鶯(令)》一調;《風流子》三首,亦分屬長調、小令二調,所附孫光憲詞乃小令,與宋詞此調亦屬同名異調,可補列《風流子(令)》一調。以上被附列爲同調異體而實屬同名異調者凡一二調,其中小令六調、中調四調、長調二調;若補入這一二調,則全書所收詞調總數共計一六一調,小令占七一調,中調有五二調,長調爲三八調。

從所録二二〇首例詞的作者來看，除九調九首屬無名氏創作之外，其餘二一一首的作者則皆有署名或可考補作者姓名，共計七十一人。其中唐五代詞人十六人，包括盛唐的李白，晚唐五代的溫庭筠、韋莊等「花間詞人」十二家，以及南唐詞人馮延巳、李璟、李煜三人。以宋代詞人爲主體，凡五十三人，以北宋及南渡詞人爲多，約占三十餘人，南宋詞人僅有十餘人；其中大多爲兩宋大家和名家詞人，如北宋前期的柳永、晏殊、張先、歐陽修，北宋中後期的王安石、晏幾道、王觀、蘇軾、黄庭堅、秦觀、賀鑄、仲殊、晁補之、周邦彦、毛滂，南渡之際的葉夢得、朱敦儒、李清照、吕本中、陳與義、張元幹，南宋的揚无咎、史浩、康與之、陸游、辛棄疾、劉過、史達祖、劉克莊等。還有元代詞人二家，即劉因和虞集。雖然原本有一小部分作品的作者署名略有混淆與訛誤，但經過考辨唐宋詞選本和詞人别集，皆不難得以訂正。從選録各家作品數量來看，唐五代十六家中，只選録一首者僅四家，選録二首以上者即占十二家，而以溫庭筠（三首）、韋莊（七首）、魏承班（三首）、牛嶠（三首）、毛文錫（七首）、顧敻（三首）、孫光憲（三首）、馮延巳（三首）、李煜（五首）等人數量較多，其餘李白、和凝、李珣三人皆選録二首，多爲「花間詞人」之代表，其中溫、韋、馮、李則名居唐五代詞壇「四大家」之列，其餘也皆屬「花間」名家詞人。兩宋詞人選詞數量之分佈排名如下：選詞在一〇首以上者共計四人，即張先（一六首）、柳永（一三首）、秦觀（一二首）、晏殊（一一首）；選詞在一〇首以下二首以上者共計十八人：即蘇軾（九首）、歐陽修、晏幾道、周邦彦、陸游（皆七首）、黄庭堅、辛棄疾（皆五首）、毛滂、康與之（皆四首）、王安石、葉夢得、朱敦儒、李清照、劉過（皆三首）、王觀、仲殊、晁沖之、史達祖（皆二首）；其餘三十一人皆只選録一首。可見這些選録例詞較多的作者皆屬兩宋大家和名家；即使在選録僅一首例詞的作者中也不乏大家和名家，如賀鑄、晁補之、趙令畤、陳師道、万俟詠、呂本中、蔡伸、陳與義、張元幹、揚无咎、史浩、劉克莊等。

從所選例詞的文獻來源來看，既有見諸《花間集》、《尊前集》、《梅苑》、《樂府雅詞》、《花庵詞選》（含《唐宋諸賢絕妙詞選》、《中興以來絕妙詞選》二種）、《草堂詩餘》、《陽春白雪》、《絕妙好詞》等唐宋詞選本者，也有載録於《陽春集》、《南唐二主詞》、《樂章集》、《張子野詞》、《珠玉詞》、《六一詞》、《靜修詞》、《道園樂府》等唐宋元各代詞人別集者，還有《草堂詩餘》等選本及詞人別集並載者。在所選唐五代詞凡十六人四七首中，以見諸《花間集》凡三五首爲最多，當皆據《花間集》而收録，惟韋莊《應天長》「緑槐陰裏黄鶯語」一詞，《圖譜》署歐陽修作，所據當爲歐陽修《近體樂府》及《六一詞》，而於詞後注謂「此詞又見《花間》」，可見編者仍參閲了《花間集》，只是最終以此詞歸屬歐陽修而有失考證與甄辨耳。其餘一二首中，可考出自《草堂詩餘》者四首，《草堂詩餘》與詞人別集並載而難以確考者四首，出自詞人別集者四首。在所選宋詞凡五十四家（無名氏九首姑以一人計）共一七〇首中，見諸宋詞主要選本者，《梅苑》四首、《樂府雅詞》三一首、《花庵詞選》七九首、《陽春白雪》一七首、《絕妙好詞》六首；而以見諸《草堂詩餘》凡九六首爲最多，其中原本注出《詩餘》及可確切考訂出自《草堂詩餘》者凡六二首，另有一七首爲《草堂詩餘》及詞人別集並載而難以詳考者，又有一七首雖同載《草堂詩餘》而可考當據詞人別集收録者。總計《圖譜》據《花間集》收録唐五代詞凡三五首；所收唐宋詞見諸《草堂詩餘》之總數爲一〇四首，可確切考訂據《草堂詩餘》收録者凡六六首（唐五代詞四首、宋詞六二首），《草堂詩餘》與詞人別集並載而難以確考者凡二一首（唐五代詞四首、宋詞一七首），只有一七首雖載《草堂詩餘》而可初步考訂乃據詞人別集收録者。可見在《圖譜》例詞所據詞學文獻中，《花間集》和《草堂詩餘》占據了非常突出和重要的地位，這與明代詞壇「花草熱」的流行背景正好相符，也與《圖譜》在所收葉清臣《賀聖朝》詞後按語所云「今惟取《詩餘》所載者爲正」旨趣相通；鑒於《樂府雅詞》、《花庵詞選》等宋詞選本在明代流傳不廣，張綖編輯《圖譜》時於這幾種選本似乎没有獲見與參據。

值得注意的是，《圖譜》所收例詞來源於詞人別集者也占了較大的比重。所收唐五代詞中，可確切考訂來自《南唐二主詞》者至少有四首，即李璟《浣溪沙》「菡萏香銷翠葉殘」一首、李煜《一斛珠》等三首，其中《浣溪沙》「紅日已高三丈透」僅載《二主詞》；《望江南》「多少恨」，《尊前集》作單片二首，《圖譜》收作雙片體，當據《二主詞》無疑。所收宋詞中，可大致考訂來自詞人別集者凡九一首，除一七首又載《草堂詩餘》等選本外，其餘七四首當俱出詞人別集。其中晏幾道七首、陳師道一首、朱敦儒三首、劉過三首，此四家一四首皆不見宋詞選本收録，《圖譜》當據明代流傳的《小山詞》、《後山居士詞》、《樵歌》、《龍洲詞》收録。另有七七首則爲雖略見選本而仍當據別集收録者，如柳永一三首，僅《尾犯》又載《草堂詩餘》，《醉蓬萊》又載《花庵詞選》，《圖譜》所收當皆據柳永詞集《樂章集》。其他有張先一三首，晏殊二首，歐陽修六首，蘇軾三首，黄庭堅五首，秦觀二首，毛滂四首，葉夢得三首，陸游六首，辛棄疾一首，當皆據他們的詞别集收録。宋代詞人在明代尚有詞集流傳的還有王安石、賀鑄、晁補之、周邦彦、李清照、蔡伸、陳與義、張元幹、曾覿、張掄、京鏜、史達祖、劉克莊等，《圖譜》所收諸家詞作，除了依據《草堂詩餘》選本之外，當於他們的詞集也有參校。此外，所收元人劉因、虞集二人三首，一載《静修詞》及《樵庵詞》，一載《道園樂府》，而虞集《一剪梅》「豈蔻梢頭春色闌」一詞，則不載其《道園樂府》，蓋首見張綖《圖譜》，當别有所據，其後《花草粹編》亦有收録。張綖在序中曾自述「予後裒得唐宋以來及我朝諸名人詞，無慮數百家」，這是他編輯《圖譜》的文獻基礎，通過考訂《圖譜》所收例詞的文獻來源，可見其言並無虚妄。

三、《詩餘圖譜》的成就与創獲

作爲詞學史和詞譜史上一部早期的重要著作，張綖的《詩餘圖譜》不僅在屬於詞譜編撰範疇的概念術語、圖譜符號、編排體例等方面做出了重要的開創與建樹，而且在屬於詞學理論範疇的詞體分辨、格律考求、體性觀照等方面也做出了有益的探索與貢獻。

首先，張綖首次建構了一套體系相對完整而科學的詞譜編撰的概念術語。

宋鄭樵撰《通志》總序云：「河出圖，天地有自然之象，圖譜之學由此而興。洛出書，天地有自然之文，書籍之學由此而出。圖成經，書成緯，一經一緯，錯綜而成文。古之學者，左圖右書，不可偏廢。」又同書卷二十一《年譜序》云：「爲天下者不可以無書，爲書者不可以無圖譜。圖載象，譜載系。爲圖所以周知遠近，爲譜所以洞察古今。」（文淵閣《四庫全書》本）可見在中國典籍文化史上，「圖譜之學」興起甚早，其意義和地位也很重要，故在經學、史乘、天文、地理、政典、學術、藝事、物類等各個領域的典籍編撰中都得到了運用和實踐。爲音樂曲調和器樂記譜，早在唐宋時代就已經流行，敦煌寫本中即存有琵琶譜，姜夔的《白石道人歌曲》也留下了一七首詞的旁譜，但這些都是音樂譜。從現存文獻來看，爲已經脱離音樂歌唱的詞體文學編撰格律譜當始於明代。今可考爲我國詞學史上第一部詞譜的著作，是明弘治七年（一四九四）周瑛所編《詞學筌蹄》，雖然比《詩餘圖譜》早了約四十二年，但它並没有使用「圖譜」的概念名稱，而是運用了「筌蹄」一語以表達其書指示填詞門徑的宗旨與功用。另外，由於該書所用圖譜符號較爲單一，又以鈔本行世而流傳不廣，故其影響和地位遠不及其後的《詩餘圖譜》，以致後人多將《詩餘圖譜》誤認爲詞譜的開創之作。雖然張綖是否受到《詞學筌蹄》一書的啟示尚乏證據，但他對明初朱權所編《太和正音譜》這部曲譜著作有所借鑒，則是有證可據的，《詩餘圖譜》的《凡例》即有「《太和正音譜》字字註定四聲，似爲太拘」的按語。儘管如此，張綖仍是將「圖譜」的概念術語明確運用於詞譜編撰的第一人，而且其以「詩餘」指稱詞體也比周瑛的「詞學」更爲科學。

此外，張綖在《凡例》和譜注文字中，還創建了一套較完整的概念術語，用以標注詞的格律特徵。

可以分爲三個層次：第一層次是標注詞體結構和格律的主要名稱，使用了「段」、「句」、「字」、「韻」四大術語，每調皆先總注各段多少句、多少韻、多少字，然後逐句分注字數和用韻。第二層次是標注詞體結構和格律具體内容的次要名稱，段又分「前段」、「後段」，又稱之爲「雙調」，「後段謂之換頭」等；句則稱前段第一句爲「首句」，後段第一句爲「起句」，以下各段皆按各句順序稱「二句」、「三句」、「四句」等；用韻則稱「韻脚」，於「初入韻者」謂之「起」，又分「平韻起」、「仄韻起」，「承上韻者」謂之「叶」，又分「平叶」、「仄叶」，換韻則標注「換」、「平韻換」、「仄韻換」；遇到前後兩段詞體結構和格律相同的詞調，則標注「後段同前」。第三層次是標注其它詞調詞體内容的一般名稱，如《凡例》所云「詞調各有定格，因其定格而填之以詞，故謂之填詞」，便提出了「定格」（另有「詞格」）、「填詞」等概念；遇到同調異名者，以「即」字標注其正名或常用名，以「一名」標注其别名，如《醜奴兒令》一調，注曰「即《採桑子》」，一名《羅敷媚》」等；遇到體式相近之調，以「即」字標注其相似之調，或標注與某調「相近」，如《生查子》調下注「與《醉花間》相近」，《卜算子》調下注「平韻即《巫山一段雲》」等。這些有關詞調體式、詞體結構和格律特徵的概念術語，雖然並非完全創自張綖，有些在宋以來的詞話詞論中即已得到運用，但張綖將它們集中運用於《圖譜》的編撰中，除個别地方略有疏略以及「相近」等概念不夠嚴謹之外，其主要名稱術語在全書中都得到了較嚴格地遵守，這就具有了建構詞譜概念體系的科學意義，對清代詞譜學的發展和成熟做出了理論鋪墊，如《詞律》、《詞譜》在概念術語的運用方面便有對《圖譜》的繼承。

其次，張綖還首創了較爲簡明實用的詞譜圖示符號和詞調分類體例。明以前歷代的樂譜、琴曲譜、琵琶譜等，包括姜夔的《白石道人歌曲》所標注的旁譜，主要屬於以文字和簡化的字符來記譜的「工尺譜」的類型；明初朱權的曲譜《太和正音譜》也是以文字標注四聲。真正以圖示符號來標注字聲平仄者，當首見於明弘治年間周瑛所編《詞學筌蹄》這部詞譜著作。該書採用「圓者平聲，方者仄聲」的體例（見《詞學筌蹄・自序》，《續修四庫全書》本），即以「○」表平聲，以「□」表仄聲。雖爲首創，但失之簡單生硬，沒有標注可平可仄的字聲。加之該書流傳不廣，故其所採用的圖譜符號也未能得到後來詞譜的繼承。張綖則採用了一套更直觀更多樣的圖譜符號，並在《凡例》中加以專門揭示：「詞中字當平者，用白圈；當仄者，用黑圓；平而可仄者，白圈半黑其下；仄而可平者，黑圓半白其下。」除以「○」表平聲之外，張綖另創了三種圖譜符號，即以「●」表仄聲，以上空下實圓符「◒」表本平可仄，以上實下空圓符「◓」表本仄可平。比之周瑛只用圓、方兩種符號來，其創新之處不僅在於更直觀更統一，而且還在於增加了標注可平可仄的兩種符號，從而大大提升了其嚴密性與豐富性。鑒於張綖很可能沒有獲睹周瑛《詞學筌蹄》之鈔本，則張綖所用以上四種圖譜符號當屬其新創，而且這種圖譜符號也得到了包括《欽定詞譜》在内的多種明清詞譜的繼承和沿用。

至於如何對詞調進行分類，或者說按什麼體例來編排各調各詞，唐宋以來歷代詞的別集、選本直至張綖之前的明代曲譜和詞譜，主要採用了按人繫調繫詞（如《花間集》等）、按事（即題材）繫調繫詞

（如《草堂詩餘》等）、按宮調繫調繫詞（如《太和正音譜》等）、按詞調繫人繫詞等四種主要類型。第二種類型在詞的别集和詞選中多稱「分類本」，如宋本陳元龍詳注周邦彦詞《片玉集》以及明洪武本《草堂詩餘》，即皆屬分類本。至於第四種類型在詞選中又稱「分調本」，早在北宋末南渡初黄大輿編《梅苑》這部專題詞選中即已採用；稍後曾慥編《樂府雅詞》正文三卷按「轉踏」、「大曲」、「雅詞」的體類編排，於「雅詞」類又按人編排，至《拾遺》二卷又改爲依調編排；南宋後期趙聞禮編《陽春白雪》，也採用了分調編排的方法；至明弘治間周瑛編《詞學筌蹄》，在自序中也不滿舊編「以事爲主，諸調散入事下」的慣例，而採用了按調編排的體例。可見在張綖編《圖譜》之前，按調編排的體例已在宋代詞選和明代第一部詞譜中得到運用，然而這些「分調本」並没有形成對詞調進行統一分類的方法，如《陽春白雪》每卷大致先爲長調、後列小令，而《詞學筌蹄》則長短雜陳，略無章法。張綖則首創依詞調字數多少將詞調劃分爲小令、中調、長調的「三分法」，並首次運用於詞譜的編撰中。全書分爲三卷，小令、中調、長調各一卷；在具體編排中，三類詞調又各按字數的多少來排列順序。清人朱彝尊《詞綜·發凡》以及《四庫全書總目》提要，多誤以爲「詞家小令、中調、長調之分」始於明顧從敬《類編草堂詩餘》，實則顧從敬改編的分調本《草堂詩餘》刊行於嘉靖二十九年（一五五〇），比張綖《圖譜》初刻本已晚了約十四年。儘管張綖對小令、中調、長調的字數還没有做出嚴密的界定，清初以來朱彝尊、萬樹等人對誤加於顧從敬《類編草堂詩餘》創始的詞調「三分法」多有指摘，且包括萬樹在内的明清人在編撰詞譜的過程中也在努力尋求其他的分類方法，但這種「三分法」仍以其所具有的合理内核和簡便實用的特點，而得到了包括《欽定詞譜》在内的詞譜和詞選的廣泛運用。

其三，張綖還提出和表現了一些頗有創見和建樹的詞學觀念和詞學理論。

在《圖譜》的編撰體例及選調繫詞中，尤其是在自序、《凡例》及例詞的按語或附注中，張綖還提出和顯露了一些非常有見地和創獲的詞學觀念和詞學理論。其中流傳最廣影響最大的，當首推婉約、豪放「二體説」。其説即出自《圖譜・凡例》的末尾，乃以附識按語的形式加以揭示：「按詞體大略有二，一體婉約，一體豪放。婉約者，欲其辭情醞藉；豪放者，欲其氣象恢弘。蓋亦存乎其人，如秦少游之作多是婉約，蘇子瞻之作多是豪放。大抵詞體以婉約爲正，故東坡稱少游爲今之詞手，後山評東坡詞雖極天下之工，要非本色。今所録爲式者，必是婉約，庶得詞體。又有惟取音節中調，不暇擇其詞之工者，覽者詳之。」其所謂「詞體」，本意當偏指詞的文體特性或體性特徵，以「婉約」、「豪放」二分之，又分别以「辭情醞藉」和「氣象恢弘」加以描狀；雖提出「大抵詞體以婉約爲正」，且謂「今所録爲式者，必是婉約」，卻又補充「蓋亦存乎其人，如秦少游之作多是婉約，蘇子瞻之作多是豪放」，可見張綖對於「詞體」的劃分和體認既具有宏通的視野，也包含開放的胸襟。這既是張綖長期觀照詞史與「詞體」的結果，應該也是他編撰《圖譜》的創獲和總結。然而這種「詞體二分法」在後來的詞學批評中被逐步延伸和指向詞的風格流派，已經偏離了張綖的本意，以致滋生流弊，遭到非議。儘管如此，我們仍然不能不承認它所具有的理論意義和實踐價值。

張綖在《圖譜》的編撰中也體現出了一定的辨調備體意識。除了上述對於「詞體」基本屬性或總體特徵的體認與揭示之外，張綖在編撰《圖譜》的具體過程中，也涉及對一些同調異體或一調多體詞調的辨認與處理。在周瑛《詞學筌蹄》中雖然也出現了一調之下收録多首例詞的現象，但並非是對同調異體的排列，而是兼收並録同調中名篇佳作的表現。而張綖《圖譜》則明顯表現出較自覺的辨調與備體意識。這在《凡例》中即有明確揭示：「圖後録一古名詞以爲式，間有參差不同者，惟取其調之純者爲正，其不同者，亦録其詞於後，以備參考。」全書所收一百多個詞調，雖然大多數都是一調一詞，但也有部分詞調爲一調多詞，共計四一調，每調收詞都在二首以上，最多者達五首、六首。卷一所收一調多詞凡一五調，除《應天長》（四首）、《玉樓春》（三首）、《雨中花》（三首）三調所收各詞應區分爲同名異調之外，其餘一二調所收多詞則皆屬同調異體。卷二、卷三所收一調多詞分别爲一五調、一一調，同調異體皆各占九調，同名異調則各有六調、二調。可見張綖《圖譜》所收一調多詞的詞調數量既占到全書所收詞調總數約四分之一的比例，除了共一一調當區分爲同名異調之外，其餘三〇調所收多首例詞皆屬同調異體性質。此外，《圖譜》對於一些體式接近的詞調，既在譜注中注明與某調「相近」，又以其調附列其下。如卷一於《生查子》調注曰「與《醉花間》相近」，故於所收《生查子》五首例詞後，附列毛文錫《醉花間》詞。屬於這種在目録中未加收録而在正文中附列的所謂與他調「相近」的詞調，全書只有四調，皆收録在卷一，即《醉花間》、《醉公子》、《巫山一段雲》、《玉樹後庭花》，實則與《生查子》、《菩薩蠻》、《卜算子》、《玉聯環》各調體式雖近，而淵源不同，格調各異。同時，張綖也注意到同調異名及同名異調的現象。這在《凡例》中也有揭示：「詞有同一調而名不同者，蓋調有定格不可易，名則可易。如東坡赤壁《念奴嬌》，因末有『酹江月』三字，後人作此調者即謂之《酹江月》，又謂之《赤壁詞》，又謂之《大江東去》，因其一百字，又謂之《百字令》之類是也。亦有同義易之者，如《蝶戀花》謂之《鳳棲梧》、《鵲踏枝》，《紅繡鞋》謂之《朱履曲》之類是也。今皆列注名下，云一名某，一名某，使覽者知其同調。其有名同而調不同者，則並録其詞於後。」對一調多名或同調異名，張綖已於圖譜中多有標注；至於「名同而調不同者」，張綖雖然已經有所注意，但他並没有在圖譜中加以考辨，只是「並録其詞於後」，容易與同調異體相混淆。當然，《圖譜》對同名異調現象偶爾也有標注，如《應天長》一調以韋莊小令詞撰譜，附列牛嶠小令及葉夢得、周邦彦長調，於牛嶠小令詞後即注曰：「又長調與此不同。」儘管張綖對同名異調的考辨還相當疏略，對同調異體的甄辨也不夠嚴密和完備，故所收詞調中也出現了一些未能區分同名異調以及同調重複收録的例子，但他對同名異調的關注，尤其是在同調下收録多詞以備體以及標注詞調異名等做法，仍然給明清後續詞譜的編撰提供了門徑、啟示和借鑒。

張綖對於詞調格律則持守既講求協律規範也允許靈活變化的通脱思想。從其自序可見，張綖在年輕的時候曾頗爲敬佩其岳丈西樓翁王磐「妙達音旨」的造詣，並曾「得聞精論」，在聲律和填詞方面受到指點和獎勉，這也是激發他編撰《圖譜》的起因所在；而其編撰《圖譜》的目的則在於爲童蒙指示填詞門徑，故講求格律規範本是題中應有之意。然而張綖對詞調格律又並非一味拘泥，而是持有較爲寬泛和包容的態度。這在《凡例》第一條末尾的附注中即有表露：

按諸調字有定數，而句或無常，蓋取其聲之協調，不拘拘句之長短，此惟習熟縱横者能之。

《凡例》第三條末尾亦有附注：

《太和正音譜》字字註定四聲，似爲太拘。嘗聞人言，凡詞曲上去入聲與舊調不同者，雖可歌，播諸管弦則齟齬不協。不知此正由管弦者泥習師傳，無變通耳。

又如《水龍吟》陸游「摩訶池上追遊路」詞後附注云：

按調中字數，多有兩句相牽連者。此調首句本是六字，第二句本是七字，若「摩訶池上追遊路」則七字，下云「紅緑参差春晚」卻是六字。又如後篇《瑞鶴仙》，「冰輪桂花滿溢」爲句，以「滿」字叶，而以「溢」字帶在下句。别如二句分作三句，三句合作二句者尤多。然句法雖不同，而字數不少，妙在歌者上下縱横取協耳。

又如《摸魚兒》歐陽修「捲繡簾」詞後附注云：

「那堪更」，「更」字當是韻；「佳期過盡」，「盡」字當是韻。今皆無之。蓋大手筆之作，不拘拘於聲韻。然音律既諧，雖無韻可也。但韻是常格，非歐公，不可輕變。

將這些按語或附注加以融匯貫穿，便可以看出張綖對於詞調格律表達了這樣幾層看法和態度：第一，遵守詞調「字有定數」，承認「韻是常格」，追求「聲之協調」和「音律既諧」；第二，允許「句或無常」，認爲「兩句相牽連者」多有句法不同，主張「不拘拘句之長短」；第三，認爲「字字註定四聲，似爲太拘」，不滿於「管弦者泥習師傳，無變通」者，更追求「妙在歌者上下縱横取協耳」；第四，認爲對聲律的變通「蓋大手筆之作」，「此惟習熟縱横者能之」，於初學者則應守「常格」，「不可輕變」。可見張綖對於詞調格律的歸納和探討既涉及字、句、聲、韻等各個方面，而又表達了守而不拘、富於張力的觀念和思想；這既是對南宋以來詞體聲律學的繼承和發展，也對明清詞譜學的走向成熟和精密做出了鋪墊。

四、《詩餘圖譜》的流傳與影響

作爲一部具有開創性的詞譜，《圖譜》的編撰雖然準備時間不短，而編刻畢竟有些倉促，加之幾乎無所借鑒，所以也就很難一步登上成熟和完善之境。《圖譜》所帶有的初編本性質及其探索性特徵，在嘉靖十五年初刻本中也留下了未加掩飾的痕跡。如卷一《一落索》一調，注曰「即《洛陽春》重出」，意謂二調屬同調異名，前面已收《洛陽春》，此處再收《一落索》，乃同調重出；又如卷二《風入松》一調，以康與之「一宵風雨送春歸」詞爲例製譜，然詞與譜不盡相合；附録虞集「畫堂紅袖倚清酣」詞爲同調異體，注云「此詞應圖當在前」，意謂虞集此詞纔與圖譜相合，當以此首爲例排列在前，以康詞爲附録排列在後。又如卷二《驀山溪》一調，以黄庭堅詞爲例製譜，附列張震、陸游詞爲同調異體，卻於陸游「元戎十乘」詞僅録上片，而注曰「誤録」。從這三例明顯可見，張綖已經發現這三處編撰有誤或存在問題，雖加以了注釋説明，卻没有在付梓前後進行删改或挖補，大概是因爲刊刻在即，來不及完成，或者是打算留待以後加以修訂吧。其於《浣溪沙》一調圖譜後注云「平仄皆可用者，前後黑白互見，多有刊誤者，俟訂」，似乎也透露了這種以俟修訂的設想。此外，《凡例》亦云：「《圖譜》未盡者，録其詞於《後集》，仍注字數韻脚於下，分爲四卷，庶博集衆調，使作者采焉。」可見張綖所編《圖譜》實分兩部，三卷本爲前集或初編本，四卷本爲後集或續編本，後者乃具有補前者闕失與不足之用意。惟《後集》不見刊刻與傳存，而初編本也終因張綖後來主要致力於其他著作的編撰與刊刻、七年後便遽然仙逝而未及修訂，遂留下諸如同調重出、辨調不嚴、選調不精、校律不切乃至譜注有誤等瑕疵與遺憾。設若天假其年，張綖得以完成修訂之役，《圖譜》當更臻精善與完備。

儘管如此，在明清人所編詞譜類著作中，張綖的《圖譜》仍屬上品，故流傳甚廣，影響深遠。僅在明代中後期，就出現了多種《詩餘圖譜》的校訂本、增補本和重刻本。其中較重要的有五種，茲依時代先後順序，略述如下。

第一種，即最早出現的當爲金鑾校訂本（簡稱「金本」）。此本題署「關中金鑾校訂」，今藏北京中國國家圖書館，亦收入中國國家數字圖書館《中華古籍資源庫》。卷首録蔣芝序及原書《凡例》，未録張綖自序，亦無校訂之序。金鑾（一四九四—一五八七），又名金鑾，字在衡，號白嶼山人，自稱隴西人。其校訂《詩餘圖譜》，當在萬曆十五年（一五八七）他去世之前，晚者即在萬曆初至萬曆十五年間，早者可能在隆慶年間（一五六七—一五七二），甚至可能在嘉靖後期。可見在《圖譜》初刻本問世約三十年至五十年之間，就出現了金鑾的校訂本。儘管校訂並不精審，但卷首較忠實地收録了原刻《凡例》，對於《圖譜》的流行以及張綖詞學思想的流傳無疑起到了推動作用。

第二種，爲王象晉之兄王象乾刊本。該本刊行於萬曆甲午、乙未間（一五九四—一五九五），當是對嘉靖初刻本的翻刻本。此本原刻今已不傳，王象乾是否有所校訂亦不得其詳，但據王象晉《重刻詩餘圖譜序》所述：「見者爭相玩賞，竟攜之而去，今書簏所存，日見寥寥，遲以歲月，計當無剩本已」，則可見當時甚受歡迎，頗有流傳。

第三種，爲謝天瑞《新鐫補遺詩餘圖譜》十二卷本（簡稱「謝本」）。此本刊刻於萬曆二十七年（一五九九），今藏北京中國國家圖書館，有《續修四庫全書》本等。卷首有謝天瑞《新鐫補遺詩餘圖譜序》，署「時皇明歲次己亥季秋望後十日，武林後學謝天瑞甫謹識」，另録蔣芝序及《凡例》，惟刊落張綖自序。此本除了將原書三卷改編爲六卷之外，又增加了《補遺》六卷，補調一九〇餘調，且較完整地保存了原書的《凡例》，對於《圖譜》的流布與增廣亦頗有功焉。

第四種，爲游元涇《增正詩餘圖譜》三卷本（簡稱「游本」）。原本刊刻於萬曆二十九年（一六〇一），僅比「謝本」晚了兩年。今有北京中國國家圖書館藏本，亦收入中國國家數字圖書館《中華古籍資源庫》。卷首有游元涇《重刻詩餘圖譜引》，署「萬曆辛丑季秋九日，新安婺東後學惟清游元涇謹識於望台閣」，未録張綖自序及蔣芝序，保留了《凡例》。此本雖然對原書只是略有校正，增補亦不過數調，對原書《凡例》又多有删節，但其「增正」的意義仍不容否定。

第五種，爲王象乾之弟王象晉校讎重梓《詩餘圖譜》三卷本（簡稱「王本」）。此本爲毛晉於崇禎八年（一六三五）刻入《詞苑英華》，原刻藏北京大學圖書館，又有《四庫全書存目叢書》本等。此本題署「高郵南湖張綖編輯，濟南霽宇王象乾發刊，康宇王象晉重梓，姑蘇子九毛鳳苞訂正」，可見是在王象乾萬曆刊本基礎上經王象晉讎校、毛晉訂正的重刻本，卷首有王象晉《重刻詩餘圖譜序》，於版本源流及校刻原委敘述甚詳。此本雖然不録原書之序及《凡例》，在校訂方面亦有訛誤，但也對原書圖譜及例詞有所匡正和校補，可謂功過參半，有失有得。

綜上所述可見，從張綖《詩餘圖譜》刊刻的嘉靖十五年（一五三六），到崇禎八年（一六三五）毛晉將王象晉校本《詩餘圖譜》刻入《詞苑英華》，正好約百年時間，《詩餘圖譜》一書連同原本共有六種重要版本刊刻行世，其對明代中後期的詞壇和詞學所產生的影響當是不言而喻的。就詞譜編撰而言，這種影響還表現在《詩餘圖譜》裔派編撰的出現以及其他新詞譜的產生。如徐師曾於萬曆元年（一五七三）編成《文體明辨》八十四卷，其中附録卷三至卷十一爲《詩餘》，實際上就是一部改以文字直接標注格律的新詞譜；至萬曆四十七年（一六一九），程明善輯成《嘯餘譜》，卷二至卷四爲《詩餘譜》，雖然是對徐師曾《文體明辨·詩餘》的輯録，但也對原書略有改易校正，對圖譜標注方法也有所創新，尤其是在徐書流傳不廣的情況下《嘯餘譜》的廣泛流布，不僅擴大了《詩餘譜》的影響力，而且對於明清詞譜的編撰也有所借鑒。此外，又如萬惟檀於明末崇禎十一年（一六三八）刊行《詩餘圖譜》二卷，雖是以自己所作詞篇爲例詞，卻採用了張綖原書的圖譜，則堪稱是張綖《圖譜》編撰的裔派與别本，也同樣可以視爲張綖《圖譜》影響下的產物。

《四庫全書總目》卷二百於張綖《詩餘圖譜》提要云：「是編取宋人歌詞，擇聲調合節者一百十首，匯而譜之，各圖其平仄於前，而綴詞於後。有當平當仄、可平可仄二例，而往往不據古詞，意爲填注；

於古人故爲拗句，以取抗墜之節者，多改諧詩句之律。又校讎不精，所謂黑圈爲仄，白圈爲平，半黑半白爲平仄通者，亦多混淆，殊非善本，宜爲萬樹《詞律》所譏。」除了「改拗爲順」、「校讎不精」兩點較爲符合實際之外，總體評價偏低。且有兩點錯誤和不實之處。其一，謂全書收詞「一百十首」，實有訛誤，當爲一二〇首；其二，指張綖其書「宜爲萬樹《詞律》所譏」，亦有不實，實際上《詞律》所駁所譏之《圖譜》或「譜圖」，乃爲清賴以邠《填詞圖譜》，亦間及程明善《嘯餘譜》等譜録，而並非張綖其書，四庫館臣蓋未加詳考以致混誤也。這種訛誤和混淆，我們還可以從《四庫全書總目》卷一七六對張綖《南湖詩集》的提要中，獲得更有力的證明：「考綖嘗作《填詞圖譜》，蓋刻意於倚聲者，宜其詩皆如詞矣。」這裏便直接把《填詞圖譜》誤記爲張綖所作。

清沈雄《古今詞話・詞評》下卷「張綖」條評曰：「維揚張世文爲《圖譜》，絕不似《嘯餘譜》、《詞體明辨》之有舛錯，而爲之規規矩矩，亦填詞家之一助也。」謂絕無舛錯，亦屬過譽；稱其「爲之規規矩矩，亦填詞家之一助」，則較爲中肯。又清鄒祇謨《遠志齋詞衷》「張程二譜多舛誤」條評曰：「今人作詩餘，多據張南湖《詩餘圖譜》，及程明善《嘯餘譜》二書。南湖譜平仄差核，而用黑白及半黑半白圈，以分别之，不無魚豕之訛，且載調太略。……至《嘯餘譜》，則舛誤益甚。」雖有批評，卻較爲平實。而鄒祇謨同書「南湖詩餘圖譜」條又云：「張光州南湖《詩餘圖譜》，於詞學失傳之日，創爲譜系，有華路藍縷之功。」則從詞學史和詞譜史的視角和層面來評價張綖《圖譜》的成就和地位，可謂客觀而公允。

整理説明

一、本書以明嘉靖丙申年（一五三六）所刻三卷本爲底本，此本既是最早之初刻本，也是此後校訂、補遺、增正、重刻各本之祖本。原本藏臺灣「中央圖書館」，簡稱原本。主要參校本有：（一）明金鑾校訂《詩餘圖譜》三卷本，蓋萬曆十五年（一五八七）金氏去世前校訂本，原本藏北京中國國家圖書館，又收入中國國家數字圖書館《中華古籍資源庫》，簡稱金本；（二）明萬曆二十七年（一五九九）謝大瑞《新鐫補遺詩餘圖譜》十二卷本，原本藏北京中國國家圖書館，《續修四庫全書》據以影印，簡稱謝本；（三）明萬曆二十九年（一六〇一）游元涇《增正詩餘圖譜》三卷本，原本藏北京中國國家圖書館，又收入中國國家數字圖書館《中華古籍資源庫》，簡稱游本；（四）明崇禎八年（一六三五）王象晉讎校重梓《詩餘圖譜》三卷本，毛晉訂正並刻入《詞苑英華》，原刻藏北京大學圖書館，《四庫全書存目叢書》據以影印，簡稱王本。

二、本書整理，主要對圖譜和詞作進行標點和匯校。對圖譜體例謹遵原本，於圖譜符號亦沿用其舊，即以空心白圈（○）表平聲字，以實心黑圓（●）表仄聲字，以上白下黑圓符（◐）表本平可仄，以上黑下白圓符（◐）表本仄可平。原本於圖譜前後及中間皆以文字注釋，部分詞調例詞後還有注語和按語，茲皆依意爲之斷句標點；圖譜總注文字原本皆用單行大字，茲用小四號宋體字；圖譜中每句之下的注釋文字，原本用雙行小字，茲用小五號宋體字標示；對於原本凡例中及例詞後的按語和注語，則均加注圓括號，用五號楷體字標示；對於調名，於頁面上端落兩格排列；調名下有注釋異名等内容者，空一格排列；對於例詞，則依例另起一行標示「詞」字，亦落兩格排列，同行下端提兩格署詞人姓名；有詞題者，則另起一行，落三格排列；對於詞人姓名亦謹遵原本題署，於原本未署名或署名有歧誤者，則以脚注方式加按語予以説明或考訂；對於例詞則遵譜依律爲之斷句，均採用現代漢語的標點符號，以「，」表句，「、」表讀，「。」表韻；例詞兩片之間依原本體例用「○」分隔。對於原本中的古今字、異體字、俗字等，少量用作調名者或已不常用者皆改用正體字，如「筭」改「算」，「佀」改「似」，「揔」改「總」，「咲」改「笑」等，其餘則多從原本，不予統一。

三、對於圖譜標注和例詞文字的校勘，皆謹遵原本，不做臆改，以更好地保存原貌；原本明確有誤者，則據參校本加以校訂，並出校記注明；原本不誤而參校本有誤或有異者，一般不出校記，有重要異文者，則酌爲出校；對於詞調、詞題及詞作異文的校訂，主要限於底本與參校本的範圍内，少量重要異文的校訂則略有突破，亦主要限於各名家詞别集之宋元明鈔刻本或景刻本，《花間集》、《尊前集》、《樂府雅詞》、《花庵詞選》（含《唐宋諸賢絶妙詞選》、《中興以來絶妙詞選》二種）、《草堂詩餘》、《全宋詞》等唐宋選本與斷代總集，以及《詞律》、《詞譜》等重要詞譜著作；涉及詞調名與異名及詞題標注、詞句分斷、詞體劃分等存在歧異者，亦擇要出校，或略加按語予以説明與校訂。

四、本書所參校的各名家詞別集及唐宋詞選本，主要依據明清至民國間幾種重要的詞集叢刻和叢書本，其名稱、版本和簡稱如下：明吳訥鈔本《唐宋名賢百家詞》，民國林大椿編校排印本，簡稱《百家詞》本；明毛晉輯刻《宋六十名家詞》，簡稱汲古閣本；清文淵閣《四庫全書》，簡稱四庫本；清鮑廷博校刻《知不足齋叢書》，簡稱鮑本；清伍崇曜刊刻《粵雅堂叢書》，簡稱《粵雅堂叢書》本；民國吳昌綬、陶湘輯《景刊宋金元明本詞》，簡稱景宋本、景元本、景明本；清王鵬運輯刻《四印齋所刻詞》，簡稱四印齋本；民國朱孝臧輯校《彊村叢書》，簡稱《彊村叢書》本。所參校的唐宋金元詞斷代總集和清代詞譜，其名稱和版本如下：唐圭璋編《全宋詞》，中華書局一九六五年修訂本；唐圭璋編《全金元詞》，中華書局一九七九年版；曾昭岷等編《全唐五代詞》，中華書局二〇〇八年版；清萬樹編《詞律》，上海古籍出版社一九八四年影印本；清王奕清等編《欽定詞譜》（簡稱《詞譜》），中國書店二〇一〇年影印本。

五、明末毛晉輯《詩餘圖譜補畧》一卷，舊鈔本，有民國戊午年初園居士丁祖蔭跋，蓋出清菰里瞿氏藏書樓，今藏上海圖書館。兹謹據此本加以標點，姑存原貌，附於張綖《詩餘圖譜》之後，以備參考。

六、書末附録三種資料：（一）張綖生平資料，僅據《張南湖先生詩集》收録明顧瓌撰《南湖墓誌銘》；（二）序録資料，主要輯録各本《詩餘圖譜》序言、《四庫全書總目》提要等；（三）評論資料，摘録歷代詞話有關論述與評鑒。

詩餘圖譜序

文詞至宋，斯盛極矣。自歐陽公首倡，於時文人詞客，彬彬輩出。眉山有蘇子瞻，豫章有黃魯直，臨川有王介甫，彭城有陳無己，高郵有秦少游，皆文詞宗工，諸家集可覩也。而秦之賦才特長于詞，故謂其以詞爲詩。蓋秦之于詞，猶騷之屈，詩之杜，千載絕唱也。東坡嘗題其《踏莎行》云：『萬人何贖！」山谷則曰：「少游醉臥古藤下，誰與愁眉唱一盃。」荊國則稱其：「清新婉麗，鮑、謝似之。」後山乃謂：「今之詞手，惟有秦七、黃九。」[一]誦羣公之論，即秦之長於詞，殆天賦也歟！當時傳播人間，雖遠方女子亦知膾炙，至有好而至死者，非鍼芥之感，何至爾爾！嗟夫，長淮大海，精華之氣，振古于兹！南湖張子，後少游而生者，其地同，才之賦又同，雅好詞學，自得三昧，兹地靈之再洩也歟。嘗作《詩餘圖譜》三卷[二]。嗟夫，秦之遺風流韻，盡在是矣。譜瀀前具圖，後系詞，燦若黑白，俾填詞之客索駿有象，射鵠有的[三]，殆於詞學章章也。余素非知音，玩斯圖也，稽虛待實，元不盡意[四]；若夫審陰陽之元聲，完平澮之大雅，一以上復依永之道，顧作者何如？兹張子志也。然則揚淮海之波，匯巫峽，引修江，浥古梁，帶金陵，而注之海，斯人之收功，吾將望洋也乎！

嘉靖丙申夏六月吉，成都百潭蔣芝書于江漢亭[五]。

【校】

[一]秦七、黄九：謝本作「秦少游、黄山谷」。
[二]三卷：謝本作「六卷」。
[三]射鵠：謝本作「射鵰」。
[四]元：謝本作「無」。
[五]「嘉靖」二句：金本、謝本皆作「成都百潭蔣芝書」。按：游本、王本無此序。

詩餘圖譜序

往時外舅王西樓妙達音旨，嘗見其觀古詞合律者，輒曰：此宫聲也，角聲也。或曰：商調，越調，大、小石調也。叩之，遂得聞精論。倚其調有作，呈上，過蒙與進，且曰：新聲日盛，斯製也，其將不傳乎？吾於子有望矣。予後裒得唐宋以來及我朝諸名人詞，無慮數百家，暇日諷詠，亦似有得。間見當世君子詩文，高竝古人，獨於詞調或不留意，謂其不屑留意也。竊欲私作一譜，與童蒙共之，而未遑也。近檢篋笥，得諸詞，爲成《圖譜》三卷，《後集》四卷，以副西樓翁之意。嗚呼，聲音之道微矣哉。夫盈穹壤間聲象而已矣，象以止異，聲以流同，此禮樂所由作也。然則合異而同非，聲音不能通矣。是故禮待樂而後成，虞庭以樂育人才，和上下，格神人，而始諸永言；聖門興詩成樂，亦爲成材終身之序。程子謂：古人之詩如今之歌曲。當是時，金元度曲未出，所謂歌曲者，正謂詞調耳。是則雖非古聲，其去今人之曲，不有間耶？由是而馴遡諸古，非其階梯也乎？孔子曰：吾猶及有馬者，借人乘之。借馬細事，而聖人思焉，其欲存舊也。如此，詞雖小技，不猶有大於借馬者乎！或曰：鼓舞鴆毒，奈何？夫固謂其馴遡諸古也。若徒以其麗而淫焉，則靡靡之音，未見非古欣欣之樂，殆不可以今廢鄭衛之什，正懲邪誨，此又存夫人耳。極知細惭雕篆，卑甚魚蟲，然前輩風流，亦或因兹而見。且今之淫曲甚矣，稍存舊制，爲遡古之地，可也。

嘉靖丙申歲夏四月下浣日，高郵後學南湖居士張綖序。〔一〕

【校】

〔一〕按：金本、謝本、游本、王本皆無張綖自序。

詩餘圖譜凡例[一]

一　詞調各有定格，因其定格而填之以詞，故謂之填詞。今著其字數多少，平仄韻脚，以俟作者填之，庶不至臨時差誤，可以協諸管絃矣[二]。（按：諸調字有定數，而句或無常，蓋取其聲之協調，不拘拘句之長短[三]，此惟習熟縱横者能之。）

一　詞格多是雙調，後段謂之換頭。前後相同者，惟列前段圖説，後段可以類推，則云同前，省文也[四]。惟與前段有異者，乃俱列之。

一　詞中字當平者[五]，用白圈；當仄者，用黑圓[六]；平而可仄者，白圈半黑其下；仄而可平者，黑圓半白其下。其仄聲又有上去入三聲，則在審音者裁之，今不盡著。（《太和正音譜》字字註定四聲[七]，似爲太拘。嘗聞人言，凡詞曲上去入聲與舊調不同者，雖可歌，播諸管絃則齟齬不協。不知此正由管絃者泥習師傳，無變通耳[八]。若欲得夫聲氣之正，必有至人神悟黄鍾之律然後可[九]，非黍筒牛鐸所能定也。）

一　韻脚初入韻者，謂之起（平韻起，仄韻起）。承上韻者，謂之叶（平叶，仄叶）。有換韻者，曰換

（平韻换，仄韻换）。有句中藏韻者，初曰中韻起（中平韻起，中仄韻起）。藏韻承上者[十]，曰中叶（中平叶，中仄叶）[十一]。

一　圖後録一古名詞以爲式，間有參差不同者，惟取其調之純者爲正，其不同者，亦録其詞于後，以備參考[十二]。

一　詞有同一調而名不同者，蓋調有定格不可易，名則可易[十三]。如東坡赤壁《念奴嬌》，因末有「酹江月」三字，後人作此調者即謂之《酹江月》，又謂之《赤壁詞》，又謂之《大江東去》，因其一百字，又謂之《百字令》之類是也。亦有同義易之者[十四]，如《蝶戀花》謂之《鳳棲梧》、《鵲踏枝》，《紅繡鞋》謂之《朱履曲》之類是也。今皆列註名下，云一名某，一名某，使覽者知其同調[十五]。其有名同而調不同者[十六]，則竝録其詞于後。

（凡名詞之義，吴人都玄敬嘗著其説于《南濠詩話》。要之，不盡如都説。蓋古人或是因篇首之字而名之[十七]，如《詩》、《關雎》之類。或是取篇中字之雅者名之，如《書》、《梓材》之類。後人承之，即謂之某調耳。故苟不異其音節，則名亦可易。）[十八]

一　圖譜分三卷，第一卷小令，第二卷中調，第三卷長調[十九]。每卷之調，又以字數爲序。

一　圖譜未盡者，録其詞于後集，仍註字數韻脚于下，分爲四卷[二十]，庶博集衆調，使作者採焉[二十一]。

（按：詞體大略有二，一體婉約，一體豪放。婉約者，欲其辭情醖藉；豪放者，欲其氣象恢弘。盖亦存乎其人，如秦少游之作多是婉約，蘇子瞻之作多是豪放。大抵詞體以婉約爲正，故東坡稱少游爲今之詞手[二十二]，後山評東坡詞雖極天下之工，要非本色。今所録爲式者，必是婉約，庶得詞體。又有惟取音節中調，不暇擇其詞之工者，覽者詳之。）[二十三]

【校】

[一] 按：金本、謝本、游本皆録凡例，惟王本未録。

[二]「以俟」三句：游本作「依字畫圖，以俟作者填之，庶音調無差，可協絃管」。

[三] 不拘拘：游本作「不拘」。

[四]「前後相同者」五句：游本作「故於前後相同者，惟列前段圖譜，後云同前」。

[五] 詞中字：游本作「詞譜中字」。

[六] 黑圓：游本作「黑圈」，下同。

[七] 註：金本、謝本作「討」。

[八]「嘗聞人言」六句：游本作「不知詞曲上去入聲與舊調不同者，雖可歌詠，然播諸管絃則齟齬不協，此由無變通耳」。

〔九〕「若欲得夫」二句：游本删「夫」、「有至人」四字。

〔十〕藏韻：金本、謝本作「藏頭」，蓋訛誤。

〔十一〕按：此條「平韻起，仄韻起」等小字注文，游本皆加「注云」二字。

〔十二〕此條游本作：「圖後並録古名詞爲式，並取其調之純者附入，其參差不同者，恐滋疑貳，故不録。」

〔十三〕「盖調有」二句：游本作「蓋調定不可易，而名則可易」。

〔十四〕同義易之者：謝本作「義同而名異者」。

〔十五〕「云一名某」三句：游本删省作「使覽者知之」。

〔十六〕名同而調不同者：謝本作「名同而調異」。按：此句及下句，游本皆删之。

〔十七〕或：謝本、游本作「説」。

〔十八〕此條注語，游本删而不録。

〔十九〕「圖譜分三卷」四句：游本同作三卷，惟云「上卷」「中卷」「下卷」。謝本作「圖譜分爲六卷，二卷小令，二卷中調，二卷長調」。

〔二十〕四卷：謝本作「十二卷」。

〔二十一〕此條游本作：「舊圖譜原未盡入，今擇詞名之常用者，增圖注譜，餘詞頗繁，不能盡載，蓋別有詩餘全集可觀也。」謝本移作凡例末尾一條。

［二十二］爲今之詞手：游本作「爲之詞手」，無「今」字。

［二十三］按：此段文字乃編者按語，故附於凡例之末，惟原本仍用單行大字另起排列，僅比凡例正文低一格，各本皆同。

詩餘圖譜卷之一

高郵　張綖　世文

上西樓(一)　一名《相見歡》[一]

前段四句，三韻，十八字

◓○◓●○○首句六字，平韻起●○○二句三字，平叶◓●◓○○●三句六字●○○四句三字，平叶

後段四句，二韻，十八字

◓○●◓○●起句六字●○○二句三字，平叶◓●◓○○●三句六字●○○四句三字，平叶

(一) 按：此調當以《相見歡》爲正名，《詞律》卷二、《詞譜》卷三皆收《相見歡》，注爲唐教坊曲名，別名《上西樓》、《西樓子》、《烏夜啼》等。

詞

春暮[二]

陸放翁

江頭緑暗紅稀。燕交飛。忽到當年行處，恨依依(一)。〇灑清淚嘆人事(二)，與心違。滿酌玉壺花露，送春歸。

【校】

[一]王本注補「一名《西樓子》」五字。

[二]王本無題。按：景宋本《渭南詞》、《百家詞》本、汲古閣本《放翁詞》皆無題。

(一)按：《詞律》、《詞譜》所收此調各體，於兩段結句皆作九字句，或於第六字下注「讀」。

(二)按：「灑清淚」句，當作「灑清淚，嘆人事」二句，「淚」「事」二字換押仄韻。參見《詞律》、《詞譜》。

長相思（一）

前段四句，四韻（二），十八字

◒◓○首句三字，平韻起◒◓○[一]二句三字，平叶◓●○○◓●○[二]三句七字，平叶◒○◒●○[三]四句五字，平叶

後段同前

詞

張子野（三）

別意[四]

蘋滿溪。柳遶堤。相送行人溪水西。歸時壠月低。○煙霏霏。雨淒淒。重倚朱門聽馬

（一）按：鮑本《張子野詞》卷一調名作《相思令》。

（二）按：《詞譜》卷二收此調，以白居易詞爲正體，注「前後段各四句，三平韻，一疊韻」，「此詞前後段起二句俱用疊韻」。

（三）按：此詞又作歐陽修詞，景宋本《欧阳文忠公近體樂府》卷一及《醉翁琴趣外篇》卷六並錄；四庫本《樂府雅詞》卷上亦作歐陽修詞；《全宋詞》於張先、歐陽修兩收並存，略有異文：歸，一作「回」；壠，一作「隴」；雨，一作「風」；鴉，一作「鷗」；啼，一作「飛」。

嘶。寒鴉相對啼。

【校】

[一] 第一字「◒」，王本注「◓」。

[二] 第一、五字「◓」，王本皆注「◒」。

[三] 第三字「◒」，王本注「◓」。

[四] 游本題「別意二首」，王本無題。按：《張子野詞》、《近體樂府》皆無題。

又[一](一)

一重山。兩重山。山遠天高煙水寒。相思楓葉丹。○菊花開，菊花殘。塞鴈高飛人未還。一簾風月閒。

(一) 按：景明洪武本《草堂詩餘・前集》卷下未署名，明顧汝所刊本《類編草堂詩餘》卷一作李煜詞；《全宋詞》據《栟櫚先生文集》卷十一録作鄧肅詞，調名《長相思令》。

【校】

[一] 原本未署名，亦未注出處；游本誤作張先詞，與前首並列爲「別意二首」之二；王本刪此首。

醉太平[一]

前段四句，四韻，十九字

◐○●○首句四字，平韻起◐○●○二句四字，平叶◐○◐●○○三句六字，平叶◐○○●○四句五字，平叶

後段同前

詞 劉龍洲[二]

情高意真。眉長鬢青。小樓朙月調箏。寫春風數聲。○思君憶君。魂牽夢縈。翠綃香暖

[一] 按：四庫本《龍洲集》卷十二、《粵雅堂叢書》本《陽春白雪》卷五調名皆作《四字令》。

[二] 按：此詞《百家詞》本《龍洲詞》無題，汲古閣本題「閨情」，注「時刻誤潛夫」。

雲屏。更那堪酒醒。

生查子　與《醉花間》相近〔一〕

前段四句，二韻，二十字

◐○◐●○首句五字◐●○○●二句五字，仄韻起◐●●○○三句五字◐●○○●四句五字，仄叶

後段同前

詞

詠箏　張子野[一]〔二〕

含羞整翠鬟，得意頻相顧。鴈柱十三絃，一一春鶯語。○嬌雲容易飛，夢斷知何處。深院

〔一〕按：《醉花間》雖與《生查子》體式相近，而實屬異調。《詞律》卷三、《詞譜》卷四皆分列爲二調。

〔二〕按：《張子野詞》不收此首，《草堂詩餘・後集》卷下未署名，《類編草堂詩餘》卷一作張先詞；《樂府雅詞》卷上、四庫本《花庵詞選》卷二皆作歐陽修詞；《全宋詞》據《近體樂府》卷一録爲歐詞，無題。

鎖黃昏，陣陣芭蕉雨。

【校】

［一］按：王本未録此詞，改以魏承班「煙雨晚晴天」詞爲例。

又［一］　張泌

相見稀，喜相見。相見還相遠。檀畫荔枝紅，金蔓蜻蜓軟。○魚鴈疎，芳信斷。花落庭陰晚。可惜玉肌膚，銷瘦成慵嬾。

【校】

［一］此首以下共五首皆爲附録，俱載《花間集》；金本、謝本同録，游本僅録魏承班、毛文錫詞，不録張泌、孫光憲詞；王本以魏詞制譜，餘詞皆刪。

又

魏承班

煙雨晚晴天，零落花無語。難話此時心，梁燕雙來去。◯琴韻對薰風，有恨和情撫。腸斷斷絃頻，淚滴黃金縷。

又

孫學士〔一〕

寂寂掩朱門，正是天將暮。暗澹小庭中，滴滴梧桐雨。◯繡工夫，牽心緒。配盡鴛鴦縷。待得没人時，偎倚論私語。〔一〕

【校】

〔一〕按：此詞後有行書小字曰：「『暗淡小中庭』二句，較『微雲河漢』句，不多讓也。蓋彼清新，此則幽思憐人矣。」金本、謝本、王本皆無，蓋爲後人批點，不詳出自何人。

〔一〕按：景明正德仿宋本《花間集》卷八收此詞，署名孫光憲。

又[二]

暖日策花驄，嚲鞚垂楊陌。芳草惹煙青，落絮隨風白。〇誰家繡轂動香塵，隱映神仙客。狂殺玉鞭郎，咫尺音容隔。

【校】

[二] 此首原本未署名，蓋承前省略；《花間集》卷八與前首同録作孫光憲詞。

醉花間　毛文錫

休相問。怕相問。相問還添恨。春水滿塘生，鸂鶒還相趁。〇昨夜雨霏霏，臨明寒一陣。偏憶戍樓人，久絕邊庭信。

點絳唇

前段四句，三韻，二十字

◒●○○首句四字◓○◒●○○●二句七字，仄韻起◓○○●三句四字，仄叶◓●○○●四句五字，仄叶

後段五句，四韻，二十一字

◓●◓○起句四字◒●○○●二句五字，仄叶○○●三句三字，仄叶◓○○●四句四字，仄叶◓●○○●五句五字，仄叶

詞　無名氏[一]〔一〕

春雨濛濛，淡煙深鎖垂楊院。暖風輕扇。落盡桃花片。○薄倖不來，前事思量遍。無由見。淚痕如線。界破殘粧面。

【校】

[一]原本署「無名氏」，金本、謝本、游本、王本皆同。

〔一〕按：《草堂詩餘・前集》卷下録此詞，未署名；《類編草堂詩餘》卷一誤作何籀詞；明嘉靖刻楊金本《草堂詩餘・前集》卷下又誤作蘇軾詞。

春光好

前段五句，四韻，十九字

○●●首句三字●○○二句三字，平韻起●○○三句三字，平叶◒●○○●●○四句七字，平叶●○○五句三字，平叶

後段四句，二韻，二十二字

◒●◒○◒●起句六字◒○◒●◒○[二]二句六字，平叶◒●◒○○●●三句七字●○○四句三字，平叶

詞

和凝[一]

蘋葉軟，杏花明。畫船輕。雙浴鴛鴦出綠汀。棹歌聲。○春水無風無浪，春天半雨半晴。紅粉相隨南浦晚，幾含情。

(一) 按：和凝此詞載《花間集》卷六；《百家詞》本、《彊村叢書》本《尊前集》録作歐陽炯詞，蓋誤收，略有異文。

【校】

［一］第三、五字「◒」，王本皆注「◓」。

浣溪沙

前段三句，三韻，二十一字

◒●○○●●○［一］首句七字，平韻起◒○◓●●○○二句七字，平叶◓○◒●●○○三句七字，平叶

後段三句，二韻，二十一字

◓●◓○○●●起句七字◓○◒●●○○二句七字，平叶◓○◒●●○○三句七字，平叶

（平仄皆可用者，前後黑白互見，多有刊誤者，俟訂。）［二］

詞

秦少游㈠

錦帳重重捲暮霞。屏風曲曲鬬紅牙。恨人何事苦離家。○枕上夢魂飛不去，覺來紅日又

㈠按：汲古閣本《淮海詞》注「或刻張子野」；鮑本《張子野詞補遺》卷下題「春閨」，注「此闋又見秦淮海詞」；《全宋詞》收作秦觀詞，注「《類編草堂詩餘》卷一此首誤作張先詞」。

西斜。滿庭芳草襯殘花。

【校】

［一］第一字「◒」，王本注「◓」。

［二］此注金本、謝本、王本並録，游本删之。

又［一］　一名《山花子》(一)　南唐李主(二)

菡萏香銷翠葉殘。西風愁起緑波間。還與容光共憔悴，不堪看。◯細雨夢回雞塞遠，小樓吹徹玉笙寒。多少淚痕無限恨，倚闌干。

(一) 按：四庫本《尊前集》卷上、《花庵詞選》卷一收李王此詞及另首，調名皆作《山花子》。《花間集》另載和凝《山花子》二首，與此詞同體，皆爲《浣溪沙》雜言體之别名。唐敦煌寫本載無名氏《山花子》一首，與《浣溪沙》爲異調。

(二) 按：此詞各本《草堂詩餘》等多誤作李煜詞；王仲聞校訂本《南唐二主詞》、《全唐五代詞》皆作李璟詞。

【校】

［一］此首及下首附録同調異體，金本、謝本同録，游本僅録前首，王本皆刪。

又(一)

紅日已高三丈透。金鑪次第添香獸。紅錦地衣隨步皺。○佳人舞點金釵溜。酒惡時拈花蕊嗅。別殿遙聞簫鼓奏。

戀情深

前段四句，四韻，二十一字

◓●◒○○●●首句七字，仄韻起◓○○●二句四字，仄叶◒○◓●●○○三句七字，平韻換●○○四句三字，平叶

(一) 按：此首原本未署名，蓋承上省略；王仲聞校訂本《南唐二主詞》、《全唐五代詞》皆作李煜詞。

後段四句，三韻，二十一字

◓○◓●●○○起句七字，平叶◓●●○○二句五字，平叶◓◓●○○◓三句六字●○○四句三字，平叶

詞　　毛文錫

宮詞[一]

玉殿春濃花爛熳。簇神仙伴。羅裙窣地縷黃金。奏清音。○酒闌歌罷兩沉沉。一笑動君心。永願作、鴛鴦伴，戀情深。

【校】

[一]王本無題。按：《花間集》卷五無題，四庫本《花草粹編》卷三題「宮詞」。

清商怨(一)

前段四句，三韻，二十一字

(一)按：《樂府雅詞》卷上收此詞，調名作《傷情遠》；周邦彥此調別名《關河令》、《傷情怨》，賀鑄又別名《爾汝歌》等。

◒○◒●◓●●首句七字，仄韻起◓◓○●●二句五字，仄叶◓●○○三句四字◒○○●●四句五字，仄叶

後段四句，三韻，二十二字

◒○○○●●起句六字，仄叶◓●●◓○○●二句七字，仄叶◓●○○三句四字◒○○●●四句五字，仄叶

詞　　歐陽永叔(一)

關河愁思望處滿。漸素秋向晚。鴈過南雲，行人回淚眼。○雙鸞衾裯悔展。夜又永、枕孤人遠。夢未成歸，梅花聞塞管。

菩薩蠻

一名《重疊金》，一名《子夜歌》，又與《醉公子》相近(二)

前段四句，四韻，二十四字

(一) 按：此詞《近體樂府》卷一、《六一詞》卷一並載；又載汲古閣本《珠玉詞》，乃誤收；《詞律》卷三、《詞譜》卷四亦誤作晏殊詞。

(二) 按：此調宋趙善扛等人詞別名《重疊金》，南唐李煜詞別名《子夜歌》。唐詞有薛昭藴等《醉公子》，體式雖與《菩薩蠻》相近，而實爲異調。

◒○◓●○○●首句七字，仄韻起◒○◒●○○●[一]二句七字，仄叶◓●●○○三句五字，平韻換◒
○◓●○[二]四句五字，平叶

後段四句，四韻，二十字

◒○○●●起句五字，仄韻換◓●○○●二句五字，仄叶◓●●○○[三]三句五字，平韻換◒○◓●○
四句五字，平叶

詞

李太白

平林漠漠煙如織。寒山一帶傷心碧。暝色入高樓。有人樓上愁。○闌干空佇立[四]。宿鳥歸飛急。何處是歸程。長亭更短亭。

（此調朱文公有逐句迴文，見《朱子大全》。本朝丘文莊公又有通篇迴文，見《瓊臺吟稿》。）[五]

【校】

[一]第三字「◒」，王本注「◓」。

［二］第一、三字「◒」、「◓」，王本注「◓」、「◒」。

［三］第一字「◓」，王本注「◒」。

［四］闌干：《尊前集》、《花庵詞選》卷一皆作「玉堦」。

［五］按：此四句注文，原本於例詞後另起排列，第一、三句用大字，第二、四句用雙行小字；金本、謝本同録，游本、王本刪之。

醉公子［一］　顧敻

漠漠秋雲澹［二］。紅藕香侵檻。枕倚小山屏。金鋪向晚扃。◯睡起横波慢。獨望情何限。衰柳數聲蟬。魂銷似去年。

【校】

［一］此詞金本、謝本、游本、王本皆附録。

［二］秋：王本作「愁」。

訴衷情(一)

前段四句，三韻，二十三字

◐○◐●●○○首句七字，平韻起◐●●○○二句五字，平叶◐○●○○●三句六字◐●●○○四句五字，平叶

後段六句，三韻，二十一字

◐●●起句三字●○○二句三字，平叶●○○三句三字，平叶◐○●●四句四字◐●○○五句四字◐●○○六句四字，平叶

詞

寒食[二]

僧仲殊

湧金門外小瀛洲。寒食更風流。紅船滿湖歌吹，花外有高樓。○晴日暖，淡煙浮。恣嬉

(一) 按：此調蓋源於唐教坊曲，始見晚唐溫庭筠、韋莊詞，皆單片體，五代魏承班等又有雙片體；宋詞此調蓋另翻新曲，與唐詞當爲同名異調，景宋本《中興以來絕妙詞選》卷一收康與之詞，調名作《訴衷情令》；另有柳永《訴衷情近》，又與令詞不同。

遊。三千粉黛，十二闌干，一片雲頭。

【校】

［一］王本無題。按：《草堂詩餘・後集》卷上入「節序・寒食」類，《花庵詞選》卷九、《類編草堂詩餘》卷一皆題「寒食」。

又［一］　毛文錫

鴛鴦交頸繡衣輕。碧沼藕花馨。隈藻荇，映蘭汀。和雨浴浮萍。○思婦對心驚。想邊庭。何時解珮掩雲屏。訴衷情。［二］

【校】

［一］按：以下三首附録同調異體，金本皆録，王本皆删，謝本録下一首，游本僅録此首。

［二］按：此詞後有行書小字二句曰：「和雨浴浮萍，語纖入畫。」金本、謝本、游本、王本皆無，當非原本所有，蓋爲後人批點。

又　韋莊

碧沼紅芳煙雨靜，倚蘭橈。重玉珮[一]。交帶。裊纖腰。○鴛夢隔星橋。迢迢。越羅香暗銷。墜花翹。

【校】

[一] 重：《花間集》卷三、《詞律》卷二、《詞譜》卷二皆作「垂」。

又　顧敻

夜永抛人何處去[一]，絕來音。香閣掩。眉斂。月將沉。○爭忍不相尋。怨孤衾。換我心、爲你心。始知相憶深。[二]

【校】

[一] 夜永：《花間集》卷七及各本皆作「永夜」。

[二] 按：以上三詞，原本皆分作雙片；《詞律》卷二、《詞譜》卷二皆以韋詞、顧詞爲單片體，以魏承

班、毛文錫詞爲雙片體。

減字木蘭花

前段四句，四韻，二十二字

◐○●●首句四字，仄韻起●●◐○○●●二句七字，仄叶◐●○○三句四字，平韻換◐●◐○●●○四句七字，平叶

後段同前

詞

登巫山縣樓[一]

黃山谷

襄王夢裡。草緑煙深何處是。宋玉臺頭。暮雨朝雲幾許愁。○飛花漫漫。不管羈人腸欲斷。春水茫茫。欲渡南陵更斷腸。

【校】

［一］王本無題。按：景宋本《山谷琴趣外篇》、《百家詞》本《山谷詞》皆有此題。

醜奴兒令

即《採桑子》，一名《羅敷媚》(一)

前段四句，四韻[二]，二十二字

◓○◓●○○●首句七字◓●○○[三]二句四字，平韻起◓●○○三句四字，平叶◓●○○◓●○四句七字，平叶

後段同前

詞

詠雪[三]　　康伯可

馮夷剪碎澄溪練，飛下同雲。着地無痕。柳絮梅花處處春。○山陰此夜明如畫，月滿前

(一) 按：此調唐五代詞本名《採桑子》，至宋别名《醜奴兒》、《醜奴兒令》、《羅敷媚》、《羅敷歌》等。

村。莫掩溪門。恐有扁舟乘興人。

【校】

[一] 四韻：金本、謝本、游本、王本皆同；《詞譜》卷五注三韻。據例詞，兩片實各用三韻。

[二] 第一字「◓」，王本注「◒」。

[三] 王本無題。按：《草堂詩餘・後集》卷上入「節序・詠雪」類；《中興以來絕妙詞選》卷一題「促養直赴雪夜溪堂之約」。

卜算子　平韻即《巫山一段雲》(一)

前段四句，二韻，二十二字

◒●●○○首句五字◒●○○●二句五字，仄韻起◒●○○●●○三句七字◒●○○●四句

(一) 按：《卜算子》與《巫山一段雲》二調雖句讀相同，然創調各有淵源，且用韻不同，聲情各異，當非同調。

五字，仄叶

後段同前

詞 秦處度

春透水波明，寒峭花枝瘦。極目煙中百尺樓，人在樓中不。〇四合裊金鳧，雙陸思纖手。擬倩東風浣此情，情更濃如酒[一]。

【校】

[一] 如：《花庵詞選》卷四作「於」。

巫山一段雲 毛文錫

雨霽巫山上，雲輕映碧天。遠風吹散又相連。十二晚峯前。〇暗濕啼猿樹，高籠過客船。朝朝暮暮楚江邊。幾度降神仙。

好事近

前段四句，二韻，二十二字

◒●●○○[一]首句五字◒●◒○○●[二]二句六字，仄韻起◒●◓○○●三句六字◓○○○●四句五字，仄叶

後段四句，二韻，二十三字

◒○◒●●○○起句七字◓●◓○●二句五字，仄叶◒●◓○○●三句六字◓○○○●八句五字[三]，仄叶

詞

初夏[四]　蔣子雲[一]

葉暗乳鴉啼，風定老紅猶落。蝴蝶不隨春去，入薰風池閣。○休歌金縷勸金卮，酒病煞如

[一] 按：此詞《樂府雅詞・拾遺》卷上署蔣元韻，注「石雲」；《花庵詞選》卷六署蔣元龍，注「名子雲」。

昨。簾捲日長人靜[五]，任楊花飄泊。

【校】

[一] 第一字「◒」，王本注「◓」。

[二] 第三字「◒」，王本注「◓」。

[三] 八句：「八」字當爲訛誤，謝本、游本、王本皆注「四句」。

[四] 王本無題。按：《草堂詩餘·前集》卷下同題；《花庵詞選》卷六題「春晚」。

[五] 靜：王本作「盡」。

繡帶子[一]

前段四句，三韻，二十一字

（一）按：此調蓋首見張先詞，名《相思兒令》；黃庭堅詞三首，別名《好女兒》、《繡帶子》；曾覿詞別名《繡帶兒》。另有歐陽修《好女兒令》、晏幾道等《好女兒》，又與此爲異調。

◓●●○○首句五字，平韻起◒●●○○二句五字，平叶◓●◒○◒●三句六字◓●●○○四句五字，平叶

後段五句，三韻，二十四字

◓●●○○起句五字，平叶◓●●◒●○○二句七字，平叶◒○◒●三句四字◒○◓●四句四字◓●○○五句四字，平叶

詞

詠梅[一]

黃山谷

小院一枝梅。衝破曉寒開。晚到芳園遊戲，滿袖帶香回[二]。○玉酒覆銀盃。盡醉去、猶待重來。東鄰何事，驚吹怨笛，雪片成堆。

【校】

[一] 王本無題。按：《山谷琴趣外篇》卷一、《百家詞》本《山谷詞》卷一皆題「梅」；四庫本《梅苑》卷六調名《好女兒》，題「戎州賞梅」；四庫本《山谷詞》亦名《好女兒》，題「張寬夫園賞梅」。

[二] 晚到芳園、滿袖：四庫本《山谷詞》、《梅苑》皆作「偶到張園」、「沾袖」。

憶秦娥　一名《秦樓月》〔一〕

前段五句，三韻，二十一字

◒◒●首句三字，仄韻起◒○◓●○○●二句七字，仄叶○○●三句疊上三字◒○◒●〔二〕四句四字◓○○●五句四字，仄叶

後段五句，三韻，二十五字

◓○◒●○○●起句七字，仄叶◒○◓●○○●二句七字，仄叶○○●三句疊上三字◓○◓●〔二〕四句四字◓○○●五句四字，仄叶

詞　　　　　　李太白

樂游原〔三〕

簫聲咽。秦娥夢斷秦樓月。秦樓月。年年柳色，覇陵傷别。○樂遊原上清秋節。咸陽古

〔一〕按：宋毛滂等人此調多名《秦樓月》，蓋取意於李白「秦娥夢斷秦樓月」詞句；另有蘇軾詞别名《雙荷葉》等。

道音塵絶。音塵絶。西風殘照，漢家陵闕。

【校】

〔一〕第三字「◒」，王本注「◓」。

〔二〕第一、三字「◓」，王本皆注「◒」。

〔三〕王本無題。按：《花庵詞選》卷一無此題，《草堂詩餘・前集》卷下入「秋景・秋思」類。

又〔一〕　孫夫人〔二〕

花深深。一鈎羅襪行花陰。行花陰。閒將柳帶，試結同心。○耳邊消息空沉沉。畫眉樓上愁登臨。愁登臨。海棠開後，望到如今。

【校】

〔一〕此首附録平韻體，金本、謝本、游本同録，王本删之。

〔二〕按：此詞《草堂詩餘・後集》卷下入「人事・閨情」類，未署名；《花草粹編》卷七題「閨情」，署孫夫人，注「鄭文妻」；《全宋詞》據《古杭雜記》録作鄭文妻詞。

望仙門

前段四句，四韻，二十字

◓○◒●●○○首句七字，平韻起●○○二句三字，平叶◒○◓●●○○三句七字，平叶●○○四句三字，平叶

後段五句，四韻，二十六字

◓●○○●起句五字◒○◓●○○二句六字，平叶◓○◒●●○○三句七字，平叶●○○四句疊上三字◒●●○○五句五字，平叶

詞

晏同叔〔一〕

玉池波浪碧如鱗。露蓮新。清歌一曲翠眉嚬。舞華茵〔二〕。○滿酌蘭英酒，須知獻壽千春。太平無事荷君恩。荷君恩。齊唱望仙門。

〔一〕按：晏殊此調凡三首，載《珠玉詞》。《詩淵》又收作張掄詞，《全宋詞補輯》據以補録。

【校】

［一］華：王本作「花」。

洛陽春(一)

前段四句，三韻，二十三字

◐●◐○○●首句六字，仄韻起◐○○●二句四字，仄叶◐○◐●●○○三句七字◐◐●○○●四句六字，仄叶

後段同前

詞　即《一落索》[二]　陳後山

素手拈花纖軟。生香相亂。却須詩力與丹青，恐俗手、難成染。○一顧教人微倩。那堪親

(一) 按：此調當首見張先詞，名《玉聯環》；歐陽修等人詞又名《洛陽春》、《一落索》、《一絡索》、《玉連環》、《上陽春》；而以《一落索》最爲流行。

見。不辭紫袖拂清塵，也要識、春風面。

【校】

［一］按：依原本體例，詞調異名當注於調名下，此首注於圖譜後例詞前，蓋偶誤；王本移注調名下，作《一絡索》。

謁金門

前段四句，四韻，二十二字［一］

○●●首句三字，仄韻起◒●◓○○●二句六字，仄叶◒●◒○○●●三句七字，仄叶◒○○●●［二］四句五字，仄叶

後段四句，四韻，二十四字

◓●◒○◓●起句六字，仄叶◓●◒○◒●二句六字，仄叶◒●◓○○●●三句七字，仄叶◓○○●●四句五字，仄叶

詞　馮延巳

風乍起。吹皺一池春水。閒引鴛鴦芳徑裏[三]。手援紅杏蕊[四]。○鬬鴨闌干獨倚。碧玉搔頭斜墜。終日望君君不至。舉頭聞鵲喜。

【校】

[一] 二十二字：據詞文，上片實爲二十一字。

[二] 第一字「◒」，王本注「◓」。

[三] 芳：《百家詞》本《陽春集》作「香」，《尊前集》作「花」。

[四] 援：四印齋本《陽春集》、《尊前集》及游本、王本皆作「挼」。

一落索[一]

前段四句，三韻，二十三字

◓●◒○○●[二]首句六字，仄韻起　◓○○●二句四字，仄叶　◓○◒●●○○三句七字　○●●○○●

四句六字，仄叶

後段同前

詞　即《洛陽春》重出[三]　朱希真

慣被好花留住。蝶飛鶯語。少年場上醉鄉中，容易放、春歸去。○今日江南春暮。朱顏何處。莫將愁緒比飛花，花有數、愁無數。

【校】

[一]按：此調王本作《一絡索》，排列於《洛陽春》調下，無圖譜，蓋作爲《洛陽春》之同調異名。

[二]第三字「◒」，金本、謝本、游本皆同；據例詞爲「好」字，當注仄聲。

[三]按：此注依例當注於調名下；金本、謝本、游本同，王本删之。又，原本目録無《一落索》，《謁金門》調下爲《一斛珠》，而《一斛珠》圖譜及例詞則排於卷一末尾，金本等皆同。

清平樂

前段四句，四韻，二十二字

◒○○●首句四字，仄韻起◓●○○●二句五字，仄叶◓●◒○○●●三句七字，仄叶◒●○○●[一]四句六字，仄叶

後段四句，三韻，二十四字

◒○◒●○○起句六字，平韻換◒○◒●○○[二]二句六字，平叶◓●◒○◒●三句六字◒○◓●○○[三]四句六字，平叶

詞　　黄山谷

春歸何處。寂寞無行路。若有人知春去處。喚取歸來同住。○春無蹤跡誰知。除非問取黄鸝。百囀無人能解，因風飛過薔薇。

【校】

[一]第一字「◒」，王本注「◓」。

［二］第三字「◒」，王本注「◓」。

［三］第三字「◓」，王本注「◒」。

又［一］

韋端己

春愁南陌。故國音書隔。細雨霏霏梨花白。燕拂畫簾金額。○盡日相望王孫。塵滿衣上淚痕。誰向橋邊吹笛，駐馬西望銷魂。

【校】

［一］此詞附録同調異體，金本、謝本、游本皆録，王本删之。

更漏子

前段六句，四韻，二十三字

◓○○首句三字○●●二句三字，仄韻起◒●◓○○●三句六字，仄叶○●●四句三字●○○五句三

字，平韻換◐○○●●［二］六句五字，平叶

後段同前㈠

詞　溫飛卿

玉爐香，紅蠟淚。偏照畫堂秋思。眉翠薄，鬢雲殘。夜長衾枕寒。○梧桐樹。三更雨。不道離情正苦。一葉葉，一聲聲。空堦滴到明。

【校】

［二］第五字「●」，王本注「○」。據例詞兩段結句末字爲「寒」、「明」，當注平聲。

又［一］　牛給事

春夜闌，更漏促。金燼暗挑殘燭。驚夢斷，錦屏深。兩鄉明月心。○閨草碧。望歸客。還

㈠ 按：下片句式句法與上片相同，然換頭多押一韻，平仄亦略有不同。

是不知消息。孤負我[二]，悔憐君。告天天不聞。

【校】

[一] 此首金本、謝本、游本同録，王本刪之。

[二] 孤：《花間集》卷四作「辜」。

阮郎歸 一名《醉桃源》[一]

前段四句，四韻，二十四字

◒○◒●●○○首句七字，平韻起◒○○●○二句五字，平叶◒○◒●●○○三句七字，平叶◓○○●○四句五字，平叶

後段五句，四韻，二十三字

[一] 按：此調始名《醉桃源》，至宋代以《阮郎歸》爲通用名。

◒●●起句三字●◯◯二句三字，平叶◒◯◯●◯三句五字，平叶◒◯◒●●◯◯四句七字，平叶◓

◯◯●◯五句五字，平叶

詞　歐陽永叔（一）

南園春半路青時[一]。風和聞馬嘶。青梅如豆柳如眉。日長蝴蝶飛。◯花露重，草煙低。人家簾幕垂。秋千慵困解羅衣。畫堂雙燕飛[二]。

【校】

[一]半：《近體樂府》卷一、《醉翁琴趣外篇》卷五皆作「早」。路：《百家詞》本《陽春集》、《近體樂府》、《醉翁琴趣外篇》、王本皆作「踏」。

[二]「畫堂」句：四印齋本《陽春集》作「畫梁雙燕歸」；《近體樂府》、《樂府雅詞》卷上、《花庵詞選》卷二皆作「畫梁雙燕棲」。

（一）按：《近體樂府》卷一、《醉翁琴趣外篇》卷五、《樂府雅詞》卷上、《花庵詞選》卷二、《草堂詩餘・前集》卷上皆録作歐陽修詞；另亦見晏殊《珠玉詞》，蓋傳訛與誤收，《全宋詞》於歐、晏皆不收此詞。此詞應爲馮延巳作，載《陽春集》，原作共三首，調名《醉桃源》，《全唐五代詞》録作馮詞。

畫堂春

前段四句，四韻，二十四字

◒○◒●●○○首句七字，平韻起◓○◒●○○二句六字，平叶◓○◒●●○○三句七字，平叶◓●○○四句四字，平叶

後段四句，三韻，二十三字

◒●◓○◒●起句六字◓○◒●○○二句六字，平叶◒○◒●●○○[一]三句七字，平叶◒●○○四句四字，平叶

詞

秦少游〔一〕

東風吹柳日初長。雨餘芳草斜陽。杏花零落燕泥香。睡損紅粧。○香篆暗銷鸞鳳，畫屏

〔一〕按：此詞載汲古閣本《淮海詞》，注「或刻山谷年十六作」；汲古閣本《山谷詞》刪此詞；《花庵詞選》卷四、《草堂詩餘·前集》卷下皆作秦觀詞；《全宋詞》兩收並存。

縈遶瀟湘。暮寒輕透薄羅裳。無限思量。（一調兩段末句各多一字）

【校】

［一］第一字「◒」，王本注「◓」。

玉聯環〔一〕　與《玉樹後庭花》相近〔二〕

前段四句，三韻，二十四字

◓○◓●○○●首句七字，仄韻起◓○○●二句四字，仄叶◓○◒●●○○三句七字◓●●○○●四句六字，仄叶

〔一〕按：此調即《一落索》，首見張先《玉聯環》，又别名《玉連環》、《洛陽春》等。此卷前收《洛陽春》，再收《一落索》，此處又收《玉聯環》，皆同調重出。

〔二〕按：唐教坊曲有《玉樹後庭花》，五代毛熙震等人作詞，名《後庭花》；宋词又名《玉樹後庭花》。此調雖與《玉聯環》體式相近，但淵源不同，兩結句法有異，自非同調。

後段四句，三韻，二十三字

○●◐○○●起句六字，仄叶◐○○●二句四字，仄叶◐○◐●●○○三句七字◐●●○○●四句六字，仄叶

詞(一)

張子野

來時露浥衣香潤。綵縧垂鬢。卷簾還喜月相親，把酒與、花相近。○西去陽關休問。未歌先恨。玉峯山下水長流，流水盡、情無盡。

玉樹後庭花

前　人

上元[二]

華燈火樹紅相鬭。往來如晝。橋河水白天青，訝別生星斗。○落梅穠李還依舊。寶釵沽酒。曉蟾殘漏心情，恨雕鞍歸後。

(一) 按：此詞《張子野詞》卷一題「南鄉夜飲」。

【校】

［一］王本無題。按：此詞載鮑本《張子野詞補遺》卷上，有此題。

相思兒令（一）

前段四句，二韻，二十二字

◓●◒○○●［二］首句六字◒●●○○二句五字，平韻起◒●◓○○●三句六字◒◓●○○四句五字，平叶

後段四句，三韻，二十五字

◓●◓●○○起句六字，平叶●○○◒●○○二句七字，平叶○○◒●○○三句六字◓○◒●○○四句六字，平叶

（一）按：此卷前收《繡帶子》，以黄庭堅詞爲例，此處又收《相思兒令》，乃同調重出。

詞

晏同叔

昨日探春消息，湖上綠波平。無奈繞堤芳草，還向舊痕生。○有酒且醉瑤觥。更何妨、檀板新聲。誰教楊柳千絲，就中牽繫人情。

【校】

[一] 第三字「◒」，《詞譜》卷六注「◓」。據例詞「探」字仄聲，當注「◓」。

武陵春

前段四句，三韻，二十四字

◒●◒○○●●首句七字◓●●○○二句五字，平韻起◓●○○●●○三句七字，平叶◒●●○○四句五字，平叶

後段同前

詞

毛澤民

燈夜觀雪既而月復明[一]

風過冰簷環珮響，宿霧在華茵[二]。賸落瑤花襯月明。嫌怕有纖塵。○鳳口銜燈金炫轉，人醉覺寒輕。但得清光解照人。不負五更春。

【校】

[一] 王本無題。按：《百家詞》本、汲古閣本《東堂詞》皆題「正月十四夜孫使君席上觀雪既而月復明」。

[二] 華：王本作「花」。

海棠春

前段四句，三韻，二十四字

◓○◓●○○● 首句七字，仄韻起 ◓●●◓○○●[一]二句七字，仄叶 ◓●●○○ 三句五字 ◓●
○○● 四句五字，仄叶

後段同前

詞　　詩餘[二](一)

春曉[三]

流鶯窓外啼聲巧[四]。睡未足、把人驚覺。翠被曉寒輕，寶篆沉煙裊。○宿酲未解宮娥報。道別院、笙歌會早[五]。試問海棠花，昨夜開多少。

【校】

[一]第一字「◐」，王本注「●」。

[二]游本、王本署秦觀作。

[三]王本無題。按：《草堂詩餘·前集》卷上有此題。

[四]「流鶯」句：《樂府雅詞·拾遺》卷下作「曉鶯窗外啼春曉」。

(一)按：原本未署名，注出《詩餘》，當據明洪武本《草堂詩餘》；《類編草堂詩餘》卷一署秦觀作；《全宋詞》據《樂府雅詞·拾遺》卷下録爲無名氏詞。

[五]「宿醒」二句：《全宋詞》作：「宿醒未解，雙娥報道。別院笙歌宴早。」

浪淘沙（一）　一名《賣花聲》（二）

前段五句，四韻，二十四字[一]

◐●●○○首句五字，平韻起◐●○○二句四字，平叶◐○◐●●○○三句七字，平叶◐●◐○○●●四句七字◐●○○五句四字，平叶

後段同前

詞

春暮[二]　李後主

簾外雨潺潺。春意闌珊。羅衾不煖五更寒。夢裡不知身是客，一餉貪歡。○獨自莫凭欄。

（一）按：《南唐二主詞》調名作《浪淘沙令》。

（二）按：此调宋張舜民等人詞別名《賣花聲》；陳著《賣花聲》則爲《風中柳》之別名。

無限江山。別時容易見時難。流水落花春去也[三]，天上人間。

【校】

[一] 二十四字：王本注「二十七字」；據例詞，每片實爲二十七字。

[二] 王本無題。按：《南唐二主詞》無題；《草堂詩餘·前集》卷上入「春景·懷舊」類。

[三] 春：《南唐二主詞》、《花庵詞選》卷一作「歸」。

錦堂春(一)

前段四句，二韻，二十四字

◒●◒○●●首句六字◒○◒●○○二句六字，平韻起◒○◒●○○●三句七字◒●●○○四句五字，平叶

(一) 按：此調正名實爲《烏夜啼》，唐五代詞僅見李煜一首，與《相見歡》別名《烏夜啼》爲異調。此調宋詞別名《聖無憂》、《烏啼月》、《錦堂春》。宋詞另有《錦堂春》慢詞。

後段同前

詞

閨情[一]　趙德麟

樓上縈簾弱絮，牆頭礙月低花。年年春事關心事，腸斷欲棲鴉。○舞鏡鸞衾翠減，啼珠鳳蠟紅斜。重門不鎖相思夢，隨意遶天涯。

【校】

［一］王本無題。按：《草堂詩餘・前集》卷下入「春景・春怨」類，《花庵詞選》卷六、《花草粹編》卷八皆題「春思」。

朝中措

前段四句，二韻[二]，二十四字

◒○◒●●○○首句七字，平韻起◒●●○○二句五字，平叶◓●◒○◒●三句六字◓○◓●○○四句六字，平叶

後段五句，二韻，二十四字

◒○●●起句四字◒○●●二句四字◓●○○三句四字，平叶◒●◓○◒●四句六字◓○◓●○○[三]五句六字，平叶

詞

歐陽永叔

平山堂[三]

平山欄檻倚晴空[四]。山色有無中。手種堂前垂柳，別來幾度春風。○文章太守，揮毫萬字，一飲千鍾。行樂直須年少，樽前看取衰翁[五]。

【校】

[一] 二韻：王本注「三韻」。據例詞，上片實用三韻。

[二] 第一字「◓」，王本注「◒」。

[三] 王本無題。按：《近體樂府》卷一題「送劉仲原甫出守維揚」，汲古閣本《六一詞》題「平山堂」，《百家詞》本《六一詞》無題；《花庵詞選》卷二題「送劉原父守揚州」。

[四] 欄：《六一詞》、王本作「闌」。

[五] 樽：《六一詞》、王本作「尊」。

眼兒媚　一名《秋波媚》(一)

前段五句，三韻，二十四字

◒●○○●○○首句七字，平韻起◒●●○○二句五字，平叶◒○●●[二]三句四字◓○○●四句四字◓●○○五句四字，平叶

後段同前起句平仄不同

(一) 按：此調陸游詞二首，別名《秋波媚》，《渭南詞》、《放翁詞》並載。

詞　　詩餘[二](一)

樓上黄昏杏花寒。斜月小闌干。一雙燕子，兩行歸鴈，畫角聲殘。〇綺窗人在東風裏，無語對春閒。也應似舊，盈盈秋水，淡淡春山。

【校】

[一]第一字「◒」，王本注「◓」。

[二]游本、王本署秦觀作。

洞天春(二)

前段四句，四韻，二十四字

(一)按：此詞《樂府雅詞·拾遺》卷下、《草堂詩餘·前集》卷下皆未署名；《花庵詞選》卷六録作阮閲詞，《全宋詞》據以録爲阮詞。

(二)按：此調宋詞僅見歐陽修一首，《近體樂府》卷三、《六一詞》並收，爲孤調。《詞律》卷五、《詞譜》卷七收此調，皆不注可平可仄。

◒○◓●○●首句六字，仄韻起◓●○○●●二句六字，仄叶◓●○○●○●三句七字，仄叶●○○○●四句五字，仄叶

後段五句，三韻，二十四字

◒○◓●◒●[一]起句六字，仄叶◓●○○●●二句六字，仄叶◓●○○三句四字◓○○●四句四字○○○●五句四字，仄叶

詞　歐陽永叔

鶯啼綠樹聲早。檻外殘紅未掃。露點珍珠遍芳草[二]。正簾幃清曉。○秋千宅院悄悄。又是清明過了。燕蝶輕狂，柳絲撩亂，春心多少。

【校】

[一] 第五字「◒」，《詞譜》卷七注「●」。

[二] 珍珠：《近體樂府》、《六一詞》皆作「真珠」。

秋蕊香[一]

前段四句，三韻[二]，二十五字

◒●◒○◓●首句六字，仄韻起◒●◒○◒●[二]二句六字，仄叶◓○◒●○○●三句七字，仄叶◒●◓○◒●四句六字，仄叶

後段四句，四韻，二十三字

◒○◓●○○●起句七字，仄叶◓○●二句三字，仄叶◒○◒●◒○●[三]三句七字，仄叶◒●◓○◒●[四]四句六字，仄叶

詞

晏叔原

池苑清陰欲就。還傍送春時候。眼中人去難歡偶。誰共一盃芳酒。○朱欄碧砌皆如舊[五]。記携手。有情不管别離久。情在相逢終有。

[一] 按：此調宋黄鑄詞名《秋蕊香令》。宋詞另有柳永《秋蕊香引》，曹勛、史浩等《秋蕊香》乃慢詞。

【校】

[一] 三韻：《詞譜》卷七注四韻。據例詞，每片實用四韻。

[二] 第三字「◒」，據例詞「送」字仄聲，當注「◓」。

[三] 第一、三、五字「◒」，王本皆注「◓」。

[四] 第三字「◓」，王本注「◒」。

[五] 欄：王本作「闌」。

賀聖朝

前段五句，三韻，二十四字

◓○◓●○○●首句七字，仄韻起◓○○◓●二句五字，仄叶○○○●三句四字○○○●[一]四句四字○○○●[二]五句四字，仄叶

後段同前

詞

葉道卿

滿斟緑醑留君住。莫匆匆歸去。三分春色，二分愁悶，一分風雨[三]。○花開花謝都來幾日[四]，且高歌休訴。知他來歲，牡丹時候，相逢何處[五]。

（按：此調多有參差不同，今惟取《詩餘》所載者爲正。後段起句本是七字，以「幾」字叶，因未成文，羨一「日」字。）[六](一)

【校】

[一]第一字「○」，王本注「◒」，《詞譜》卷六注「●」。

[二]第一字「○」，王本注「◒」，《詞譜》注「●」。

[三]「三分」三句：《花庵詞選》卷六、《詞譜》皆作「三分春色二分愁，更一分風雨」。

[四]「花開」句：《詞譜》作四言二句。幾日，《花庵詞選》、《詞譜》皆作「幾許」。

[五]「知他」三句：《花庵詞選》、《詞譜》皆作「不知來歲牡丹時，再相逢何處」。

(一)按：原本乃據《草堂詩餘·前集》卷上收此詞，注謂後段起句本爲七字，當用韻而「幾」字不叶，且多一「日」字。《花庵詞選》卷六、《詞譜》卷六作「幾許」則叶韻，惟添一字，且攤破句法作四言二句。

［六］此注金本等皆同録，惟謝本、王本「成文」作「成女」，「女」蓋「文」字之訛誤。

柳稍青

前段六句，二韻，二十四字

◓●○○首句四字，平韻起◒○◓●二句四字◓●○○三句四字，平叶◓●○○四句四字◒○○●五句四字◒●○○六句四字，平叶

後段五句，二韻，二十五字

◒○◓●○○起句六字，平叶◓◓●○○●●［二］二句七字，平叶◒●○○三句四字◒○○●四句四字◒●○○五句四字，平叶

詞［二］ 詩餘［三］（一）

岸草平沙。吳王故苑，柳裊煙斜。雨後寒輕，風前香軟［四］，春在梨花。○行人一棹天涯。

（一）按：《草堂詩餘・前集》卷上録此詞，未署名。《全宋詞》據《花庵詞選》卷九録作仲殊詞。

酒醒處，殘陽亂鴉。門外秋千，牆頭紅粉，深院誰家。

【校】

[一] 第七字「●」，游本、王本皆注「○」。據例詞爲「鴉」字，叶韻，當注平聲。

[二] 謝本注「二闋」，游本題「春景」，王本無題。按：《花庵詞選》卷九題「吳中」。

[三] 游本、王本署秦觀作。

[四] 軟：謝本作「細」。

又[一]　詩餘[二]（一）

子規啼血[三]。可憐又是，春歸時節。滿院東風，海棠鋪繡，梨花飛雪。○丁香露泣殘枝，悄未比、愁腸寸結。自是休文，多情多感，不干風月。

（一）按：《草堂詩餘·前集》卷上收此詞，未署名；《全宋詞》據《友古居士詞》録作蔡伸詞。

【校】

[一] 謝本與前首並列，注「二闋」；游本題「春暮」，王本不録。按：《百家詞》本《友古居士詞》無題。

[二] 游本署賀方回作。

[三] 子規啼血：《友古居士詞》作「數聲鶗鴂」。

應天長

前段五句，四韻，二十七字

◐○◐●○○●[一]首句七字，仄韻起◐●○○◐●●[二]二句七字，仄叶●○○三句三字○●●四句三字，仄叶◐●◐○○●●五句七字，仄叶

後段四句，三韻[三]，二十二字

◐○○●●起句五字，仄叶◐●◐○○●二句六字，仄叶◐●◐○○●三句六字，仄叶◐○○●●四句五字，仄叶

詞

歐陽永叔[一]

緑槐陰裏黄鶯語。深院無人日正午。繡簾垂[四]，金鳳舞。寂寞小屏香一炷[五]。〇碧雲凝合處[六]。空役夢魂來去[七]。昨夜緑窗風雨[八]。問君知也否[九]。（此詞又見《花間》）[十]

【校】

[一] 第三字「◓」，王本注「◒」。

[二] 第五字「◒」，王本注「◓」。

[三] 三韻：金本等皆同，《詞譜》卷八注四韻。據例詞，兩片實皆用四韻。

[四] 繡：《花間集》卷二作「畫」。

[五] 小：《花間集》作「繡」。

[六] 「碧雲」句：《花間集》、《詞譜》皆作「碧天雲，無定處」。

[七] 空役：《花間集》作「空有」。

(一) 按：此詞載《花間集》卷二，爲韋莊詞，《全唐五代詞》據以録作韋詞。又載馮延巳《陽春集》、歐陽修《近體樂府》卷三，蓋誤收。汲古閣本《六一詞》注曰：「舊刻三首，攷『緑槐陰裏黄鸝語』，《花間集》刻韋莊，今刪去。」

［八］昨夜：《花間集》作「夜夜」。

［九］「問君」句：《花間集》、《詞譜》皆作「斷腸君信否」。

［十］此注金本、謝本、王本皆録，游本刪。詞，王本作「調」。

又［一］　牛給事

雙眉淡薄藏心事。清夜背燈嬌又醉。碧玉釵横山枕膩。寶帳鴛鴦春睡美。○别經時，無限意。虚道相思憔悴。莫信綵牋書裏。賺人腸斷字。（又長調與此不同）［二］

【校】

［一］此首金本、謝本同録，游本、王本刪。

［二］此注金本同録，謝本刪。

又［一］（一）　葉夢得

松陵秋已老，正柳岸田家，酒醅初熟。鱸鱠蓴羹［二］，萬里水天相續。扁舟凌浩渺［三］，寄一

（一）按：以下所附葉夢得、周邦彦二詞，乃《應天長》長調慢詞，與小令實屬同名異調。

葉、暮濤吞沃。青蒻笠，西塞山前，自翻新曲。○來往未應足。便細雨斜風，有誰拘束。陶寫中年，何待更須絲竹。鴟夷千古意，算入手、比來尤速。最好是[四]，千點雲峯，半篙澄緑。

【校】

[一] 此首及下首，謝本、王本皆删之。按：《百家詞》本《石林詞》題「自潁上縣欲還吴作」。

[二] 鱠：原本作「繪」，蓋訛誤，兹據金本校訂。按：《石林詞》作「膾」。

[三] 凌：《石林詞》作「波」。

[四] 最好是：《樂府雅詞》卷中作「最好處」。

又[一]

周美成

條風布暖，霏霧弄晴，池塘遍滿春色。正是夜堂無月，沉沉暗寒食。梁間燕，前社客。似笑

[一] 按：《花草粹編》卷十九收此詞，調名作《應天長慢》。景宋本《片玉集》卷一入「春景」類，汲古閣本《片玉詞》卷上題「寒食」。

我、閉門愁寂。亂花過，隔院菲香[一]，滿地狼藉。○長記那回時，邂逅相逢，郊外駐油壁。又見漢宮傳燭，飛煙五侯宅。青青草，迷路陌。强帶酒[二]，細尋前跡。市橋邊[三]，柳下人家，猶自相識。

【校】

[一] 菲：《片玉集》卷一、《草堂詩集・後集》卷上皆作「芸」。

[二] 帶：《片玉詞》、《草堂詩餘》皆作「載」。

[三] 邊：《片玉集》、《草堂詩集》皆作「遠」。

少年遊

前段六句，二韻，二十六字

◓○◒●首句四字◒○◓●二句四字◒●●○○三句五字，仄韻起[一]◓○◒●[二]四句四字◒○◓●[三]五句四字◒●●○○六句五字，仄叶[四]

後段同前

詞　　晏叔原

綠勾欄畔，黃昏淡月，携手對殘紅。紗窗影裏[五]，朦騰春睡[六]，繁杏小屏風。◯須愁別後，天高海闊，何處更相逢。幸有花前，一盃芳酒，歸計莫怱怱。

【校】

[一] 仄韻起：謝本注「仄起」，王本注「平韻起」。據例詞，實用平韻，當注「平韻起」。

[二] 第一、三字「◓」、「◒」，王本注「◒」、「◓」。

[三] 第三字「◓」，王本注「◒」。

[四] 仄叶：金本等注皆同；據例詞，當注「平叶」。

[五] 裏：金本、謝本、王本作「重」。

[六] 騰：金本、謝本、游本、王本皆作「朧」。

又[一]　前人

雕梁燕去，裁詩寄遠，庭院舊風流。黄花醉了，碧梧題罷，閒臥對高秋。○繁雲破後，分明素月，凉影掛金鈎。有人凝澹倚西樓。新樣兩眉愁。

【校】

[一] 此詞以下共三首，金本、謝本同録，游本僅録第一首，王本皆删。

又　張子野

詠井桃[一]

碎霞浮動曉朦朧。春意與花通。銀瓶素綆，玉泉金甃，真色浸朝紅。○花枝人面難常見，青子小叢叢。韶華長在，明年依舊，相與笑東風。

【校】

[一] 按：《張子野詞》卷二題「井桃」。

又(一)　　蘇東坡

去年相送，餘杭門外，飛雪似楊花。今年春盡，楊花似雪，猶不見還家。○對酒捲簾邀明月，風露透窗紗。恰似姮娥憐雙燕，分明照、畫梁斜。

偷聲木蘭花

前段四句，四韻，二十五字

◒○◒●○○●[一]首句七字，仄韻起◒●◒○○●●[二]二句七字，仄叶◓●○○三句四字，平韻換◓

●○○◓●○四句七字，平叶

後段四句，四韻，二十五字

◒○◒●○○●[三]起句七字，仄韻換◒●◒○○●●[四]二句七字，仄叶◓●○○三句四字，平韻換◓

●○○◓●○[五]四句七字，平叶

(一) 按：宋傅幹注本《東坡詞》卷十一題「潤州作，代人寄遠」；《百家詞》本、汲古閣本皆題「潤州作」。

詞　張子野

雪籠瓊苑梅花瘦。外院重扉聯寶獸。海月新生。上得高樓没奈情。◯簾波不動銀釭小[六]。今夜夜長爭得曉。欲夢高唐。秖恐覺來添斷腸。

【校】

[一]第一字「◒」，王本注「◓」。

[二]第一字「◒」，王本注「◓」。

[三]第三字「◒」，王本注「◓」。

[四]第三字「◒」，王本注「◓」。

[五]第三字「○」，據例詞「覺」字仄聲，當注「◓」；第五字「◓」，王本注「◒」。

[六]銀釭：鮑本《張子野詞》卷二、《百家詞》本皆作「凝釭」

滴滴金

前段五句，四韻，二十五字

◒○◓●○○●首句七字，仄韻起●○○二句三字◒○●[一]三句三字，平叶◒●○○●○●四句七字，仄叶◒◓○○●五句五字，仄叶

後段同前

詞　　晏同叔

梅花漏泄春消息。柳絲長，草芽碧。不覺星霜鬢邊白。念時光堪惜。○蘭堂把酒留嘉客。對離筵，駐行色。千里音塵便踈隔。合有人相憶。

【校】

[一]第一字「◒」，王本注「◓」。

桃源憶故人(一)

前段四句，四韻，二十五字[二]

(一) 按：汲古閣本《淮海詞》調名作《虞美人影》。

◒○◒●◓○●首句七字，仄韻起◒●◒○○●二句六字，仄叶◒●◓○○●三句六字，仄叶◓●○○●四句五字，仄叶

後段同前

詞　秦少游

秦樓深鎖薄情種[二]。清夜悠悠誰共。羞見枕衾鴛鳳。悶則和衣擁[三]。○無端畫角嚴城動。驚破一番新夢。窗外月華霜重。聽徹梅花弄。

【校】

[一]二十五字：據例詞，此調兩片實皆爲二十四字。

[二]秦：《草堂詩餘・前集》卷下、《百家詞》本《淮海詞》卷中、張綖刻本《淮海長短句》卷中皆作「玉」。

[三]則：《淮海詞》、《淮海長短句》皆作「即」。

惜分飛（一）

前段四句，四韻，二十五字

◐●◐○○●● 首句七字，仄韻起 ◐●○○●● 二句六字，仄叶 ◐●○○● 三句五字，仄叶 ◐○◐●○○● 四句七字，仄叶

後段同前

詞（二）　毛澤民

淚濕闌干花着露。愁到眉峯碧聚。此恨平分取。更無言語空相覷。〇斷雨殘雲無意緒[一]。寂寞朝朝暮暮。今夜山深處。斷魂分付潮回去。

（一）按：此調首見張先詞，名《惜雙雙》；劉弇詞名《惜雙雙令》，晁補之、毛滂詞又名《惜分飛》；南宋詞多名《惜分飛》，曹冠詞又别名《惜芳菲》。

（二）按：此詞《樂府雅詞》卷下題作「富陽僧舍代作别語」；《百家詞》本、汲古閣本《東堂詞》皆題「富陽僧舍作别語贈妓瓊芳」。

【校】

[一] 斷雨：《樂府雅詞》卷下、《東堂詞》皆作「短雨」。

漁歌子

前段六句，四韻，二十五字

●○○首句三字○●●二句三字，仄韻起◓○◓●○○●[二]三句七字，仄叶●○○四句三字○●●五句三字，仄叶◓●◓○○●六句六字，仄叶

後段同前

詞

漁家[二]　　李詢(一)

楚山青，湘水緑。春風淡蕩看不足。草芊芊，花簇簇。漁艇棹歌相續。○信浮沉，無管束。

(一) 按：據各本《花間集》卷十，多署名李珣，一作李洵；其弟名玹，當以李珣爲是。

釣迴乘月歸灣曲。酒盈樽，雲滿屋。不見人間榮辱。

【校】

[一] 第六字「○」，游本、王本注「◓」。

[二] 王本無題。按：《花間集》卷十無題。

燕歸梁

前段五句，四韻，二十四字

◓●○○◓●○首句七字，平韻起◓●○○二句四字，平叶◓○◒●●○○三句七字，平叶○○●●

○○四句六字，平叶

後段四句，三韻，二十六字

◒○◓●○○●起句七字◒○◓●○○二句六字，平叶◓○◒●●○○三句七字，平叶◒●●●

○○[二]四句六字，平叶

詞

柳耆卿

織錦裁篇寫意深。字直千金。一回披翫一愁吟。腸成結、淚盈襟。○幽歡已散前期遠，無聊賴、是而今。密憑歸燕寄芳音。恐冷落、舊時心。

【校】

［一］第一字「◒」，王本注「◓」。

太常引

前段四句，四韻，二十五字

◒○◒●●○○首句七字，平韻起◓○●●○○二句六字，平叶◓●●○○三句五字，平叶◓●●
○○●○四句七字，平叶

後段五句，三韻，二十五字

◒○●●起句四字◓○◒●二句四字◒●●○○三句五字，平叶◒●●○○四句五字，平叶◒●●

○○●○五句七字，平叶

詞

閒逸[一]

劉靜脩[二]

男兒勳業古來難。歎人世、幾千般。一夢覺邯鄲。好看得、浮雲等閒。○紅塵盡處，白雲堆裏，高臥對青山。風味似陳摶。休錯比、當年謝安。

【校】

[一] 按：王本此調改以高觀國「玉肌輕襯碧霞衣」一詞爲例。

[二] 按：景元本《靜修先生樂府》、《百家詞》本《靜脩詞》皆無此題。

探春令

前段四句，二韻[一]，二十六字

◓○◒●●○○首句七字◓◒○○●二句五字，仄韻起◓◓○◒●○○●三句八字[二]●◒●
○○●四句六字，仄叶

後段四句，三韻，二十六字

◓○◒●○○●起句七字，仄叶◓○○◒●二句五字，仄叶◓◓○◓●○○●三句八字◓◒●
○○●四句六字，仄叶

詞[三]　詩餘[四]（一）

緑楊枝上曉鶯啼，報融和天氣。被數聲、吹入紗窗裡，又驚起、嬌娥睡。○緑雲斜嚲金釵墜。惹芳心如醉。爲少年、濕了鮫綃帕，上都是、相思淚。

【校】

[一]二韻：《詞譜》卷九注三韻。據例詞，兩片實皆用三韻。

（一）按：《草堂詩餘・前集》卷下未署名；《類編草堂詩餘》卷一誤作晏幾道詞，別本又誤作晏殊詞。《全宋詞》據《草堂詩餘》收作無名氏詞。

[二]按：此句蓋漏注「仄叶」；據例詞，「裡」字實用韻，《詞譜》即注叶韻。

[三]游本題「春恨」。

[四]游本、王本作晏幾道詞。

青門引

前段四句，三韻，二十七字

◓●○●●首句五字，仄韻起◒●◓○◒●二句六字，仄叶◒○◓●●○○三句七字◒○◒●◓

●●○●[一]四句九字，仄叶

後段四句，三韻，二十五字

◒○◓●○○●起句七字，仄叶◓●○○●二句五字，仄叶◒○◓●○●[二]三句六字◓○◓●

○○●四句七字，仄叶

詞(一)

張子野

乍暖還乍冷[三]。風雨晚來方定。庭軒寂寞近清明，殘花中酒、又是去年病[二]。○樓頭畫角風吹醒。入夜重門靜。那堪更被明月，隔牆送過秋千影。

【校】

[一] 第三字「◒」，王本注「◓」。

[二] 第一字「◒」，王本注「◓」。

[三] 乍冷：《樂府雅詞・拾遺》卷下、《花庵詞選》卷五、《草堂詩餘・前集》卷上、游本皆作「輕冷」。

(一) 按：《百家詞》本《張子野詞》不收此詞；《花庵詞選》卷五、鮑本《張子野詞補遺》卷下皆題「春思」，《草堂詩餘・前集》卷上入「春景・懷舊」類。

(二) 按：此句《詞律》卷七、《詞譜》卷九皆分作四言一句、五言一句。

醉紅粧[一](一)

前段六句，四韻，二十六字

◓○◓●◓○○首句七字，平韻起●○○二句三字●●○三句三字，平叶◓○◓●●○○[二]四句七字，平叶○●●五句三字●○○六句三字，平叶

後段同前平仄不同

詞

張子野

瓊林玉樹不相饒[三]。薄雲衣，細柳腰。一般粧樣百般嬌。眉眼秀，總如描[四]。○東風搖草雜花飄。恨無計，上青條。更起雙歌郎且飲，郎未醉，有金貂。

(一) 按：此調僅見張先詞一首，載鮑本《張子野詞》卷二，爲孤調。揚無咎等有《雙鴈兒》詞，與《醉紅粧》句讀略同，平仄有所不同。另有張先《雙燕兒》詞，體式與此相異。

【校】

〔一〕王本於調名下注「一名《雙鴈兒》」。

〔二〕第一字「◒」，王本注「◓」。

〔三〕林：鮑本、《百家詞》本《張子野詞》皆作「枝」。

〔四〕「眉眼」二句：鮑本《張子野詞》作「眉眼細，好如描」。

醉花陰

前段四句，三韻，二十六字

◓●◒○○●●首句七字，仄韻起◓●○○●二句五字，仄叶◒●●○○三句五字◓●○○◓●○○●四句九字，仄叶

後段同前起句與首句平仄不同

詞(一)　　李易安

薄霧濃雲愁永晝。瑞腦噴金獸[一]。佳節又重陽，寶枕紗廚、半夜秋自透[二](二)。○東籬把酒黃昏後。有暗香盈袖。莫道不銷魂，簾捲西風、人似黃花瘦[三]。

【校】

[一]噴：《樂府雅詞》卷下、《花庵詞選》卷十皆作「銷」。

[二]寶：《樂府雅詞》、《花庵詞選》作「玉」。秋自：金本、謝本、王本作「秋先」，《樂府雅詞》、《草堂詩餘》作「秋初」，《花庵詞選》作「涼初」。

[三]似：四印齋本《漱玉詞》、《詞律》等作「比」。

南柯子　即《南歌子》(三)

前段四句，三韻，二十六字

(一)按：汲古閣《詩詞雜俎》本《漱玉詞》、《花庵詞選》卷十題「九日」，《草堂詩餘·後集》卷上入「節序·重陽」類。

(二)按：兩片結句，《詞律》卷七皆作四言一句、五言一句。

(三)按：此調當源於唐教坊曲名，唐五代詞皆名《南歌子》，有單片、雙片二體，至宋始有《南柯子》等別名。

◒●○○●首句五字○○●●○二句五字，平韻起◒○◒●●○○三句七字，平叶◓●◓○○●●
○○四句九字，平叶

後段同前

詞(一)　蘇東坡

山與歌眉斂，波同翠眼流[一]。遊人都上十三樓。不羨竹西歌吹、古揚州。○菰黍連昌歜，瓊彝倒玉舟。誰家水調唱歌頭。聲遶碧山飛去、晚雲留。

【校】

[一] 翠眼：傅幹注本、《百家詞》本、汲古閣本《東坡詞》皆作「醉眼」。

(一) 按：此詞傅幹注本《東坡詞》卷五題「錢塘端午」，《百家詞》本、汲古閣本皆題「遊賞」；《草堂詩餘・後集》卷上入「節序・端午」類。

又[一]

溫飛卿

手裏金鸚鵡，胷前繡鳳凰。偷眼暗形相。不如從嫁與，作鴛鴦。

【校】

[一]此詞附録同調異體，爲單片體，金本、謝本同録，游本、王本皆刪。

望江南

一名《夢江南》、《望江梅》(一)

前段五句，三韻，二十七字

○◐●首句三字◐●●○○[二]二句五字，平韻起◐●◐○○●●三句七字◐○◐●●○○四句七字，平叶◐●●○○五句五字，平叶

(一) 按：此調爲唐教坊曲名，蓋始見唐敦煌寫本無名氏詞，多爲雙片體；白居易等别名《憶江南》、《夢江南》、《望江梅》，皆單片體；宋詞又有《江南好》等别名，多爲雙片體。

後段同前

詞　李後主

多少恨，昨夜夢魂中。還似舊時遊上苑，車如流水馬如龍。花月正春風。〇多少淚，斷臉復橫頤。心事莫將和淚說，鳳笙休向淚時吹。腸斷更無疑。(一)

【校】

[一] 第一字「◒」，王本注「◓」。

杏花天[一]

前段四句，四韻，二十七字

(一) 按：此詞原本録作雙片一首，蓋承《南唐二主詞》之誤。實則兩片用韻不同，當爲單片體二首，《尊前集》即分作二首。

◓○◓●○○●[二]首句七字，仄韻起◓●●○○●●[三]二句七字，仄叶◒○◓●○○●三句七字，仄叶◓●◓○●●[四]四句六字，仄叶

後段同前[一]

詞

朱希真

淺春庭院東風曉。細雨打、鴛鴦寒峭。花尖望見秋千了。無路踏青鬭草。○人别後、碧雲信杳。對好景、愁多歡少。等他燕子傳音耗。紅杏開也未到[五]。

【校】

[一] 王本於調下注「一名《於中好》」。按：《於中好》即《端正好》，與《杏花天》句讀相近，惟兩結及下片换頭句法不同，實非同調。

[二] 第三字「◓」，王本注「◒」。

(一) 按：下片句數字數雖同上片，然换頭七言句用上三下四折腰句法，平仄亦異。

[三] 第六字「●」，王本注「◒」。

[四] 第一字「◓」，王本注「◒」。

[五] 也：金本、謝本、王本作「時」。

戀繡衾

前段四句，三韻，二十七字

◓●○○●●○首句七字，平韻起 ◒○○○●●○二句七字，平叶 ◒●◓○○●[二]三句六字 ◓○○○●●○四句七字，平叶

後段四句，二韻，二十七字

◒○◓●○○●起句七字 ◓○○○●●○二句七字，平叶 ◓●◓○○●三句六字 ◓○○○●●○四句七字，平叶

詞　　陸放翁

退閑[二]

不惜貂裘換釣篷。嗟時人、誰識放翁。歸櫂借、風輕穩[三]，數聲聞、林外暮鐘。○幽棲莫笑蝸廬小，有雲山、煙水萬重。半世向、丹青看，喜如今、身在畫中。

【校】

[一] 第三字「◓」，謝本、王本注「●」。

[二] 王本無題。按：《渭南詞》、《放翁詞》皆無此題。

[三] 風輕：《渭南詞》、《放翁詞》皆作「樵風」。

鷓鴣天

前段四句，三韻，二十八字

◓●○○◓●○[一]首句七字，平韻起◓○◓●●○○[二]二句七字，平叶◓○◓●○○●三句七字

◒●○○◓●○[三]四句七字，平叶

後段五句，三韻，二十七字

○●●起句三字●○○二句三字，平叶◓○◒●●○○[四]三句七字，平叶◒○◓●○○●[五]四句七字◓●○○◓●○[六]五句七字，平叶

詞[七]　　詩餘[八]（一）

枝上流鶯和淚聞[九]。新啼痕間舊啼痕。一春魚鳥無消息，千里關山勞夢魂。○無一語，對芳樽。安排腸斷到黃昏。甫能炙得燈兒了，雨打梨花深閉門。

【校】

[一]第一字「◓」，王本注「◒」。

（一）按：此詞《草堂詩餘・前集》卷下未署名，其前一首爲《畫堂春》，署秦少游，故《類編草堂詩餘》卷一、《花草粹編》卷十等皆題秦觀作；汲古閣本《淮海詞》於卷末亦收此詞，注「舊刻逸」。《全宋詞》據《草堂詩餘》録爲無名氏詞。

［二］第三字「◓」，王本注「◒」。

［三］第五字「◓」，王本注「◒」。

［四］第一字「◓」，王本注「◒」。

［五］第一字「◒」，王本注「◓」。

［六］第五字「◓」，游本注「◒」。

［七］游本題「春閨」。按：《草堂詩餘・前集》卷下有此題。

［八］游本、王本署秦觀作。

［九］枝：游本作「枕」。

玉樓春　一名《木蘭花》(一)

前段四句，三韻，二十八字

(一) 按：唐五代詞《木蘭花》與《玉樓春》爲二調，至宋詞則多相混同。晏殊此詞，兩片首句皆以平起，每片三仄韻，不減韻不換韻，乃《木蘭花》之正體。

◐○○●○○●首句七字，仄韻起◐●◐○○●●二句七字，仄叶◐○◐●●○○三句七字◐●
◐○○●●四句七字，仄叶

後段同前

詞[一]　晏元獻

綠楊芳草長亭路。年少拋人容易去。樓頭殘夢五更鐘，花底離愁三月雨[二]。○無情不似多情苦。一寸還成千萬縷。天涯地角有窮時，只有相思無盡處。

【校】

[一]按：此詞《百家詞》本、汲古閣本《珠玉詞》皆不收；《花庵詞選》卷三載爲晏殊詞，題「春恨」；《草堂詩餘・前集》卷上入「春景・曉夜」類，署晏同叔；《全宋詞》據《花庵詞選》收爲晏殊詞，注「此首別誤入夢窗詞集」。

[二]愁：《花庵詞選》卷三作「情」。

又[二]〔一〕

魏承班

寂寂畫堂梁上燕。高捲翠簾横素扇。一庭春色惱人來，滿地落花紅幾片。○愁倚錦屏低雪面。淚滴繡羅金縷線。好天凉月盡傷心，爲是玉郎長不見。

【校】

［二］此首以下三詞，附録同調異體，金本、謝本同録，游本僅録此首，王本皆删。

又〔二〕

温飛卿

家臨長信往來道。乳燕雙雙拂煙草。油壁車輕金犢肥，流蘇帳曉春雞報。○籠中嬌鳥暖猶睡，簾外落花閒不掃。衰桃一樹近前池，似惜容顏鏡中老。

〔一〕按：魏承班此詞，每片各四句三仄韻，兩片首句皆以仄起，不换韻不减韻，乃《玉樓春》之正體。

〔二〕按：此首與《木蘭花》、《玉樓春》句讀雖同，但平仄用韻不合；《花間集》不載，《温飛卿詩集》作《春曉曲》，實爲七言古詩。《草堂詩餘·前集》卷上始誤録作温庭筠詞，調名作《玉樓春》，其後《花草粹編》卷十一等皆據以載録。《全唐詩》作《木蘭花》，注云：「即《春曉曲》，集作古詩。」

又（一） 毛熙震〔一〕

掩朱扉，鉤翠箔。滿院鶯聲春寂寞。勻粉淚，恨檀郎，一去不歸花又落。◯對斜暉，臨小閣。前事豈堪重想着。金帶冷，畫屏幽，寶帳慵薰蘭麝薄。

【校】

〔一〕金本、謝本未署作者，蓋遺漏。

鵲橋仙

前段五句，二韻，二十八字

◓◯◓●首句四字◓◯◓●二句四字◓●◓◯◓●三句六字，仄韻起〔一〕◓◯◓●●◯◯四句七字

（一）按：此詞載《花間集》卷十，調名《木蘭花》，與《木蘭花》齊言體不同，兩片第一、三句皆攤破句法作三言二句，乃唐五代《木蘭花》同調異體之一。

◓●●◒○◒●五句七字，仄叶

後段同前

詞

七夕[二]

秦少游

纖雲弄巧，飛星傳恨，銀漢迢迢暗度。金風玉露一相逢，便勝却、人間無數。○柔情似水，佳期如夢，忍顧鵲橋歸路。兩情若是久長時，又豈在、朝朝暮暮。

【校】

［一］仄韻起：謝本、王本皆注「仄叶」，與體例不合。

［二］王本無題。按：《淮海長短句》、《淮海詞》皆無題；《草堂詩餘·後集》卷上入「節序·七夕」類。

虞美人

前段四句，四韻，二十八字

◒○◒●○○●首句七字，仄韻起◓●○○●二句五字，仄叶◓○◓●●○○三句七字，平韻換◓●◓○◒●●○○四句九字，平叶

後段同前

詞[一]

李後主

春花秋月何時了[二]。往事知多少。小樓昨夜又東風。故國不堪回首月明中。○雕闌玉砌應猶在[二]，只是朱顏改。問君都有幾多愁[三]。却似一江春水向東流[四]。

（予嘗作此調，寓律詩一首於内，詞雖未工，録之於此，以備一體：堤邊柳色春將半。枝上鶯聲喚。客遊曉日綺羅稠。紫陌東風絃管咽朱樓。○少年撫景慚虚過。終日看花坐。獨愁不見玉人留。洞府空教燕子占風流。）[五]

[一] 按：此詞《草堂詩餘·後集》卷下入「人事·感舊」類。

【校】

［一］秋月：《尊前集》、《花庵詞選》卷一皆作「秋葉」。

［二］應猶：《尊前集》、《南唐二主詞》皆作「依然」。

［三］問君：《尊前集》作「不知」。都：《尊前集》作「能」，《花庵詞選》作「還」。

［四］却似：《尊前集》作「恰是」，《花庵詞選》、《草堂詩餘》皆作「恰似」。

［五］此注及附詞，金本、謝本同録，游本、王本删之。曉日，金本、謝本作「遶日」。

又［一］

毛文錫

寶檀金縷鴛鴦枕。綬帶盤宮錦。夕陽低映小窗明。南園緑樹語鶯鶯。夢難成。○玉鑪香煖頻添炷。滿地飄輕絮。珠簾不捲度沉煙。庭前閒立畫鞦韆。艶陽天。

【校】

［一］此首附録同調異體，金本、謝本同録，游本、王本删之。

南鄉子

前段五句，四韻，二十八字

◐●●○○首起五字，平韻起◐●○○●●○二句七字，平叶◐●◐○○●●三句七字○○四句二字，平叶◐●○○◐●○五句七字，平叶

後段同前

詞

九日[一]　蘇東坡

霜降水痕收。淺碧鱗鱗露遠洲[二]。酒力漸消風力軟，颼颼。破帽多情却戀頭。○詩酒若爲酬[三]。但把清樽斷送秋。萬事到頭都是夢，休休。明日黄花蝶也愁。

【校】

[一]王本無題。按：傅幹注《東坡詞》等各本皆題「重九涵輝樓呈徐君猷」；《草堂詩餘・後集》卷

上入「節序・重陽」類。

［二］粼粼：《東坡詞》、《草堂詩餘》作「鱗鱗」。

［三］詩酒：《東坡詞》、《花庵詞選》卷二作「佳節」。

又［一］　　李珣

煙漠漠，雨淒淒。岸花零落鷓鴣啼。遠客扁舟臨野渡。思鄉處。潮退水平春色暮。

【校】

［一］此詞及下首附録同調異體，皆單片體。金本、謝本同録，游本、王本刪之。

又　　歐陽炯

畫舸停橈。槿花籬外竹横橋。水上遊人沙上女。迴頭語［一］。笑指芭蕉林裡住。

【校】

［一］迴頭語：《花間集》卷六作「迴顧」，一作「迴頭顧」。

雨中花（一）

前段五句，三韻，二十八字

◓●◒○○●●首句七字，仄韻起◓◒●◓○◓●二句七字，仄叶◓◓●○○〔一〕三句五字◒○◒●四句四字◓●○○●五句五字，仄叶

後段同前

詞

夏夜〔二〕

王逐客（二）

百尺清泉聲陸續。映瀟洒、碧梧翠竹。面千步回廊，重重簾幕，小枕欹寒玉。○試展鮫綃看畫軸。見一片、瀟湘凝緑。待玉漏穿花，銀河垂地，月上欄干曲。

（一）按：此調有令、慢二調，張先等人詞皆名《雨中花令》，别名《夜行船》等；蘇軾詞始名《雨中花慢》；另有晏殊等《雨中花》皆令詞，沈唐等《雨中花》爲慢詞。《花庵詞選》卷五收此詞，調名作《雨中花令》。

（二）按：《花庵詞選》作王通叟，注曰：「名觀，著有《冠柳集》。」《樂府雅詞・拾遺》卷下未署作者，詞作亦多有異文。

【校】

[一] 第二字「◓」，據例詞「千」字平聲，當注「◒」。

[二]《草堂詩餘·前集》卷下題「夏景」，《花庵詞選》題「呈元厚之」。按：王本以程垓「聞説海棠開盡了」一詞爲例，兩片第三句皆爲四言，注曰「一調第三句各多一字」。

又[一](一)

歐陽永叔

餞别[二]

千古都門行路。能使離歌聲苦。送盡行人，花殘春晚，又到君東去。○醉藉落花吹暖絮。多少曲堤芳樹。且攜手留連，良辰美景，留作相思處。

【校】

[一] 此首及下首爲附録，金本、謝本同録，游本、王本删之。

(一) 按：所附歐詞亦小令，屬同調異體；蘇詞爲長調慢詞，實爲同名異調。

［二］按：《近體樂府》卷三、《醉翁琴趣外篇》卷四、《六一詞》皆無此題。

又

蘇東坡

牡丹［一］(一)

今歲花時深院，盡日東風，蕩颺茶煙［二］。但有綠苔芳草，柳絮榆錢。聞道城西，長廊古寺，甲第名園。有國艷帶酒，天香染袂，爲我留連。◯清明過了，殘紅無處，對此淚灑樽前。秋向晚，一枝何事，向我依然。高會聊追短景，清商不暇餘妍［三］。不如留取，十分春態，付與明年。

【校】

［一］金本、謝本皆題「牡丹菊」。

(一) 按：傅幹注本《東坡詞》卷十一收此調，名《雨中花》，詞文佚失，注曰：「公初至密州，以累歲旱蝗，齋素累月。方春牡丹盛開，遂不獲一賞。至九月忽開千葉一朵，雨中特爲置酒，遂作此詞。」《百家詞》本無題；汲古閣本調名作《雨中花慢》，有題序，實括改傅幹注語而成。

〔二〕蕩颺：《百家詞》本《東坡詞》作「颺漾」，汲古閣本作「蕩漾」。

〔三〕暇：《百家詞》本、汲古閣本《東坡詞》皆作「假」。

醉落魄〔一〕

前段五句，四韻，二十七字

○○●●首句四字，仄韻起◓○◓●○○●二句七字，仄叶◒○◒●○○●三句七字，仄叶◒●○○

四句四字◓●○○●五句五字，仄叶

後段五句，四韻，三十字

◒○◓●○○●起句七字，仄叶◓○◒●○○●二句七字，仄叶◓○◓●○○●三句七字，仄叶◒

●○○四句四字◓●○○●五句五字，仄叶

〔一〕按：此調始名《一斛珠》。據《梅妃傳》，唐明皇嘗以珍珠一斛賜梅妃，梅妃不受，進七言四句一詩，明皇命樂府以新聲度之，號《一斛珠》，乃歌詩。唐五代僅見李煜《一斛珠》詞一首，或源於唐曲，或另翻新聲。宋歐陽修等人詞仍名《一斛珠》，張先詞别名《怨春風》，李彭老又名《章臺月》，其餘多名《醉落魄》。

詞

佳人吹笛[一]

張子野

雲輕柳弱。内家髻子新梳掠[二]。生香真色人難學。橫管孤吹，月淡天垂幕。○朱唇淺破櫻桃萼[三]。倚樓人在欄干角。夜寒指冷羅衣薄。聲入霜林，蔌蔌驚梅落。

【校】

[一] 王本無題。按：鮑本《張子野詞》卷二、《草堂詩餘・後集》卷下皆題「詠佳人吹笛」，《花庵詞選》卷五題「美人吹笛」。

[二] 子：《張子野詞》一作「要」。

[三] 櫻桃：《張子野詞》一作「桃花」。

踏莎行

前段五句，三韻，二十九字

◒●○○[一]首句四字◓○◓●[二]二句四字，仄韻起◒○◓●○○●三句七字，仄叶◓○◒●●

○○四句七字◓○◒●○○●五句七字，仄叶

後段同前

詞

秦少游

郴州旅舍[三]

霧失樓臺，月迷津渡。桃源望斷無尋處。可堪孤館閉春寒，杜鵑聲裏斜陽暮。○驛寄梅花，魚傳尺素。砌成此恨無重數。郴江幸自遶郴山，爲誰流下瀟湘去[四]。

【校】

[一]第一字「◒」，王本注「◓」。

[二]第三字「◓」，金本、謝本、游本、王本注同；依例詞「津」字平聲，當注「◒」。

[三]王本無題。按：汲古閣本《淮海詞》同此題；《草堂詩餘·前集》卷上題「春旅」。

[四]流：原本誤作「留」，茲據王本校訂。

小重山

前段六句，四韻，三十字。

◓●○○◓●○[一]首句七字，平韻起◓○○●●二句五字●○○三句三字，平叶◓○◒●◓○○四句七字，平叶◒◒●五句三字◒●●○○六句五字，平叶

後段六句，四韻，二十八字

◒●●○○起句五字，平叶◓○○●●二句五字●○○三句三字，平叶◓○◒●●○○四句七字，平叶◒◒●五句三字◒●●○○六句五字，平叶

詞

宮詞[二]　韋端己

一閉昭陽春又春。夜寒宮漏永，夢君恩。臥思陳事暗銷魂。羅衣濕，紅袂有啼痕。○歌吹隔重閽。遶庭芳草緑，倚長門。萬般惆悵向誰論。顒情立[三]，宮殿欲黄昏。

【校】

［一］第五字「◓」，王本注「◒」。

［二］王本無題。按：《草堂詩餘·後集》卷下入「人事·宫春」類。

［三］顒：《花間集》卷三、《花庵詞選》卷一作「凝」。

夜遊宫

前段五句，四韻，二十九字

◓●◒○◓●首句六字，仄韻起◒○●◓○◒●［一］二句七字，仄叶◓●○○◓◒●［二］三句七字，仄叶●○○●○○四句六字○●●五句三字，仄叶

後段五句，四韻，二十八字

◓●○○●起句五字，仄叶◓◓●◓○○●二句七字，仄叶◓●○○◒◓●三句七字，仄叶●○○●○○四句六字○●●五句三字，仄叶

詞　　陸放翁

宮詞[三]

獨夜寒侵翠被。奈幽夢、不成還起。欲寫新愁淚濺紙。憶承恩、嘆餘生，今至此。◎蔌蔌燈花墜。問此際、報何人事[四]。咫尺長門過萬里。恨君心、似危欄，難久倚。

【校】

[一]第一字「◒」，據例詞「奈」字去聲，當注「◓」。

[二]第六字「◒」，王本注「◓」。

[三]王本無題。按：《渭南詞》、《放翁詞》皆有此題。

[四]何人：《渭南詞》、《放翁詞》皆作「人何」。

一斛珠(一)

前段五句，四韻，二十七字

(一)按：此調首見南唐李煜詞一首，宋詞沿用此調，多別名《醉落魄》。此卷前收《醉落魄》一調，以張先詞爲例，卷末又收《一斛珠》，乃同調重出。

◓○○●首句四字，仄韻起◒○◒●○○●二句七字，仄叶◓○◒●○○●三句七字，仄叶◓●○○四句四字◓●○○●五句五字，仄叶

後段五句，四韻，三十字

○●◒○●●[一]起句七字，仄叶◒○◒●○○●[二]二句七字，仄叶◓○◒●○○●三句七字，仄叶◓●○○四句四字◓●○○●五句五字，仄叶

詞

李後主(一)

詠佳人口[三]

晚粧初過[四]。沉檀輕注些兒箇。向人微露丁香顆。一曲清歌，暫引櫻桃破。○羅袖裛殘殷色可。盃深旋被香醪涴。繡床斜凭嬌無那。爛嚼紅茸，笑向檀郎唾。

(一) 按：此詞《尊前集》録作李煜詞；又載歐陽修《醉翁琴趣外篇》卷二，蓋誤録。

【校】

[一]第三字「◒」，王本注「◓」。

[二]第三字「◒」，王本注「◓」。

[三]王本無題。按：《南唐二主詞》、《尊前集》皆無此題。

[四]晚：《南唐二主詞》作「曉」。

詩餘圖譜卷之二

高郵　張綖　世文

臨江仙

前段五句，三韻，三十字

◓●◓○○●●首句七字●○◓●○○[一]二句六字，平韻起◓○◓●●○○[二]三句七字，平叶

○○○●●[三]四句五字◓●●○○五句五字，平叶

後段同前

詞　　陳去非

夜登小閣憶洛中舊遊[四]

憶昔午橋橋上飲，坐中多是豪英。長溝流月去無聲。杏花疎影裏，吹笛到天明。○二十餘

年成一夢，此身雖在堪驚。閒登小閣看新晴。古今多少事，漁唱起三更。

【校】

[一]第一字「●」，王本注「◓」。第三字「◓」，謝本、游本、王本注「◒」。

[二]第一字「◓」，王本注「◒」。

[三]第一字「○」，謝本注「◓」，王本注「●」。

[四]王本無題，金本缺頁。按：《百家詞》本《簡齋詞》、《樂府雅詞》卷下皆有此題；《中興以來絕妙詞選》卷一、《草堂詩餘・後集》卷下「洛中」作「吳中」。

又[一]

憶舊[二]

晏叔原

鬬草階前初見，穿針樓上曾逢。羅裙香露玉釵風。靚粧眉沁緑，羞艷粉生紅。○流水便隨春遠，行雲終與誰同。酒醒長恨錦屏空。相尋夢裏路，飛雨落花中。

【校】

[一]此首以下共五首，附録同調異體。金本缺頁，謝本録前四首，游本僅録毛詞一首，王本皆刪。

〔二〕按：《小山詞》各本皆無此題。

又　　毛給事

泊湘浦〔一〕

暮蟬聲盡落斜陽。銀蟾影掛瀟湘。黄陵廟側水茫茫。楚山紅樹，煙雨隔高唐。○岸泊漁燈風颭碎，白蘋遠散濃香。靈娥鼓瑟韻清商。朱絃淒切，雲散碧天長。

【校】

〔一〕按：《花間集》卷五無此題。

又　　晏同叔〔一〕

東野亡來無麗句，于君去後少交親。追思往事好沾巾。白頭王建在，猶見詠詩人。○學道

〔一〕按：此詞不載《珠玉詞》，載《小山詞》，《全宋詞》收爲晏幾道詞，注「此首別誤作晏殊詞，見《嘯餘譜》卷二」。

深山空自老，留名千載不干身。酒筵歌席莫辭頻。爭如南陌上，占取一年春。

又　顧夐

碧染長空池似鏡。倚樓閒望凝情。滿衣紅藕細香清。象牀珍簟，山障掩，玉琴橫。○暗想昔時懽笑事，如今羸得愁生[一]。博山鑪暖澹煙輕。蟬吟人靜，殘日傍，小窗明。

【校】

[一] 羸：《花間集》卷七作「贏」。

又　和凝

海棠香老春江晚，小樓霧縠涳濛[一]。翠鬟初出繡簾中。麝煙鸞珮惹蘋風。○碾玉釵搖鸂鶒戰，雪肌雲鬢將融。含情遙指碧波東。越王臺殿蓼花紅。

【校】

[一] 縠：原本誤作「穀」，茲據《花間集》卷六校訂。涳：《花間集》作「涳」。

蝶戀花　一名《鳳棲梧》，一名《鵲踏枝》[一]㈠

前段四句，四韻，三十字

◐●○○○●●首句七字，仄韻起◐●○○◐●○○●二句九字，仄叶◐●◐○○●●三句七字，仄叶◐○◐●○○●[二]四句七字，仄叶

後段同前

詞　　歐陽永叔㈡

春暮[三]

庭院深深深幾許[四]。楊柳堆煙、簾幕無重數㈢。金勒雕鞍遊冶處[五]。樓高不見章臺路。

㈠按：此調唐五代詞始名《鵲踏枝》，蓋源於唐教坊曲，宋詞别名《蝶戀花》、《鳳棲梧》、《捲珠簾》等，而以《蝶戀花》爲通用名。

㈡按：此詞並載《近體樂府》卷二、《醉翁琴趣外篇》卷一、《六一詞》卷二；《樂府雅詞》卷上、《花庵詞選》卷二、《草堂詩餘·前集》卷上亦録作歐詞；《全宋詞》入歐陽修存目詞，考訂爲馮延巳作。馮延巳《陽春集》載此詞，調名作《鵲踏枝》，《全唐五代詞》據以録作馮詞。

㈢按：《詞律》卷九、《詞譜》卷十三收此調，於兩片第二句皆分作四言一句、五言一句。

○雨橫風狂三月暮。門掩黃昏、無計留春住。淚眼問花花不語。亂紅飛過秋千去。

【校】

［一］王本於「一名《鳳棲梧》」下，又注「一名《捲珠簾》」五字。

［二］第三字「◒」，王本注「◓」。

［三］王本無題。按：《花庵詞選》卷二題「春晚」，《草堂詩餘・前集》卷上入「春景・春暮」類。

［四］深幾許：《陽春集》、《樂府雅詞》作「知幾許」。

［五］金：《陽春集》、《近體樂府》、《樂府雅詞》皆作「玉」。雕：《陽春集》作「金」。

釵頭鳳〔一〕

前段八句，七韻，三十字

〔一〕按：此調始名《擷芳詞》，蓋始見《古今詞話》所載無名氏詞，因有「可憐孤似釵頭鳳」句，故陸游改名《釵頭鳳》；又有《玉瓏璁》、《折紅英》、《摘紅英》等別名。

○○●首句三字，仄韻起○○●二句三字，仄叶◓○◒●○○●三句七字，仄叶○○●四句三字，仄韻換

○○●五句三字，仄叶◓○○●六句四字◓○○●七句四字，仄叶●●●八句三字，仄叶[一]

後段同前

詞　　陸放翁

憶舊[二]

紅酥手。黃藤酒[三]。滿城春色宮牆柳。東風惡。歡情薄。一懷愁緒，幾年離索。錯錯錯。○春如舊。人空瘦。淚痕紅浥鮫綃透。桃花落。閒池閣。山盟雖在，錦書難託。莫莫莫。

【校】

[一] 謝本於此句無注，王本僅注「八句三字」。按：《詞律》卷八、《詞譜》卷十於三疊字各作一句，第一字注「叶」或「韻」，後二字皆注「疊」。

[二] 王本無題。按：《渭南詞》、《放翁詞》皆無題，《中興以來絕妙詞選》卷二題「閨詞」。

［三］藤：《渭南詞》、《中興以來絕妙詞選》作「滕」。

糖多令[一]

前段五句，四韻，三十字

◐●●○○首句五字，平韻起○○●●○二句五字，平叶◐◐○◐●○○[二]三句七字，平叶◐●◐
○○●●四句七字◐●●●○○五句六字，平叶

後段同前

詞　　　劉改之

重過武昌[二]

蘆葉滿汀洲。寒沙帶淺流。二十年、重過南樓[三]。柳下繫舟猶未穩，能幾日、又中秋。○

[一] 按：此調蓋始名《糖多令》，後多傳作《唐多令》，又因劉過詞有「二十年重過南樓」句，別名《南樓令》。《詞律》卷九、《詞譜》卷十三皆以《唐多令》爲正名。

黃鶴斷磯頭。故人曾到否。舊江山、渾是新愁。欲買桂花同載酒[四]，終不似、少年遊。

【校】

[一] 第二字「◒」，王本注「◓」。

[二] 王本無題。按：《中興以來絕妙詞選》卷五題「再過武昌」，《百家詞》本《龍洲詞》卷下有題記云：「安遠樓小集，侑觴歌板之姬黃其姓者，乞詞於龍洲道人，爲賦此《糖多令》（下略）。」

[三] 重過：《中興以來絕妙詞選》作「重度」。

[四] 同：《中興以來絕妙詞選》作「重」。

一剪梅

前段六句，六韻[一]，三十字

◓●○○◒●○首句七字，平韻起◒●○○二句四字，平叶◓●○○三句四字，平叶◓○◒●●○○四句七字，平叶◒●○○五句四字，平叶◒●○○六句四字，平叶

後段同前

詞

嬌紅(一)

虞道園[二]

荳蔻稍頭春色闌。風滿前山。雨滿前山。杜鵑啼血五更殘。花不禁寒。人不禁寒。○離合悲歡事幾般。離有悲歡。合有悲歡。別時容易見時難。怕唱陽關。莫唱陽關。

【校】

[一] 六韻：王本上片亦注「六韻」，每句皆注用韻，且注「後段同前」，然所列例詞，上片實用三韻，下片用四韻，乃此調早期體式之一。

[二] 按：王本改以李清照詞爲例。

(一) 按：此詞虞集《道園樂府》未收，蓋始見《詩餘圖譜》，當有所據。《花草粹編》卷十三亦收録，題「春別」，《全金元詞》據以補録。

又[一]

李易安

紅藕香殘玉簟秋。輕解羅裳，獨上蘭舟。雲中誰寄錦書來，鴈字回時月滿樓[二]。○花自飄零水自流。一種相思，兩處閒愁。此情無計可消除，纔下眉頭，却上心頭。

【校】

[一] 此詞附録同調異體，王本以此詞撰譜。按：《漱玉詞》、《花庵詞選》卷十皆題「別愁」，《草堂詩餘・後集》卷下入「人事・離別」類。

[二] 「鴈字」句：金本、謝本、游本、王本皆作「鴈字回時，月滿西樓」。按：《詞律》卷九作「鴈字來時月滿樓」，注云「『鴈字』句七字，自是古調」；《詞譜》卷十三列趙長卿詞爲「又一體」，此句亦爲七字，並引李清照詞爲同類，注云「蓋《一翦梅》之變體也，舊譜謂李詞脱去一字者非」。

繫裙腰[一]

前段六句，四韻，三十字

[一] 按：此調始見南唐馮延巳詞，調名《芳草渡》，宋歐陽修始別名《繫裙腰》。《詞律》卷八、《詞譜》卷十一收《芳草渡》，《詞律》卷九、《詞譜》卷十三又收《繫裙腰》，分列二調；宋詞另有周邦彥、陳允平《芳草渡》，爲長調慢詞。

◓○◓●●○○首句七字，平韻起◒○◓二句三字●○○三句三字[一]◒○◓●○○●四句七字◓●○○五句四字，平叶◓○●●○○六句六字，平叶

後段同前平仄不同[二]

詞[三]　張子野

惜霜濟照夜雲天。朦朧影，畫勾欄。人情縱似長情月，算一年年。又能得、幾番圓。○欲寄西江題葉字，流不到，五亭前。東池始有荷新緑，尚小如錢。問何日藕、幾時蓮。（問字羨）[四]

【校】

[一] 按：據例詞，此句用韻，依例當注「平叶」，蓋漏注。

[二] 按：下片句讀與上片相同，惟换頭二句及結句平仄略有不同。

[三] 按：此詞載《百家詞》本《張子野詞》，鮑本收入《補遺》卷上。

[四] 問字羨：王本作「問字美」，「美」蓋「羨」字之訛。

玉堂春(一)

前段七句，四韻，三十四字

◓○○●首句四字，仄韻起◓●◒○◒●二句六字，仄叶◓●○○三句四字◓●○○四句四字，平韻換◓●○○五句四字○●○○●六句五字◓●○○●●○七句七字，平叶

後段五句，二韻，二十七字

◓●○○◒●起句六字◒○○●○二句五字，平叶◓●○○三句四字◒●○○●〔一〕四句五字○●○○●●○五句七字，平叶(二)

詞

晏同叔

斗城池館。二月風和煙煖。繡户珠簾，日影初長。玉轡金鞍，繚繞沙堤路，幾處行人映緑

(一) 按：此調宋詞僅見晏殊詞三首，俱載《珠玉詞》。

(二) 按：《詞律》卷九收此詞，僅於上片第二句第一、第三字注「可平」、「可仄」，於下片起句第三字注「可仄」，又於詞後注曰：「《珠玉》三詞如一，規矩森然，學者不可依《圖譜》所注平仄。」

楊。○小檻朱闌回倚，千花濃露香。脆管清絃，欲奏新翻曲，依約林間坐夕陽。

【校】

［一］第一字「◒」，王本注「◓」。

金蕉葉[一]

前段五句，四韻，三十一字

◒○◓●○○●首句七字，仄韻起◒○◓◓◒○●二句七字，仄叶◓●○○三句四字◓○◒●

○○●四句七字，仄叶◓●◓○◓●五句六字，仄叶

後段同前第三句與前平仄有異

（一）按：此調宋詞僅三首，首見柳永，晁端禮、仲殊詞爲同調異體。另有袁去華、蔣捷詞屬小令體，與柳永詞爲同名異調。《詞律》卷四收此調，首列蔣捷小令詞，以柳永詞爲「又一體」，注「與前調全異」；《詞譜》卷十四收此調，首列柳詞，注「無别首可校」，又列袁去華、蔣捷詞爲「又一體」。

詞

柳耆卿

夜宴[一]

厭厭夜飲平陽第。添銀燭、旋呼佳麗。巧笑難禁，艷歌無間聲相繼。準擬幕天席地。○金蕉葉泛金波霽。未更闌、已盡狂醉。就中有箇，風流暗向燈光底。惱徧兩行珠翠。

【校】

[一]王本無題。按：《樂章集》各本皆無題；《花草粹編》卷十三同此題。

蘇幕遮

前段五句，四韻，三十一字

●○○首句三字○●●二句三字，仄韻起◓●○○◓●○○●[二]三句九字，仄叶◓●◓○○●●四句七字，仄叶◓●○○◓●○○●五句九字，仄叶

後段同前

詞[二] 詩餘[三](一)

隴雲沉，新月小。楊柳稍頭、能有春多少(二)。試着羅裳寒尚峭。簾捲青樓、占得東風早。○翠屏深，香篆裊。流水落花、不管劉郎到。三疊陽關聲漸杳。斷雨殘雲、只怕巫山曉。

【校】

[一] 第五字「◓」，王本注「◒」。

[二] 游本題「風情」。按：《類編草堂詩餘》卷二、《花草粹編》卷十四皆同此題。

[三] 游本、王本署周邦彦作。

(一) 按：《草堂詩餘・後集》卷下收此詞，未署名；其前一首《虞美人》亦未署名，又前一首爲周邦彦《風流子》，故《花草粹編》卷十四、《類編草堂詩餘》卷四、汲古閣本《片玉詞・補遺》皆誤録此詞爲周邦彦作。《全宋詞》據《草堂詩餘・後集》卷下録作無名氏詞。

(二) 按：《詞律》卷九、《詞譜》卷十四收此調，於兩片第三句及兩結皆分作四言一句、五言一句。

定風波

前段五句，五韻，三十字

◓●○○◓●○首句七字，平韻起◒○◒●●○○〔一〕二句七字，平叶◒●◒○○●●三句七字，中仄韻起○●四句二字，中仄叶◓○◒●●○○五句七字，平叶

後段六句，六韻，三十二字

◒●◒○○●●起句七字，中仄韻換○●二句二字，中仄叶◓○◒●●○○三句七字，平叶◓●◒○○●●四句七字，中仄韻換○●五句二字，中仄叶◓○◒●●○○五句七字，平叶

詞

詠梅〔一〕　葉夢得

破萼初驚一點紅。又看青子映簾櫳。冰雪肌膚誰復見。清淺。尚餘踈影照晴空。○惆悵年年桃李伴。腸斷。秖應芳信負東風。待得微黃春亦暮。煙雨。半和飛絮作濛濛。

【校】

［一］第一字「◒」，王本注「◓」。

［二］王本無題。按：《花草粹編》卷十三同此題；《石林詞》題爲「與幹譽才卿步西園始見青梅」。

又［一］

蘇東坡

詠紅梅［二］

好睡慵開莫厭遲。自憐冰臉不宜時。偶作小紅桃杏色，閒雅，尚餘孤瘦雪霜姿。○休把閒心隨物態，何事，酒生微暈沁瑶肌。詩老不知梅格在，吟詠，更看緑葉與青枝。（諸家皆中藏韻，惟此詞無中韻。）

【校】

［一］此首附録同調異體，金本、謝本、游本同録，王本刪之。

［二］按：傅幹注本、《百家詞》本、汲古閣本《東坡詞》皆有此題。

漁家傲

平韻即《憶王孫》、《豆葉黄》，但每句第二字平仄相反，辨見《天機雲錦》[一]（一）

前段五句，五韻，三十一字

◒●◓○○●●首句七字，仄韻起◒○◓●○○●二句七字，仄叶◒●◓○○●●三句七字，仄叶○●●四句三字，仄叶◒○●●○○●五句七字，仄叶

後段同前

詞

山居[二]　　王介甫

平岸小橋千嶂抱。揉藍一水縈花草[三]。茅屋數間窗窈窕。塵不到。時時自有春風掃[四]。○午枕覺來聞語鳥。攲眠似聽朝鷄早。忽憶故人今總老。貪夢好。茫茫忘了邯鄲道[五]。

（一）按：《憶王孫》一調起自北宋末年，别名《憶君王》、《豆葉黄》、《獨脚令》等，爲單片體，句式雖與《漁家傲》單片相同，然平仄不同，聲情相異，自非同調。天機雲錦：明瞿佑有詞曲集名《天機雲錦》，已佚。明另有詞集選本名《天機餘錦》，署程敏政編選，卷三收《憶王孫》四首，乃李重元作。

【校】

[一]辨：金本、謝本、王本皆無此字，游本作「辯」。

[二]王本無題。按：《彊村叢書》本《臨川先生歌曲》無此題，《草堂詩餘・前集》卷上題「春夜」；《花庵詞選》卷二注「極能道閑居之趣」。

[三]揉：《臨川先生歌曲》、《樂府雅詞》卷上作「柔」。

[四]春：《花庵詞選》作「清」。

[五]茫茫：《臨川先生歌曲》、《樂府雅詞》作「茫然」。了：王本作「却」。

鳳銜盃

前段五句，四韻，三十二字

◓●○○◓○●[一]首句七字，仄韻起◓○◓◓○○●二句七字，仄叶◓◓●○○[二]三句五字◓○○●○○●四句七字，仄叶◓◓●○○●五字六字，仄叶

後段六句，四韻，三十一字

●○○起句三字◓○●二句三字，仄叶◒○◒●○○●三句七字，仄叶◓◒●○○四句五字◓○○

●○○●五句七字，仄叶◓◒●○○●六句六字，仄叶

詞　柳耆卿

追悔當初孤深願[三]。經年價、兩成幽怨。任越水吳山，似屏如障堪遊翫。奈獨自、慵擡眼。○賞煙花，聽絃管。圖歡娛、轉加腸斷。縱時展丹青[四]，強拈書信頻頻看。又爭似、親相見。

【校】

[一]第五字「◓」，王本注「◒」。

[二]第二字「◒」，王本注「◓」。

[三]孤：《樂章集》一作「辜」。

[四]縱：《樂章集》一作「總」。

醉春風

前段七句，四韻，三十二字

◓●○○●首句五字，仄韻起◒○○●●二句五字，仄叶◓○◒●●○○三句七字●●●四句疊叶三字◓●○○五句四字◒○○●[一]六句四字◓○○●七句四字，仄叶

後段同前

詞

夢仙[二]　朱希真

夜飲西真洞。羣仙驚戲弄。素娥傳酒袖陵風[三]，送送送(一)。吸盡金波，醉朝天闕，闔班星拱。〇碧簡承新寵。紫微恩露重。忽然推枕草堂空。夢夢夢。帳冷衾寒，月斜燈暗，畫樓鐘動。

(一) 按：《詞律》卷九、《詞譜》卷十四收此調，以趙德仁詞爲例，於兩片第四句三疊字皆分作單字三句，注爲疊韻。

【校】

[一] 第一字「◒」，王本注「●」。

[二] 王本無題。按：《百家詞》本《樵歌》卷上有此題。

[三] 陵：王本作「凌」。

黄鍾樂(一)

前段五句，三韻，三十二字

◒○◒●●○○首句七字，平韻起◒◓○○二句四字◒●○●●○○三句七字，平叶◒●◓○○●●四句七字◒○○●●○○五句七字，平叶

後段同前起句平仄不同

(一) 按：此調蓋源於唐教坊曲，僅見五代魏承班詞一首，載《花間集》卷九，無宋詞，爲孤調。

詞　魏承班

池塘煙暖草萋萋。惆悵閒宵，含恨愁坐思堪迷(一)。遙想玉人情事遠，音容渾似隔桃溪。○偏記同歡秋月低[二]。簾外論心，花畔和醉暗相携。何事春來君不見，夢魂長在錦江西。

【校】

[二]低：原本作「底」，與此詞所用平韻失叶，蓋訛誤；《花間集》卷九、《詞律》卷九、《詞譜》卷十四皆作「低」，茲據以校訂。

破陣子

前段五句，三韻，三十二字[一]

(一) 按：「惆悵」二句及下片「簾外」二句，《詞律》卷九、《詞譜》卷十四皆分作六言一句、五言一句。

◐●◐○◐●首句六字◐○◐●○○二句六字，平韻起◐●◐○○●●三句七字◐●○○●●
○四句七字，平叶◐○○●○五句五字，平叶

後段同前

詞 晏同叔

海上蟠桃易熟，人間好月常圓。惟有擘釵分鈿侶，離別常多會面難。此情須問天。○蠟燭到明垂淚，熏爐盡日生煙。一點淒涼愁絕意，謾道秦箏有剩絃。何曾爲細傳。

【校】

［一］三十二字：據例詞，兩片實皆三十一字。

瑞鷓鴣

前段四句，三韻，三十字

◓○◒●●○○首句七字，平韻起◓○◒●●○○二句七字，平叶◓●○○◓●○○●三句九字

◓●○○●●○四句七字，平叶

後段六句，三韻，三十四字

◒○◓●○○●起句七字◒○◓●○○二句六字，平叶◒○◓●○○三句六字◓●○○●四句五字●○○五句三字，平叶◓●○○●●○六句七字，平叶

詞

詠紅梅[一]

晏同叔

越娥紅淚泣朝雲。越梅從此學妖頻[二]。臘月初頭、庾嶺繁開後，特染妍華贈世人。○前溪昨夜深深雪，朱顏不掩天真。何時驛使西歸，寄與相思客，一枝新。報道江南別樣春。

【校】

［一］王本無題。按：汲古閣本《珠玉詞》有此題。

［二］頻：《珠玉詞》作「嚬」。

又[一]

歐陽永叔(一)

楚王臺上一神仙。眼色相看意已傳。見了又休還似夢,坐來雖近遠如天。○隴禽有恨猶能説,江月無情也解圓。更被春風送惆悵,落花飛絮兩翩翩。

【校】

[一]此首及下首爲附録,金本、謝本同録,游本僅録此首,王本皆刪。按:此首爲七言八句齊言體,下首雜言體蓋屬慢詞,皆與晏殊詞爲同名異調。

又(二)

柳耆卿

寶髻瑤簪。麗粧巧[二],天然緑媚紅深。綺羅叢裡,獨逞謳吟。一曲陽春定價,何啻直千金。傾聽處,王孫帝子,鶴盖成陰。○凝態掩霞襟。動象板聲聲,怨思難任。嘹喨處,廻壓

(一)按:此首實非歐陽修詞,《近體樂府》卷一注曰:「此詞本李商隱詩,公嘗筆於扇,云可入此腔歌之。」《全宋詞》入歐陽修「存目詞」,注爲唐吳融詩,見《才調集》卷二。

(二)按:此詞爲雜言體,蓋長調慢詞,僅見柳永此詞及另首;柳永另有《瑞鷓鴣》二首,與晏殊詞爲同調。

絃管低沉[二]。時恁回眸斂黛，空役五陵心。須信道，緣情寄意，別有知音。

【校】

[一]麗：《樂章集》作「嚴」。

[二]廻：《樂章集》一作「迴」。

解珮令

前段六句，三韻[一]，三十三字

◐○○●首句四字◐○●●二句四字[二]◐○○○◐○●[三]三句七字，仄韵起◐●○○四句四◐◐●◐○○●五句七字，仄叶●○○●○○●六句七字，仄叶

後段同前

詞

宮詞[四]　晏叔原

玉階秋感，年華暗去，掩深宮、團扇無緒。記得當時，自剪下、機中輕素。點丹青、畫成秦

女。○凉襟猶在，朱絃未改，忍霜紈、飄零何處。自古悲凉，是情事、輕如雲雨。倚么絃、恨長難訴。

【校】

[一] 三韻：《詞譜》卷十五注上片用四韻，下片用三韻；據例詞，當注「四韻」。

[二] 按：《詞律》卷九、《詞譜》卷十五皆以第二句爲起韻，依例當注「仄韻起」。

[三] 第五字「◒」，據例詞「扇」字仄聲，當注「◓」。

[四] 王本無題。按：《小山詞》無此題。

行香子

前段八句，五韻，三十三字

◓●○○首句四字，平韻起◒●○○二句四字，平叶◓○◒◒●○○[一]三句七字，平叶◓○○●四句四字◓●○○五句四字，平叶●◓○●六句四字◓○●七句三字●○○八句三字，平叶

後段同前起二句無韻，亦有有韻同前者㈠

詞

張子野㈡

閒情[二]

舞雪歌雲。閒淡粧勻。藍溪水、深染輕裙。酒香醺臉，粉色生春。更巧談話，美情性，好精神。○江空無畔，凌波何處，月橋邊、青柳朱門。斷鍾殘角，又送黃昏[三]。奈心中事，眼中淚，意中人。

【校】

[一] 第一、三字「◓」、「◒」，王本注「◒」、「◓」。

[二] 王本無題。按：《花庵詞選》卷五題「美人」。

[三] 又：謝本、王本皆作「相」。

㈠ 按：張先此詞下片換頭二句皆不用韻；另有杜安世等下片起句不用韻，第二句用韻，蔡伸等換頭二句皆用韻。

㈡ 按：《花庵詞選》卷五作張先詞，鮑本《張子野詞補遺》卷上注「此闋又載《六一詞》」；又載《近體樂府》卷三、《六一詞》卷四；《全宋詞》入歐陽修「存目詞」。

謝池春(一)

前段六句，四韻，三十三字

◐●○○首句四字◐●◐○○●二句六字，仄韻起◐○○○●●三句七字，仄叶◐○○●四句四字

●◐○○●五句五字，仄叶●○○●○○●六句七字，仄叶

後段同前起句平仄不同

詞

陸放翁

賀監湖邊，初繫放翁歸棹。小園林、時時醉倒。春眠驚起，聽啼鶯催曉。嘆功名、誤人堪笑。○朱橋翠徑，不許京塵飛到。掛朝衣、東歸欠早。連宵風雨，卷殘紅如掃。恨尊前、送春人老。

(一) 按：此調當以《風中柳》爲正名，始見《高麗史·樂志》無名氏詞，注「令」；陸游等多别名《謝池春》，陳著詞又别名《賣花聲》。另有張先等《謝池春慢》，爲長調慢詞。

又[一](一)

張子野

繚牆重院，時聞有、啼鶯到。繡被掩餘寒，畫幕明新曉。朱檻連空闊，飛絮舞多少。徑莎平，池水渺。日長風靜，花影閑相照。○塵香拂馬，逢謝女、城南道。秀艷過施粉，多媚生輕笑。鬭色鮮衣薄，碾玉雙蟬小。歡難偶，春過了。琵琶流怨，都入相思調。

【校】

[一] 此首爲附録，金本、謝本同録，游本、王本删之。

錦纏道

前段六句，四韻，三十三字

(一) 按：此詞鮑本《張子野詞》卷一調名作《謝池春慢》，題「玉仙觀道中逢謝媚卿」，凡九十字，實與陸游六十六字《謝池春》爲異調。

◐●○○首句四字◐●◐○○●二句六字，仄韻起◐◐○◐○○●三句七字，仄叶◐○◐●○○●四句七字，仄叶◐●○○五句四字◐●○○●六句五字，仄叶

後段六句，三韻，三十三字

●○○●○起句五字◐○○●二句四字，仄叶◐○○◐○○●三句七字[一]，仄叶●○○●○○●四句七字[二]◐○○●五句四字◐●○○●[三]六句五字，仄叶

詞[四]　　詩餘[五][一]

燕子呢喃，景色乍長春晝。睹園林、萬花如繡。海棠經雨胭脂透。柳展宮眉，翠拂行人首。○向郊原踏青，恣歌携手。醉醺醺、尚尋芳酒[六]。問牧童、遥指孤村道，杏花深處，那裏人家有。（問字羨）[七]

（一）按：《全宋詞》據《草堂詩餘·前集》卷上作無名氏詞，校曰：「案此首別又誤作宋祁詞，見《類編草堂詩餘》卷二。別又誤作歐陽修詞，見《草堂詩餘·正集》卷二宋祁詞注。」

【校】

[一]三句七字：王本注「三句八字」，譜作「◓○○◓○○●●」，多注一「●」字，乃以下句開頭「問」字移入此句之故。

[二]四句七字：按例詞此句實爲八字，據詞末注語「問字羨」，乃未以「問」字入譜。

[三]此句王本注「◓●◓●○○●」，多注「◓●」二譜字，蓋衍誤。

[四]游本題「春山」。按：《草堂詩餘・前集》卷上入「春景」類，《類編草堂詩餘》卷一題「春景」。

[五]游本、王本署宋祁作。

[六]「醉醺醺」句：金本、謝本、游本、王本皆作「醉醺醺、尚尋芳問酒」八字句。

[七]金本、謝本、游本、王本皆删此注。

看花回[一]

前段六句，四韻，三十三字[二]

[一]按：此調僅見柳永詞二首。宋詞另有歐陽修、黄庭堅、周邦彦等《看花回》，爲長調慢詞，與柳詞爲同名異調。

◓●○○●●○首句七字，平韻起◒●○○二句四字，平叶◓○◒●○○●三句七字◓○◓●○○四句六字[二]，平叶◒○○●●五句五字●●○○六句四字，平叶

後段同前

詞

警悟[三]

柳耆卿

屈指勞生百歲期。榮瘁相隨。利牽名惹逡巡過，奈兩輪、玉走金飛。紅顔成白首，極品何爲。○塵事常多雅會稀。忍不開眉。畫堂歌管深深處，難忘酒盞花枝。醉鄉風景好，携手同歸。（奈字羨）[四]

【校】

[一] 王本於此條譜注後，以小字加注「第四句多一字」。

[二] 此句圖譜注爲六字，據例詞實爲七字，蓋於「奈」字未注圖譜。

[三] 謝本、王本無題。按：《樂章集》無此題。

[四] 金本、謝本、王本無此注。

青玉案

前段六句，四韻[一]，三十三字

◓○◓●○○●首句七字，仄韻起◓●●○○●二句六字，仄叶◓●◓○○●●三句七字，仄叶◓○○●四句四字●○○●五句四字[二]◓●○○●六句五字，仄叶

後段同前第二句多一字

詞

賀方回[一]

凌波不過橫塘路。但目送、芳塵去。錦瑟年華誰與度[三]。月樓花院[四]，綺窗朱戶[五]，惟有春知處。○碧雲冉冉衡臯暮[六]。綵筆空題斷腸句[七]。試問閒愁知幾許[八]。一川煙草，滿

(一) 按：《草堂詩餘・前集》卷上收此詞，入「春景・春暮」類，未署作者。

城風絮，梅子黄時雨。

【校】

[一]四韻：《詞譜》卷十五收此調，共列十三體，以此詞爲正體，於兩片第五句皆注用韻，則每片實用五韻。

[二]此句原本未注叶韻，據例詞此句「戸」字叶韻，當注「仄叶」。下片第五句「絮」字亦叶韻。

[三]年華：景宋本《東山詞》卷上、《樂府雅詞》卷中作「華年」。

[四]月樓花院：《東山詞》作「月橋花院」，《花庵詞選》卷四作「月臺花榭」。

[五]綺：《東山詞》、《樂府雅詞》、《花庵詞選》皆作「瑣」。

[六]碧：《東山詞》作「飛」。衡：《樂府雅詞》、《花庵詞選》皆作「蘅」。

[七]空：《東山詞》、《樂府雅詞》、《花庵詞選》皆作「新」。

[八]試：《東山詞》作「若」。閒愁：《東山詞》作「閒情」。知：《樂府雅詞》、《花庵詞選》皆作「都」。

感皇恩

前段七句，四韻，三十四字

◒●●○○首句五字◒◓○●[二]二句四字，仄韻起◒●○○●○●三句七字，仄叶◒○◒●[二]四句四字◓●◒○○●五句六字，仄叶◓○○●●六句五字○○●七句三字，仄叶

後段七句，四韻，三十三字

◓●○○[三]起句四字◒○○●二句四字，仄叶◒●○○●○●三句七字，仄叶◒○○●四句四字◓●◒○○●五句六字，仄叶◒○○●●六句五字○○●七句三字，仄叶

詞

飲酒[四]　毛澤民

多病酒樽疎，飲少輙醉。年少銜盃可追記。無多酌我，醉倒阿誰扶起。滿懷明月冷，爐煙細。○雲漢雖高，風波無際。何似歸來醉鄉裏。玻璃紅上[五]，滿載春光花氣。蒲萄仙浪軟，迷紅翠。

【校】

［一］第一、三字「◑」、「○」；王本皆注「◐」。

［二］第三字「◑」，王本注「◐」。

［三］第一字「◐」，王本注「◑」。

［四］王本無題。按：《百家詞》本、汲古閣本《東堂詞》皆題「晚酌」。

［五］紅上：謝本、王本作「紅盞」。

又[一](一)

張子野

安車訪閱道同遊湖山[二]

廊廟當時共代工。睢陵千里約，遠相從[三]。欲知賓主與誰同。宗枝内，黄閣舊，有三公。

○廣樂起雲中。湖山看畫軸，兩仙翁。武林佳話幾時窮。元豐際，德星聚，照江東。

(一) 按：張先此詞實與宋詞《感皇恩》爲同名異調，而與唐敦煌寫本無名氏《感皇恩》爲同調，晚唐以後以《小重山》爲通用名；此詞《百家詞》本《張子野詞》調名作《小重山》。

【校】

[一]此首爲附録，金本、謝本、游本同録，王本刪之。

[二]按：鮑本、《百家詞》本《張子野詞》皆題「安車少師訪閱道大資同遊湖山」。

[三]「睢陵」二句：鮑本《張子野詞》卷一作「睢陵千里遠，約過從」。

殢人嬌

前段六句，四韻，三十五字

◓●○○首句四字◓●◒○◓●二句六字，仄韻起○●●◒○◓●三句七字，仄叶○○●●四句四字●○○○●五句五字，仄叶○●●◒●◓○○●六句九字，仄叶

後段六句，三韻[一]，三十三字

◓●○○起句四字◒○●●二句四字，仄叶○●●◒○◒●[二]三句七字[三]○○●●四句四字●○○○●五句五字，仄叶○●●○◒●○○●[四]六句九字，仄叶

詞

上壽[五]

晏同叔

玉樹微涼，漸覺銀河影轉。林葉靜、疎紅欲徧[六]。朱簾細雨，尚遲留歸燕。嘉慶日、多少世人良願。○楚竹驚鸞，秦箏起鴈。縈舞袖、急翻羅薦。雲迴一曲，更輕櫳檀板[七]。香炷遠、同祝壽期無限。

【校】

[一]三韻：據例詞，當注「四韻」。《詞譜》卷十五收此調，共列五體，皆注每片各用四仄韻。

[二]第四字「◒」，王本注「◓」。

[三]此句原本未注用韻，據例詞「薦」字實用韻，當注「仄叶」。

[四]第五字「◒」，王本注「◓」。

[五]王本無題。按：《珠玉詞》無此題。

[六]徧：原本作「偏」，蓋訛誤；兹從謝本、游本、王本校訂。

[七]櫳：王本作「籠」，《百家詞》本《珠玉詞》作「攏」。

天仙子

前段六句，五韻，三十四字

◐●◐○○●●首句七字，仄韻起◐●◐○○●●二句七字，仄叶◐○◐●●○○三句七字○◐●四句三字，仄叶○○●五句三字，仄叶◐●◐○○●●六句七字，仄叶

後段同前

詞[一]　張子野

水調數聲持酒聽。午醉醒來愁未醒。送春春去幾時迴，臨晚鏡。傷流景。往事後期空記省。○沙上竝禽池上暝。雲破月來花弄影。重重簾幕密遮燈，風不定。人初靜。明日落紅應滿徑。

【校】

[一] 按：此詞《花庵詞選》卷五題「春恨」，《草堂詩餘・前集》卷上入「春景・春暮」類，《張子野詞》

序云「時爲嘉禾小倅，以病眠不赴府會」。

又[一]

韋端己

悵望前回夢裡期。看花不語苦尋思。露盤宮裡小腰肢[二]。眉黛細[三]，鬢雲垂。唯有多情宋玉知。

【校】

[一] 此首附録單片體，金本、謝本、游本同録，王本刪之。

[二] 露盤：《花間集》卷三作「露桃」。

[三] 眉黛：《花間集》作「眉眼」。

兩同心

前段六句，三韻，三十三字

◓●○○首句四字◓○○●二句四字，仄韻起◒○●◒●○○三句七字◓○●◓○○●[一]四句七字，仄叶◓○○◓●○○五句七字◓◓○●六句四字，仄叶

後段六句，四韻，三十五字

◓●◓○○●起句六字，仄叶◓○○●二句四字，仄叶◒○●◓●○○三句七字◓○●◓○○●四句七字，仄叶◓◓○◓●○○五句七字◓○○●六句四字，仄叶

詞　柳耆卿

竚立東風，斷魂南國。花光媚、春醉瓊樓，蟾彩迥、夜遊香陌。憶當時、酒戀花迷，役損詞客。○別有眼長腰搦。痛憐深惜。鴛衾冷、夕雨淒飛[二]，錦書斷、暮雲凝碧。想別來、好景良時，也應相憶。

【校】

[一]第一、二字「◓○」，王本注「◓●」，《詞譜》卷十六注「◒◓」。

[二]「鴛衾」句：《百家詞》本《樂章集》作「鴛鴦阻、夕雨朝飛」，《彊村叢書》本作「鴛會阻、夕雨淒飛」。

又[一]

晏叔原

楚鄉春晚，似入仙源。拾翠處、閒隨流水，踏青路、暗惹香塵。心心在，柳外青帘，花下朱門。○對景且醉芳尊。莫話銷魂。好意思、曾同明月，惡嗞味、最是黄昏[二]。相思處，一紙紅牋，無限啼痕。

【校】

[一] 此首附録平韻體，金本、謝本同録，游本、王本删之。

[二] 嗞：《小山詞》作「滋」。

小桃紅[一]

前段七句，四韻，三十五字

[一] 按：此調乃《連理枝》別名，又名《紅娘子》等。

◓●○○●首句五字，仄韻起◓●○○●二句五字，仄叶◓●○○三句四字◓○◒●四句四字◓○○●五句四字，仄叶◓○○○●●○○六句八字●○○○●七句五字，仄叶

後段同前

詞

劉龍洲

詠美人畫眉[一]

晚入紗窗靜[二]。戲弄菱花鏡。翠袖輕勻，玉纖彈去，小妝紅粉。畫行人、愁外兩青山，與尊前離恨。◯宿酒醺難醒。笑記香肩竝。暖借蓮腮，碧雲微透，暈眉斜印。最多情、生怕外人猜，拭香津微搵。

【校】

[一] 王本無題。按：《百家詞》本《龍洲詞》卷上題「在襄州作」。

[二] 晚：《百家詞》本、汲古閣本《龍洲詞》皆作「曉」。

江城子　即《江神子》[一]

前段六句，五韻，三十五字

◒○◒●●○○首句七字，平韻起●○○二句三字，平叶●○○三句三字，平叶◒●○○◒●●○○四句九字，平叶◓●◒○○●●五句七字○●●●○○六句六字，平叶

後段同前

詞

春恨[一]　　秦少游

西城楊柳弄春柔。動離憂。淚難收。猶記多情、曾爲繫歸舟[二]。碧野朱橋當日事，人不見、水空流[三]。○韶華不爲少年留。恨悠悠。幾時休。飛絮落花時候、一登樓。便做春

[一] 按：此注「即」字不確，當注「一名」或「又名」。《詞律》卷二、《詞譜》卷二收此調，皆以《江城子》爲正名，注「城」一作「神」，又謂宋人始改名《江神子》。

江都是淚，流不盡、許多愁。

【校】

［一］游本題「離别」，王本無題。按：《淮海長短句》、《淮海詞》無題，《花庵詞選》卷四題「春别」，《草堂詩餘・後集》卷下入「人事・離别」類。

［二］按：《詞譜》卷二此調雙片體以蘇軾詞爲例，兩片第四句皆於四字處注「讀」，作上四下五句法。

［三］按：《詞律》卷二、《詞譜》卷二於兩片結句皆作三言二句。

又[一]

牛給事

極目煙消水鳥飛[二]。離筵分首送金巵[三]。渡口楊花、狂雪任風吹。日暮天空波浪急[四]，芳草岸，雨如絲。

【校】

［一］此首及下首附録單片體，金本、謝本同録，游本、王本删之。

[二]目：《花間集》卷四作「浦」。

[三]「離筵」句：《花間集》作：「離筵分首時。送金卮。」《詞譜》同，唯「首」作「手」。

[四]日驀天空：《花間集》作「日暮空江」。

又

韋端己

髻鬟狼籍黛眉長。出蘭房。別檀郎。角聲嗚咽、星斗漸微茫。露冷月殘人未起，留不住，淚千行。

連理枝(一)

前段七句，四韻，三十五字

◓●○○●首句五字，仄韻起◓●○○●二句五字，仄叶◓○●●[二]三句四字○○●●四句四字○○

(一)按：此調始見唐李白詞，宋程垓、劉過詞別名《小桃紅》、《紅娘子》。此卷前收《小桃紅》一調，以劉過詞爲例，中間僅隔《江城子》一調，又收《連理枝》，乃同調重出。

●●五句四字，仄叶●○○◒●●○○六句八字●○○●●七句五字，仄叶

後段同前

詞　晏同叔

慶壽[一]

緑樹鶯聲老。金井生秋早。不寒不暖，裁衣按曲，天時正好。況蘭堂逢著壽筵開，見爐香縹緲。◯組繡呈纖巧。歌舞誇妍妙。玉酒頻傾，朱絃翠管，移宮易調。獻金盃重疊祝長生，永逍遙奉道。

【校】

[一] 第一字「◒」，王本注「◓」。

[二] 王本無題。按：《珠玉詞》無此題。

粉蝶兒[一]

前段六句，四韻，三十六字

◓●○○首句四字◓○◒◓○●二句六字，仄韻起◓○○◓○◒●三句七字，仄叶◓○○●●四句六字◒○◓●[二]五句四字，仄叶◓◓○◒◓◓○○●[三]六句九字，仄叶

後段六句，四韻，三十六字[四]

◓◓◒○[五]起句四字◒○◓◓○●[六]二句六字，仄叶◓○○◓○◓●三句七字，仄叶●○○●●四句六字◒○◓●五句四字，仄叶◓◓○◓◓◓○○●[七]六句九字，仄叶

詞　　毛澤民

雪徧梅花，素光都共奇絕。到窓前、認君時節。下重幃、香篆冷，蘭膏明滅。夢悠揚、空遶斷雲殘月。○沈郎帶寬，同心放開重結。褪羅衣、楚腰一捻。正春風、新着摸，花花葉葉。粉蝶兒、這回共花同活。

【校】

[一]王本注「一名《惜奴嬌》」。按：《粉蝶兒》無異名，其注有誤。宋詞另有《粉蝶兒慢》，僅見周邦彥詞，載《片玉詞》卷下。

[二] 第三字「◓」，王本注「◒」。
[三] 第二字「◓」，王本注「◒」。
[四] 王本注「後段同前」，未列圖譜。
[五] 第二、三字「◓◒」，《詞譜》卷十六注「◒◓」。
[六] 第四字「◓」，《詞譜》注「◒」。
[七] 第五字「◓」，《詞譜》注「◒」。

千秋歲

前段八句，五韻，三十五字

◓○◒●首句四字，仄韻起◒●○○●二句五字，仄叶○●●三句三字○○●四句三字，仄叶◒○○●

●五句五字◒●○○●六句五字，仄叶○●●七句三字◓○◓●○○●八句七字，仄叶

後段八句，五韻，三十六字

●●○○●起句五字，仄叶◒●○◓●[一]二句五字，仄叶○●●三句三字○○●四句三字，仄叶◒

○○●●[二]五句五字◓●○○●六句五字，仄叶○●●七句三字◓○◓●○○●八句七字，仄叶

詞[三]　　秦少游

水邊沙外[四]。城郭輕寒退[五]。花影亂，鶯聲碎。飄零踈酒盞，離別寬衣帶。人不見，碧雲暮合空相對。○憶昔西池會。鵷鷺同飛蓋。携手處，今誰在。日邊清夢斷，鏡裡朱顏改。春去也，落紅萬點愁如海[六]。

【校】

[一] 第四字「◓」；《詞譜》卷十六注「○」。

[二] 第一字「◒」，《詞譜》注「◓」。

[三] 游本題「春景」。按：汲古閣本《淮海詞》題「謫處州日作」；《花庵詞選》卷四注「少游謫處州日作」。

[四] 水：《草堂詩餘·前集》卷上、《類編草堂詩餘》卷二皆作「柳」。

[五] 輕：《淮海長短句》、《淮海詞》、《花庵詞選》等皆作「春」。

［六］落紅：《淮海長短句》、《淮海詞》作「飛紅」。

又［一］

欧阳永叔（一）

數聲鶗鴂［二］。又報芳菲歇。惜春更把殘紅折。雨輕風色暴，梅子青時節。永豐柳，無人盡日花飛雪［三］。◯莫把絲絃撥［四］。怨極絃能説。天不老，情難絕。心似雙絲網，中有千千結。夜過也，東窓未白殘燈滅［五］。

【校】

［一］此首及下首爲附録，金本、謝本、游本同録，王本删之。按：此首屬同調異體。

［二］數：《樂府雅詞》卷上作「幾」。

［三］花飛雪：《張子野詞》作「飛花雪」。

［四］絲絃：《張子野詞》作「么絃」。

（一）按：此詞載《張子野詞》卷二，《樂府雅詞》卷上亦録作張先詞；《全宋詞》據《張子野詞》收録，校曰：「案此首別又誤入歐陽修《近體樂府》卷三。」

［五］殘燈滅：鮑本《張子野詞》作「凝殘月」，《百家詞》本作「孤燈滅」。

又［一］（一）

秋景［二］

王介甫

別館寒砧，孤城畫角。一派秋聲入寥廓。東歸燕從海上去，南來鴈向沙頭落。楚臺風，庾樓月，宛如昨。◯無奈被些名利縛。無奈被他情擔閣。可惜風流總閒却。當初謾留華表語，而今誤我秦樓約。夢回時［三］，酒醒後，思量着。

【校】

［一］此詞金本、謝本收録，游本調名作《千秋歲引》，王本刪之。按：《花庵詞選》卷四、《草堂詩餘·前集》卷下收此詞，調名皆作《千秋歲引》。

［二］按：《花庵詞選》同題，《草堂詩餘》入「秋景·秋怨」類，《類編草堂詩餘》卷二題「秋思」。

［三］回：《花庵詞選》、《草堂詩餘》作「闌」。

（一）按：此詞調名實爲《千秋歲引》，與《千秋歲》屬同名異調。

憶帝京

前段六句，四韻，三十三字

◒○◓●○○●首句七字，仄韻起◓●◒○○●[一]二句六字，仄叶◓●●○○三句五字◓●○○●[二]四句五字，仄叶◓●●○○五句五字◓●○○●六句五字，仄叶

後段七句，四韻，三十九字

●●●◓○○●起句七字，仄叶●●●○◒○●[三]二句七字，仄叶●●○○三句四字○○◒●四句四字◓●◓◒◒◒●[四]五句七字，仄叶◓●●○○六句五字●●○○●七句五字，仄叶

詞

慶壽[五]　黃山谷

鳴鳩乳燕春閒暇。化作緑陰槐夏。壽酒舞紅裳，羅鴨飄香麝[六]。醉此洛陽人，佐郡深儒雅。○況坐上、玉麟金馬。更莫問、鶯老花謝。萬里相依[七]，千金爲壽，未厭玉燭傳清夜[八]。不醉欲言歸，笑殺高陽社。

【校】

［一］第三字「◒」，王本注「◓」。

［二］第一字「◓」，據例詞，「羅」字平聲，當注「◒」。

［三］第五字「◒」，金本、謝本、游本、王本皆注「●」。

［四］第四字「◒」，謝本、王本注「●」。第五、六字「◒◒」，謝本、王本注「○○」。

［五］王本無題。按：《山谷琴趣外篇》題「宴飲」，《山谷詞》題「黔州張倅生日」。

［六］羅：王本作「爐」，《山谷琴趣外篇》、《山谷詞》皆作「睡」。廝：王本作「下」。

［七］相依：原本作「相衣」，蓋訛誤，茲據金本、謝本、游本、王本校訂。

［八］清：謝本、王本作「深」。

師師令（一）

前段六句，五韻，三十五字

（一）按：此調宋詞僅見張先一首，載《張子野詞》卷一，爲孤調。

◒○◓●首句四字，仄韻起●◓○○●[一]二句五字，仄韻叶◓○◒●●○○三句七字◒●●◒○○●[二]四句七字，仄叶◓●○○●●五句七字，仄叶●◓○○●六句五字，仄叶

後段六句，五韻，三十八字

◒○◒●○○●起句七字，仄叶[三]●◒○○●二句五字，仄叶◓○◒●●○○三句七字◒●●◒○○●[四]四句七字，仄叶◓●◒○●●五句七字，仄叶●◓○○●六句五字，仄叶

詞[五]　張子野

香鈿寶珥。拂菱花如水。學粧皆道稱時宜，粉色有、天然春意。蜀綵衣長勝未起[六]。縱亂霞垂地。○都城池苑誇桃李[七]。問東風何似。不須回扇障清歌，唇一點、小於朱蕊。正值殘英和月墜。寄此情千里。

【校】

[一]第二字「◓」，謝本、王本注「○」。

[二]第一字「◒」，謝本、王本注「◓」。

［三］仄叶：王本注「仄韻起」，與體例不合，蓋衍誤。
［四］第四字「◒」，謝本、王本注「◓」。
［五］謝本題「贈美人」。按：鮑本《張子野詞》卷一題「春興」，注「一作贈美人」，《百家詞》本無題。
［六］長：謝本、王本皆作「裳」。
［七］苑：謝本、王本作「遠」。

何滿子［一］

前段六句，三韻，三十七字

◓●○○◒●［二］首句六字◒○◓●○○二句六字，平韻起◓●○○○●●三句七字◓○◓●○○四句六字，平叶◓●○○◒●五句六字◓○●●○○六句六字，平叶

後段同前［三］

詞［四］　孫巨源

悵望浮生急景，淒涼寶瑟餘音。楚客多情偏怨別，碧山遠水登臨。目送連天衰草，夜闌幾

處踈砧。◯黄葉無風自落，秋雲不雨長陰。天若有情天亦老，搖搖幽恨難禁。惆悵舊歡如夢，覺來無處追尋。

【校】

[一]謝本、王本調名作《河滿子》。按：《詞律》卷二收《何滿子》，注此曲因歌者何滿子而得名；《詞譜》卷三收《河滿子》，注「一名何滿子」。

[二]第五字「◒」，謝本、王本注「●」。

[三]謝本、王本注「後段六句三韻三十七字」，有圖譜。

[四]謝本題「傷怨」。按：《花庵詞選》卷三題「秋怨」。

又[一]　毛文錫

紅粉樓前月照，碧紗窓外鶯啼。夢斷遼陽音信，那堪獨守空閨。恨對百花時節，王孫緑草萋萋。

【校】

[一]此首附録單片體，金本、謝本、游本同録，王本刪之。

傳言玉女

前段八句，四韻，三十七字

◓●○○首句四字◓●◓○○●二句六字，仄韻起◓○○●三句四字●○○●●四句五字，仄叶○◒●◓[一]五句四字◓●◒○○●六句六字，仄叶◒○◒●七句四字◓○○●八句四字，仄叶

後段同前

詞　　　　詩餘[二](一)

元宵[三]

一夜東風，不見柳稍殘雪[四]。御樓煙煖，對鰲山綵結[五]。簫鼓向曉，鳳輦初回宮闕。千門

(一)按：《草堂詩餘·後集》卷上未署名；《樂府雅詞》卷中、《花庵詞選》卷五皆作晁沖之詞。《全宋詞》録作晁沖之詞。

燈火，九逵風月[六]。○繡閣人人，乍嬉遊、困又歇。艶粧初試[七]，把朱簾半揭。嬌羞向人，手撚玉梅低説[八]。相逢長是，上元時節。

【校】

[一] 第二字「◒」，據例詞「鼓」字仄聲，當注「◓」。

[二] 按：王本改以黄機「日薄風柔」一詞爲例。

[三] 按：《草堂詩餘・後集》卷上、《花庵詞選》卷五題「上元」。

[四] 不見：《樂府雅詞》卷中、《花庵詞選》作「吹散」。

[五] 對、綵：《樂府雅詞》作「正」、「對」。

[六] 逵：《樂府雅詞》作「街」，《花庵詞選》作「衢」。

[七] 艶粧初試：《樂府雅詞》作「笑匀粧面」。

[八] 撚：原本作「燃」，茲據金本、謝本、游本校訂。

風入松

前段六句，四韻，三十八字[一]

◓○○●●○○首句七字，平韻起◒●●○○二句五字[二]，平叶◓○◓●○○●三句七字○○●◒●○○[三]四句七字[四]，平叶◓●◒○○●[五]五句六字◒○◒●○○六句六字，平叶

後段同前

詞

康伯可[六](一)

春恨[七]

一宵風雨送春歸。綠暗紅稀。畫樓整日無人到，與誰同撚花枝。門外薔薇開也，枝頭梅子酸時。○玉人應是數歸期。翠斂愁眉。塞鴻不到雙魚遠，嘆樓前、流水難西。新恨欲題紅

(一) 按：此詞《中興以來絕妙詞選》卷一收作康與之詞，《陽春白雪》卷五題康與之作，注「又附《田中行集》」，《全宋詞》兩收並存。

葉，東風滿院花飛。

【校】

［一］三十八字：據例詞，上片實爲三十六字。王本以晏幾道詞爲例，注前段三十八字，後段同前，實則兩片皆三十七字。

［二］二句五字：據例詞，此句實爲四言句，圖譜衍一「◒」字。王本此句譜與詞皆四字，而亦誤注五字。

［三］第一字「○」，《詞譜》卷十七注「●」。第三字「●」，乃衍字，當删。

［四］四句七字：據例詞此句實爲六字句。《詞譜》注疑此句落一字。

［五］第一字「◓」，據例詞「門」字平聲，當注「◒」。

［六］按：王本改以晏幾道「柳陰庭院杏梢牆」詞爲例，詞後注曰：「一調第二句各多一字。」

［七］按：《草堂詩餘・前集》卷上、《中興以來絕妙詞選》卷一題「春晚」。

又[一]　此詞應圖當在前(一)　虞邵庵

畫堂紅袖倚清酣。華髮不勝簪。幾回晚直金鑾殿，東風軟、花裡停驂。書詔許傳宮燭，輕羅初試朝衫。○御溝冰泮水拖藍[二]。紫燕語呢喃。重重簾幕寒猶在，憑誰寄、錦字泥緘。報道先生歸也，杏花春雨江南。

【校】

[一] 此首附録同調異體，金本、謝本同録，游本、王本刪之。

[二] 拖：《彊村叢書》本《道園樂府》作「拸」。

剔銀燈

前段七句，五韻，三十八字

(一) 按：此注謂若按前撰圖譜，這首附列之詞當排列在康與之詞前面，即謂當以此詞作譜。

◒●◒○○●[一]首句六字，仄韻起●◓●◓○○●二句七字，仄叶◓●○○三句四字◓○○●[二]四句四字◓●◓○○●五句六字，仄叶◒○○●六句四字，仄叶◓◓●◓○○●七句七字，仄叶

後段同前

詞

春景[三]

柳耆卿

何事春工用意。繡畫出、萬紅千翠。艷杏夭桃，垂楊芳草，各鬭雨膏煙膩。如斯佳致。早晚是、讀書天氣。○漸漸園林明媚。便好安排歡計。論籃買花[四]，盈車載酒，百琲千金邀妓。何妨沉醉。有人伴、日高春睡。

【校】

［一］第五字「○」，《詞譜》卷十七注「●」。

［二］第一字「◓」，王本注「◒」。

［三］謝本、王本無題。按：《樂章集》無題。

［四］籃：金本、謝本、游本、王本皆作「藍」，《樂章集》一作「檻」。

御街行

前段七句，四韻，三十九字［一］

◒○◒●○○●首句七字，仄韻起○●○○●［二］二句五字，仄叶◒○◒●●○○［三］三句七字●●◓○○●四句六字，仄叶◓○○●五句四字◓○◓●［四］六句四字●●○○●［五］七句五字，仄叶

後段同前

詞

觀郊祀［六］　柳耆卿

燔柴煙斷星河曙。寶輦回天步。端門羽衛簇雕欄，六樂舜韶先舉。鶴書飛下，雞竿高聳，恩露均寰寓。○赤霜袍爛飄香霧。喜色成春煦。九儀三事仰天顏，八彩旋生眉宇。椿齡無盡，蘿圖有慶，常作乾坤主。

【校】

[一] 三十九字：據例詞，每片實皆三十八字。

[二] 第一字「○」，王本注「◓」。

[三] 第三字「◒」，王本注「◓」。

[四] 第一、三字「◓」，王本皆注「◒」。

[五] 第一字「●」，王本注「○」。

[六] 王本無題。按：《花草粹編》卷十五題「聖壽」；《全宋詞》題「聖壽」，注「題據毛校《樂章集》補」。

一叢花（一）

前段七句，四韻，三十九字

◒○◒●●○○首句七字，平韻起◒●●○○二句五字，平叶◒○◓●○○●三句七字◒○●◒

(一) 按：鮑本《張子野詞》卷一調名作《一叢花令》，注「此闋又載《六一詞》」。

●○○[一]四句七字，平叶◒●◓○五句四字◒○◓●六句四字◒●●○○七句五字，平叶

後段同前

詞　張子野(一)

傷高懷遠幾時窮[二]。無物似情濃。離心正引千絲亂[三]，更南陌、飛絮濛濛[四]。嘶騎漸遙，征塵不斷，何處認郎蹤。○雙鴛池沼水溶溶。南北小橈通[五]。梯橫畫閣黃昏後，又還是、斜月簾櫳。沉恨細思[六]，不如桃杏，猶解嫁春風[七]。

【校】

[一] 第一字「◒」，王本注「◓」。

[二] 高：《近體樂府》卷三作「春」。

[三] 「離心」句：《近體樂府》作「離愁正恁牽絲亂」。

(一) 按：此詞又作歐陽修詞，載《近體樂府》卷三，注「此篇世傳張子野詞」。

[四] 南：《張子野詞》一作「東」。

[五] 橈：《近體樂府》作「橋」。

[六] 沉恨細思：《張子野詞》一作「沉思細恨」；王本作「沉恨思量」。

[七]「不如」二句：《近體樂府》作「不如桃李，還解嫁春風」。春，《張子野詞》一作「東」。

紅林檎近

前段八句，五韻，四十三字

◒●○○●首句五字◓○○●○二句五字，平韻起◓●●○●三句五字●○●○○四句五字，平叶◓○

◒○●●五句六字◓●◓●○○六句六字，平叶◓●◓●○○七句六字，平叶◒●●○○八句五字，平叶

後段七句，四韻[一]，三十六字

◓●○◓●起句五字◒●●○○二句五字，平叶◓○●●三句四字◒○◓●○○[二]四句六字，平叶

◓◒○◒●五句五字◒○●●六句四字◓○◓●○●○七句七字，平叶

詞　　　　詩餘[三](一)

詠雪[四]

高柳春纔軟，凍梅寒更香。暮雪助清峭，玉塵散林塘。那堪飄風遞冷，故遣度幕穿窗。似欲料理新妝。呵手弄絲簧。◯冷落詞賦客，蕭索水雲鄉。援毫授簡，風流猶憶東梁。望虛簷徐轉，迴廊未掃，夜長莫惜空酒觴。

【校】

[一] 四韻：據例詞，下片實用三韻。

[二] 第三字「◐」，王本注「◒」。

[三] 游本、王本署周邦彦作。

[四] 王本無題。按：宋本《片玉集》卷六入「冬景」類，汲古閣本《片玉詞》卷下題「詠雪」；《草堂詩餘·前集》卷下題「冬雪」。

(一) 按：《草堂詩餘·前集》卷下載此詞署周美成作，《片玉集》卷六亦收録爲周邦彦詞。

金人捧露盤

前段八句，五韻[一]，三十八字

●○○首句三字○○●二句三字●○○三句三字，平韻起●◓○◒●○○四句七字，平叶◒○◓●五句四字◓○◒●●○○六句七字，平叶◓○◒●◓○●七句七字●●○○八句四字，平叶

後段九句，四韻，四十一字

●○○起句三字○○●二句三字○○●三句三字●○○四句三字，平叶◓◒○◓●○○五句七字，平叶◒○●●六句四字◒○◒●●○○七句七字，平叶◓○○●◓○●八句七字●●○○九句四字，平叶

詞

悼舊[三]　曾純甫[二]

記神京，繁華地，舊遊蹤。正御溝、春水溶溶。平康巷陌，繡鞍金勒躍青驄。解衣沽酒醉絃筦，柳緑花紅。○到如今，餘霜鬢，嗟前事，夢魂中。但寒煙、滿目飛蓬。雕欄玉砌，空餘三十六離宮。塞笳驚起暮天鴈，寂寞東風。

【校】

［一］五韻：王本注「四韻」。據例詞，兩片實皆用四韻。

［二］按：王本改以高觀國「夢湘雲」一詞爲例。

［三］王本無題。按：《草堂詩餘・前集》卷上入「春景・春思」類；汲古閣本《海野詞》題「庚寅歲春奉使過京師感懷作」，《中興以來絕妙詞選》卷一題「庚寅春奉使過京師」。

山亭柳

前段七句，五韻，三十七字

◒●○○首句四字，平韻起◓◓●○○二句五字，平叶◒●●●○○三句六字，平叶◓●◓○○●四句六字◓○◒●○○五句六字，平叶◓●◒○◒●六句六字◓●○○七句四字，平叶

後段七句，五韻［二］，四十二字

◓○◒●○○●起句七字◒○◓●●○○二句七字，平叶◒○●●○○三句六字，平叶◓●◒○◓●四句六字◓○◓●●○［二］五句六字，平叶◓●◒○◓●六句六字◒●○○七句四字，平叶

晏同叔

詞

贈歌者[三]

家住西秦。賭博藝隨身。花柳上、鬭尖新。偶學念奴聲調，有時高遏行雲。蜀錦纏頭無數，不負辛勤。○數年來往咸京道，殘盃冷炙謾銷魂。衷腸事、託何人。若有知音見采，不辭遍唱陽春。一曲當筵淚落[四]，重掩羅巾。

【校】

[一] 五韻：據例詞，下片實用四韻。
[二] 第五字「●」，王本注「○」。
[三] 王本無題；按：《珠玉詞》有此題。
[四] 淚落：《珠玉詞》作「落淚」。

柳初新

前段七句，五韻，四十字

◒○◓●○○●首句七字，四韻起[一]◒●●○○●[二]二句六字，仄叶◓○○●三句四字◒○●●四句四字◓●◓○○●五句六字，仄叶◒●◒○○●六句六字，仄叶●◒○◒○◒●七句七字，仄叶

後段七句，五韻，四十字。

◓●○○●●起句六字，仄叶◒○○◒○○●二句七字，仄叶◓○○●三句四字◒○◓●四句四字

◓●◓○◒●五句六字，仄叶◓◓●○○●六句六字，仄叶●◒○◓○◒●七句七字，仄叶

詞

柳耆卿

早春[三]

東郊向曉星杓亞。報帝里、春來也。柳臺煙眼[四]，花勻露臉，漸覺綠嬌紅姹[五]。妝點層臺芳榭。運神功、丹青無價。○別有堯堦試罷。新郎君、成行如畫。杏園風細，桃花浪暖，競喜羽遷鱗化。遍九陌、將遊冶[六]。驟香塵、寶鞍嬌馬[七]。

【校】

[一]四韻起：游本、王本注「仄韵起」。按：依律及詞，當注「仄韻起」。

［二］第一字「◒」，王本注「◓」。

［三］王本無題。按：《樂章集》無題。

［四］臺：《樂章集》一作「擡」。

［五］嬌：游本作「嬌」。按：《樂章集》亦作「嬌」。

［六］將遊冶：《樂章集》作「相將遊冶」。

［七］嬌：《樂章集》一作「驕」。

拂霓裳

前段八句，六韻，四十一字

●○○首句三字，平韻起◓○◒●●○○二句七字，平叶○◓●三句三字◓○◒●●○○四句七字，平叶◒○○●●五句五字◒●●○○六句五字，平叶●○○七句三字，平叶◓○○◒●●○○八句八字，平叶

後段八句，五韻，四十一字

◒○◓●起句四字○●●●○○二句六字，平叶◒◓●三句三字◓○◒●●○○四句七字，平叶◒○○

●●五句五字◐●●○○六句五字，平叶●○○七句三字，平叶●○○◐●●○○八句八字，平叶

詞　　晏同叔

樂秋天[一]。晚荷花上露珠圓[二]。風日好，數行新鴈貼寒煙。銀簧調脆管，瓊柱撥清絃。捧觥船。一聲聲、齊唱太平年。○人生百歲，離別易、會逢難。無事日，剩呼賓友啓芳筵。星霜催緑鬢，風露損朱顏。惜清歡。又何妨、沉醉玉樽前。

【校】

[一] 樂：《珠玉詞》一作「笑」。

[二] 上：《珠玉詞》作「綴」。

驀山溪[一]

前段九句，五韻，四十一字

○○◓●首句四字◓●○○●二句五字，仄韻起◒●●○○三句五字●○○◒○◓●四句七字，仄叶

○○●●五句四字◓●●○○六句五字○●●七句三字，仄叶○○●八句三字，仄叶◓●○●九句五字，仄叶

後段同前

詞[一]　黃山谷

鴛鴦翡翠，小小思珍偶。眉黛斂秋波，儘湖南、山明水秀。娉娉嫋嫋[三]，恰似十三餘[四]，春未透。花枝瘦。正是愁時候。○尋芳載酒。肯落誰人後。秖恐遠歸來[五]，緑成陰、青梅如豆。心期得處，每自不由人，長亭柳。君知否。千里猶回首。

【校】

[一]王本調名作《驀溪山》。按：此調别名《驀溪山》、《弄珠英》、《上陽春》等。

[二]按：汲古閣本《山谷詞》題「贈衡陽妓陳湘」；《花庵詞選》卷四題「别意」；《草堂詩餘・前集》卷上入「春景」類。

〔三〕娉娉嫋嫋：《山谷詞》一作「俜俜儴儴」。

〔四〕似：《山谷詞》、《花庵詞選》一作「近」。

〔五〕秖：原本作「抵」，兹從謝本、游本、王本校訂。

又〔一〕　張東父

青梅如豆，斷送春歸去。小緑間長紅，看幾處、雲歌柳舞。偎花識面，對月共論心，携素手，採香遊，踏遍西池路。○水邊朱戶。曾記銷魂處。小立背秋千，空悵望、娉婷韻度。楊花撲面，香糝一簾風，情脉脉，酒厭厭，回首斜陽暮。

【校】

〔一〕此首附録同調異體，金本、謝本、游本同録，王本删之。按：此詞《草堂詩餘·前集》卷上、《中興以來絶妙詞選》卷三皆題「春半」。

又〔一〕　陸務觀

元戎十乘，出次高唐館。歸去舊鵷行，更何人、齊飛霄漢。瞿塘水落，惟是淚波深，催疊鼓，

起牙檣，難鏁長江斷。（誤録）

【校】

［一］按：此首爲附録，惟僅録上片，注「誤録」，蓋意謂不當附列爲異體。金本、謝本改録易彦祥「海棠枝上」一詞，游本、王本删而不録。

洞仙歌（一）

前段六句，三韻，三十四字

◒○●●首句四字◓●○○●二句五字，仄韻起◒●○○◓●●［一］三句七字，仄叶●○○◒●○

●○○四句九字○◒●五句三字◒◒◒○◓●六句六字，仄叶

後段七句，三韻，四十九字

（一）按：此調歐陽修等又名《洞仙歌令》，見《醉翁琴趣外篇》卷三。

●○○●●起句五字◒●○○二句四字◓●○○●◒●三句七字，仄叶●○○◓◒○●○○四句九字◒●●○○●五句七字，仄叶●○●○●○○六句八字●◓●○○◓○◒●七句九字，仄叶

詞

晁無咎

中秋[一]

青煙幕處[三]，碧海飛金鏡。永夜閒階臥桂影。露涼時、零亂多少寒螿，神京遠，惟有藍橋路近。○水晶簾不下，雲母屏開，冷浸佳人淡脂粉。待都將許多明付金樽[四]，投晚共、流霞傾盡。更携取、胡床上南樓，看玉做人間，素秋千頃。

【校】

[一]第一字「◒」，王本注「◓」。

[二]王本無題。按：汲古閣本《琴趣外篇》卷六、《樂府雅詞》卷上、《花庵詞選》卷五、《草堂詩餘·後集》卷上收此詞，皆注曰：「泗州中秋作。此絕筆之詞也。」

［三］幕：《樂府雅詞》、《草堂詩餘》、《花草粹編》卷十六皆作「冪」。

［四］「待都將」句：《樂府雅詞》、《花庵詞選》於「付」下有「與」字，《琴趣外篇》於「明」下有「月」字，《詞譜》卷二十作「待都將、許多明月，付與金尊」。

又［一］(一)

柳耆卿

乘興，閒泛蘭舟，渺渺煙波東去。淑氣散幽香，滿蕙蘭江渚。緑蕪平畹，和風輕暖，曲岸垂楊，隱隱隔、桃花塢。芳樹外，閃閃酒旗遥舉。羇旅。◯漸入三吳風景，水村漁浦。閒思更遶神京，抛擲幽會小歡何處。不堪獨倚危樓，凝情西望日邊，繁華地、歸程阻。空自嘆當時，言約無據。傷心最苦。竚立對、碧雲將暮。關河遠，怎奈向、此時情緒。

【校】

［一］此首爲附録，金本、謝本同録，游本、王本删之。

(一) 按：此首乃長調慢詞，實與晁補之《洞仙歌》爲同名異調，調名一作《洞仙歌慢》。《詞譜》卷二十收此調，以柳永三首皆爲「又一體」，注謂「實慢詞也」。

早梅芳[一]

前段九句，五韻，四十二字

○●○首句三字○○●二句三字，仄韻起◐◐○○●三句五字，仄叶◐○◐●四句四字◐●○○●○●五句七字，仄叶◐○○●●六句五字◐●○○●七句五字，仄叶●○○●●八句五字◐◐◐◐●九句五字，仄叶

後段同前末句少二字[二]

詞[二]

周美成[三]

花竹深，房櫳好。夜闃無人到[四]。隔窗寒雨，向壁孤燈弄餘照。淚多羅帕重[五]，意密鶯聲小。正魂驚夢怯，門外已知曉。○去難留，話未了。早促登長道。風披宿霧，露洗初陽射林表。亂愁迷遠覽，苦語縈懷抱[六]。謾回頭，更堪歸路杳。

(一) 按：汲古閣本《片玉詞》調名作《早梅芳近》，有李之儀、呂渭老等人詞爲同調。另有長調慢詞，僅見柳永詞一首，《詞譜》卷三十三收作《早梅芳慢》。

【校】

[一] 末句：應是第八句。按：下片第八句爲三字句，比上片此句少二字。

[二] 按：《片玉集》卷十題「别恨」，《草堂詩餘・前集》卷下入「冬景」類。

[三] 周美成：原本誤署「周成美」；王本署「周邦彦」，兹從校訂。

[四] 闃：原本作「闌」，與譜注此字本仄可平不合，兹從金本、謝本、游本、王本校訂。

[五] 帕：《片玉集》、《草堂詩餘》皆作「袖」。

[六] 苦語：謝本作「若船」，蓋訛誤。

江城梅花引[一]

前段八句，五韻，三十八字

◒○◒●●○○首句七字，平韻起●○○二句三字，平叶●○○三句三字，平叶◓●◓○◓●●○○

[一] 按：《花草粹編》卷十六收此詞，注一名《攤破江城子》；《書舟詞》調名即作《攤破江城子》。此調宋詞另有《江梅引》、《明月引》、《西湖明月引》等别名。

四句九字，平叶◓●◓○○●●五句七字◓◒●六句三字●○○七句三字●●○八句三字，平叶

後段十句，五韻，四十九字

◓○●○●○○起句七字◓◓○二句三字，平叶◒◓○三句三字，平叶◓●◓●◓●●四句七字◒●○○五句四字，平叶◒●○○◒●●○○六句九字，平叶◓●◓○○●●七句七字◒◓●八句三字●○○九句三字●●○十句三字，平叶

詞[一]　　詩餘[二](一)

娟娟霜月冷侵門。怕黄昏。又黄昏。手撚一枝、獨自對芳樽[三]。酒又不禁花又惱，漏聲遠，一更更，總斷魂。◯斷魂斷魂不堪聞[四]。被半温。香半薰[五]。睡也睡也睡不穩，誰與温存[六]。惟有床前、銀燭照啼痕。一夜爲花憔悴損[七]，人瘦也，比梅花，瘦幾分。（按：此調合《江城子》、《梅花引》二調而名，《江城子》見前，《梅花引》列於後。）[八]

(一) 按：《草堂詩餘·後集》卷下收此詞，未署名；《類編草堂詩餘》卷二署康與之作；《花草粹編》卷十六作程垓詞；《全宋詞》據《書舟詞》録爲程垓詞。

【校】

［一］游本題「閨情」。按：《草堂詩餘・後集》卷下入「人事・閨情」類，《類編草堂詩餘》卷二題「閨情」。

［二］游本、王本署康與之作。

［三］「手撚」句：《百家詞》本、汲古閣本《書舟詞》作「愁把梅花、獨自泛清尊」。按：此句《詞譜》卷二十一作四言一句、五言一句。

［四］「斷魂」句：《詞譜》作：「斷魂。斷魂。不堪聞。」

［五］薰：《書舟詞》作「溫」。

［六］「睡也」二句：《詞譜》作：「睡也睡也，睡不穩、誰與溫存。」

［七］爲花憔悴損：《書舟詞》作「無眠連曉角」。

［八］金本、謝本、游本所録按語相同，王本删後二句。

又[二](一)

万俟雅言[二]

曉風酸。曉霜乾。一鴈南飛人度關。客衣單。客衣單。千里斷魂，空歌行路難。○寒梅驚破前村雪。寒鷄啼破西樓月。酒腸寬。酒腸寬。家在日邊，不堪頻倚欄。

【校】

[一] 此首爲附録，金本、謝本、游本同録，王本删之。

[二] 万俟：原本作「萬俟」，金本、謝本、游本同；兹從《花庵詞選》校訂。

魚遊春水

前段八句，五韻，四十四字

(一) 按：此首屬小令，實與《江城梅花引》爲異調。《草堂詩餘·前集》卷下「冬景」類收此詞，調名作《梅花引》；《花庵詞選》卷七調名相同，題「冬怨」。此調另有賀鑄等人词，别名《將進酒》、《行路難》、《小梅花》，乃以小令體加一疊爲長調。

◒◒○○●首句五字，仄韻起◓●◒○○●●二句七字，仄叶◒○○●三句四字◒●◓○○●四句六字，仄叶◓●○○●●○五句七字◓◓◒●○○●六句七字，仄叶◒◓●○七句四字◒○○●八句四字，仄叶

後段八句，六韻[二]，四十五字

◓◓○○●●起句六字，仄叶◓●◓○○◒●二句七字，仄叶◒○○●○○三句六字◒○◓●四句四字，仄叶◓○○◓◒◒◓五句七字○●○◒○○●[三]六句七字，仄叶◒◒●○七句四字◓○○●八句四字，仄叶

詞

詩餘[三](一)

秦樓東風裏。燕子還來尋舊壘。餘寒猶峭[四]，紅日薄侵羅綺。嫩草方抽碧玉茵[五]，媚柳輕拂黄金縷[六]。鶯轉上林，魚遊春水。○幾曲欄干遍倚。又是一番新桃李。佳人應怪歸遲[七]，梅粧淚洗。鳳簫聲絶沉孤鴈，望斷清波無雙鯉[八]。雲山萬重，寸心千里。

(一) 按：《草堂詩餘・前集》卷上載此詞，未署作者；《全唐五代词》據《唐詞紀》卷十一録作唐無名氏詞；此詞又載《樂府雅詞・拾遺》卷上，《全宋詞》據以録作宋無名氏詞。

【校】

［一］六韻：王本注「五韵」。據例詞，下片實用五韻。

［二］第一字「○」，王本注「●」。

［三］游本、王本署阮逸女作。

［四］猶峭：《樂府雅詞·拾遺》卷下作「微透」。

［五］「嫩草」句：《樂府雅詞》作「嫩筍纔抽碧玉簪」。

［六］「媚柳」句：《樂府雅詞》作「細柳輕窣黃金蕊」，王本作「媚柳輕排黃金縷」。

［七］恠歸遲：《樂府雅詞》作「念歸期」。

［八］望斷清波：《樂府雅詞》作「目斷澄波」。

詩餘圖譜卷之三

高郵　張綖　世文

意難忘

前段十句，六韻，四十五字

◒●◯◯首句四字，平韻起◓◒◯●●二句五字◓●◯◯三句四字，平叶◒◯◯●●四句五字◒●

●◯◯五句五字，平叶◯●●六句三字●◯◯七句三字，平叶◓●●◯◯八句五字，平叶◓●◯◒◯●

●九句七字◓●◯◯十句四字，平叶

後段十句，六韻，四十七字

◒◯◓●◯◯起句六字，平叶◓◯◯●●二句五字◓●◯◯三句四字，平叶◒◯◯●●四句五字◒

●●◯◯五句五字，平叶◯●●六句三字●◯◯七句三字，平叶◓●●◯◯八句五字，平叶◓●◯◒◯

●●九句七字◓●◯◯十句四字，平叶

詞

贈妓[一]

周美成

衣染鶯黄。愛停歌駐拍[二]，勸酒持觴。低鬟蟬影動，私語口脂香。簷露滴[三]，竹風凉。拚劇飲淋浪[四]。夜漸深、籠燈就月，子細端相[五]。○知音見説無雙。解移宫换羽，未怕周郎。長顰知有恨，貪耍不成粧。些箇事，惱人腸。試説與何妨。又恐伊、尋消問息，瘦減容光。

【校】

[一]王本無題。按：《片玉集》卷十題「美詠」，《草堂詩餘·後集》卷下入「人物·佳人」類。

[二]駐拍：《樂府雅詞》卷中作「駐客」。

[三]簷露滴：《樂府雅詞》作「蓮露泠」，《花庵詞選》卷七作「荷露滴」。

[四]拚：《樂府雅詞》一作「判」。

[五]「夜漸深」二句：《樂府雅詞》、《花庵詞選》皆作「漏漸深、移燈背壁，細與端相」。按：《詞律》卷十三於兩片結尾皆作三句一句、四言二句。

滿江紅

前段八句，四韻，四十七字

◒●○○首句四字◒○●○○◓●〔一〕二句七字，仄韻起◓◓●◓○○●〔二〕三句七字◓○◓●〔三〕四句四字，仄叶◓●◒○○●●〔四〕五句七字◒○◓●○○●〔五〕六句七字，仄叶◒●○◓●●○○〔六〕七句八字○○●九句三字，仄叶

後段十句，五韻，四十六字

◓◒●〔七〕起句三字◒◓●〔八〕二句三字，仄叶◒◓●三句三字◒◓●〔九〕四句三字，仄叶◒○◒◓●〔十〕五句五字◓○◒●六句四字，仄叶◒●◒○○●●〔十一〕七句七字◓○◓●○○●〔十二〕八句七字，仄叶◓◓○◒●●○○〔十三〕九句八字○○●十句三字，仄叶

東武會流杯亭[十四]

蘇東坡（一）

東武南城[十五]，新堤固、漣漪初溢。隱隱遍、長林高阜，臥紅堆碧。枝上殘花吹盡也，與君試向江邊覓。問向前、猶有幾多春，三之一。◯官裏事，何時畢。風雨外，無多日。相將泛曲水，滿城爭出。君不見蘭亭脩禊事，當時座上皆豪逸。到如今、脩竹滿山陰，空陳迹。（君字羨）

【校】

[一] 第六字「◓」，王本注「◒」。

[二] 第四字「◓」，王本注「◒」。

[三] 第三字「◓」，王本注「◒」。

[四] 第一字「◓」，王本注「◒」。

[五] 第一字「◒」，王本注「◓」。

（一）按：此詞《草堂詩餘·前集》卷上誤署晁無咎作，景宋本《晁氏琴趣外篇》、汲古閣本皆不載此詞。

[六] 第一字「◒」，據例詞「問」字仄聲，當注「◓」。第四字「◓」，王本注「◒」。

[七] 第一、二字「◓◒」，王本注「◒◓」。

[八] 第二字「◓」，王本注「◒」。

[九] 第二字「◓」，王本注「◒」。

[十] 第三字「◒」，王本注「◓」。

[十一] 第一字「◒」，《詞譜》卷二十二注「◓」。按：此句例詞爲八字，圖譜僅注七字，據詞後注「君字羨」，蓋未以「君」字入譜，且注後段爲四十六字。

[十二] 第一字「◓」，王本注「◒」。

[十三] 第二字「◓」，王本注「◒」。

[十四] 王本無題。按：傅幹注本、《百家詞》本《東坡詞》皆有此題；《草堂詩餘·前集》卷上題「暮春」。

[十五] 南城：《花庵詞選》卷二作「城南」。

又[一]

隱逸[二]

呂居仁

東里先生，家何在、山陰溪曲。對一川平野，數椽茅屋[三]。昨夜岡頭新雨過[四]，門前流水清如玉。抱小橋、回合柳参天，摇新緑。○踈籬下，叢叢菊。虚簷外，蕭蕭竹。嘆古今得喪[五]，是非榮辱。須信人生歸去好，世間萬事何時足。問此青春、醖酒何如[六]，今朝熟。

【校】

[一] 此首附録同調異體，金本、謝本、游本同録，王本删之。

[二] 按：《中興以來絶妙詞選》卷一題「幽居」，《草堂詩餘・後集》卷下入「人物・隱逸」類，亦題「幽居」。

[三] 椽：《中興以來絶妙詞選》作「間」。

[四] 岡：《中興以來絶妙詞選》作「江」。

[五] 得喪：《中興以來絶妙詞選》、《草堂詩餘》皆作「得失」。

[六] 「問此」句：《中興以來絶妙詞選》作「問此春、春釀酒何如」。

雪梅香

前段八句，四韻，四十六字

◓○●首句三字◒○◓●●○○二句七字，平韻起◓○○◒●三句五字◒○◓●○○四句六字，平叶◒●◒○●○●五句七字◓○◒●●○○六句七字，平叶◓○●◓●○○七句七字◒●○○八句四字，平叶

後段九句，四韻，四十八字

◒○●○●起句五字◓●○○二句四字◓●○○三句四字，平叶◓●○○四句四字◓○◓●○○五句六字，平叶◒●◒○●○●[一]六句七字◓○◓●●○○[二]七句七字，平叶●○●◒○●●[三]八句七字◒●○○九句四字，平叶

詞

秋思[四]

柳耆卿

景蕭索，危樓獨立面晴空。動悲秋情緒，當時宋玉應同。漁市孤煙裊寒碧，水村殘葉舞愁紅。楚天闊、浪浸斜陽，千里溶溶。○臨風想佳麗[五]，別後愁顏，鎮斂眉峯。可惜當年，頓乖雨跡雲蹤。媚態妍姿正歡洽，落花流水忽西東。無憀恨、相思意盡，分付征鴻[六]。

【校】

［一］第一字「◒」，王本注「◓」。

［二］第三字「◓」，《詞譜》卷二十三注「○」。

［三］第一字「●」，王本注「◒」。

［四］王本無題。按：《樂章集》無題，《花草粹編》卷十七同題。

［五］「臨風」句：《詞律》卷十四、《詞譜》卷二十三皆作二字一句、三字一句，於「風」字注「韻」。

［六］「無憀」二句：《詞譜》作「無憀意，盡把相思，分付征鴻」，《全宋詞》作「無憀恨、相思意，盡分付征鴻」。

尾犯 亦名《碧芙蓉》(一)

前段十句，四韻，四十九字

◓●●○○首句五字◒●◓○二句四字◒●○●三句四字，仄韻起◓●○○四句四字◓◒○○●

(一) 按：《花草粹編》卷十九收柳永「晴煙冪冪」一詞，調名作《碧芙蓉》，注「亦名《尾犯》」。

五句五字，仄叶◒◓●◓○◓●[二]六句七字◓○○◒○◓●七句七字，仄叶◓○◒●八句四字◓●○○九句四字◓●○○●十句五字，仄叶

後段八句，四韻，四十五字

◓○○●●[二]起句五字◓◓◓●○●二句六字，仄叶◓●○○三句四字◓◒○○●四句五字，仄叶

◓◒●◒○○●五句七字◓◓○◒○◓●[三]六句七字，仄叶◓○◒●七句四字◓●◒●○○●八句七字，仄叶

詞

秋懷[四]

柳耆卿

夜雨滴空堦，孤館夢回，情緒蕭索。一片閒愁，想丹青難邈[五]。秋漸老、蛩聲正苦，夜將闌、燈花旋落。最無端處，總把良宵，秖恁孤眠却。○佳人應恠我，別後寡信輕諾。記得當初，剪香雲爲約。甚時向、深閨幽處[六]，按新詞、流霞共酌。再同懽笑，肯把金玉珠珍慱。[七]

【校】

[一] 第四字「◓」，《詞譜》卷二十三注「○」。

[二] 第一字「◓」，王本注「◒」。

[三] 第二字「◓」，王本注「◒」。

[四] 王本無題。按：《樂章集》無題，《草堂詩餘·前集》卷下入「秋景·秋怨」類。

[五] 邈：《樂章集》一作「貌」。

[六] 深閨幽處：《樂章集》一作「幽閨深處」。

[七] 按：謝本所録例詞至上片「最無端處」，以下缺失。

玉漏遲

前段八句，五韻，四十七字

◓○○●●首句五字◒○◓●◒○○●二句八字，仄韻起◓●○○三句四字◓◓◓○○●四句六字，仄叶◓●◒○●●五句六字◓◓●◒○○●六句七字，仄叶◒●●七句三字，仄叶◓○◓●◒

〇〇●八句八字，仄叶

後段八句，五韻，四十七字

◓◓◓●〇〇起句六字◓◓●〇〇◓〇〇●二句九字，仄叶◓●〇〇三句四字◓◓◓〇〇●[一]四句六字，仄叶◓●◒〇●●[二]五句六字◓◒●◒〇〇●[三]六句七字，仄叶◒●●七句三字，仄叶◒〇●〇〇●八句六字，仄叶

詞　詩餘[四](一)

杏香飄禁苑，須知自古、皇都春早[五]。燕子來時，繡陌漸薰芳草。惠圃夭桃過雨[六]，弄碎影、紅篩清沼。深院悄。緑楊影裏、鶯聲低巧[七]。〇早是賦得多情，更對景臨風、鎮辜歡笑[八]。數曲欄干，故人謾勞登眺。天際微雲過盡，亂峯鎖、一竿斜照。歸路杳。東風淚零多少。[九]

【校】

[一] 第二字「◓」，王本注「◒」。

(一) 按：此詞載《草堂詩餘・前集》卷上，未署作者；《類編草堂詩餘》卷三誤作宋祁詞；《花草粹編》卷十七署宋祁，而所記本事則爲韓嘉彥作，《全宋詞》據以録爲韓詞。

［二］第一字「◓」，王本注「◒」。

［三］第四字「◒」，王本注「◓」。

［四］游本、王本署宋祁作。

［五］「杏香」二句：《花草粹編》卷十七作「杏香消散盡，須知自昔、都門春早」。《詞譜》卷二十三於次句作四言二句。

［六］惠：《草堂詩餘》、《花草粹編》、王本皆作「蕙」。

［七］「緑楊」句：《詞譜》亦作四言二句。

［八］「更對」句：《詞譜》作五言一句、四言一句。

［九］按：此調謝本缺譜注，例詞亦僅殘存「（鎮）辜歡笑」以下數句。

滿庭芳

前段九句，四韻，四十八字

◒●○○［一］首句四字◒○○●二句四字◓◓◓●○○［二］三句六字，平韻起◓○○●［三］四句四字◒

●●○○五句五字，平叶◒●○○●●六句六字◒○●◒●○○七句七字，平叶○○●○○●●八句七字◒●●○○九句五字，平叶

後段九句，三韻[四]，四十七字

◒○○●●起句五字(一)◒○◒●[五]二句四字◒●○○[六]三句四字，平叶◒◒○◒●四句五字◒●○○五句四字[七]◒●○○●●六句六字◒◒●◒●○○[八]七句七字，平叶○○●○○●●八句七字◒●●○○九句五字，平叶

詞[九]

秦少游(二)

晚見雲開[十](三)，春隨人意，驟雨纔過還晴。高臺芳榭，飛燕蹴紅英。舞困榆錢自落[十一]，鞦韆

(一) 按：據例詞，下片換頭「多情行樂處」一句，「情」字乃句中藏韻，應分作二字一句、三字一句，依例應於「情」字下注「起句二字，平叶」，此處乃漏注一韻。

(二) 按：《百家词》本《淮海词》卷中注曰：「此詞正少游所作，人傳王觀撰，非也。」汲古閣本《淮海詞》亦注「向誤王觀」。楊金本《草堂詩餘》後集卷下作王觀詞。

(三) 按：汲古閣本《淮海詞》附注曰：「今本誤作『晚兔雲開』，不通。維揚張綎刻《詩餘譜》，以意改『兔』作『見』，亦非。」

外、緑水橋平。東風裏、朱門映柳，低按小秦箏。◯多情行樂處，珠鈿翠盖，玉轡紅纓。漸酒空金榼，花困蓬瀛。豆蔻稍頭舊恨[十二]，十年夢、屈指堪驚。凭欄久、踈煙淡日，微映百層城[十三]。

【校】

[一] 首句首字「◒」，王本注「◓」。

[二] 第三字「◓」，王本注「◒」。

[三] 第一字「◓」，據例詞「高」字平聲，當注「◒」。

[四] 三韻：王本注「四韻」。

[五] 第一、三字「◓」、「◒」，據詞文爲「珠」「翠」，當注「◒」、「◓」。

[六] 第一字「◒」；據詞文「玉」字仄聲，當注「◓」。

[七] 按：原本未注叶韻，王本注「平叶」。據例詞此句「瀛」字用韻，當注「平叶」。

[八] 第一字「◒」，據詞文「十」字仄聲，當注「◓」。第二字「◓」，王本注「◯」。

[九] 按：《草堂詩餘·前集》卷上入「春景」類，《花庵詞選》卷四題「春遊」。

[十] 晚見：《草堂詩餘》作「晚兔」，《淮海長短句》、《淮海詞》、《花庵詞選》等作「曉色」，又作「晚色」。

[十一] 舞困：謝本、王本作「還困」。

[十二] 豆蔻：原本作「豆冦」，兹從《淮海長短句》、《淮海詞》、王本校訂。

[十三] 微映百層城：《淮海長短句》、《淮海詞》、《花庵詞選》等作「寂寞下蕪城」。

又[一]

前　人

别意[二]

山抹微雲，天連衰草[三]，畫角聲斷譙門。暫停征棹，聊共引離尊。多少蓬萊舊事，空回首、煙靄紛紛。斜陽外，寒鴉數點，流水遶孤村。◯銷魂。當此際，香囊暗解，羅帶輕分。謾贏得、青樓薄倖名存。此去何時見也，襟袖上、空惹啼痕。傷情處，高城望斷，燈火已黄昏。

【校】

[一] 此首附録同調異體，金本、謝本、游本同録，王本刪之。

[二] 按：此首《草堂詩餘・後集》卷上入「天文氣候・晚景」類，《花庵詞選》卷四題「晚景」。

[三] 連：汲古閣本《淮海詞》作「粘」，附注曰：「『天粘衰草』，今本改『粘』作『連』，非也。」

六么令

前段九句，五韻，四十六字

◓○○●首句四字◒●○○●二句五字，仄韻起◒○◓○◒●三句六字◓●○○●四句五字，从叶

◒●◒○◓●五句六字◓●○○●六句五字，仄叶◒○○●七句四字，仄叶◓○◓●[一]八句四字◒

●○○●○●九句七字，仄叶

後段九句，五韻，四十八字

◓○○●◓●[二]起句六字◓●○○●二句五字，仄叶◒●◓●○○三句六字◓●○○●四句五字，

仄叶◒●◒○◓●五句六字◓●○○●六句五字，仄叶◒○○●七句四字，仄叶◒○○●八句四字◓

●○○●○●九句七字，仄叶

詞

九日[三]

周美成

快風收雨，亭館清殘燠。池光靜橫秋影，岸柳如新沐。聞道宜城酒美，昨日新醅熟。輕鑣

相逐。衡泥策馬，來折東籬半開菊。○華堂花艷對列，一一驚郎目。歌韻巧共泉聲，間雜琮琤玉。惆悵周郎已老，莫唱當時曲。幽歡難卜。明年誰健，更把茱萸再三囑。

【校】

[一] 第一字「◓」，王本注「◒」。

[二] 第一字「◓」，王本注「◒」。

[三] 王本無題。按：《片玉集》卷七題「重九」，《草堂詩餘・後集》卷上題「重陽」。

水調歌頭

前段九句，四韻(一)，四十八字

◒●◓○●首句五字◓●●○○二句五字，平韻起◓○◒●○●三句六字◒●●○○四句五字，平

(一) 按：原本未注兩片各間叶兩仄韻。《詞譜》卷二十三收此調，以蘇軾此詞爲「又一體」，注兩片皆用四平韻、兩仄韻，即注上片第五、六句「去」、「宇」叶兩仄韻，下片第六、七句「合」、「缺」換叶兩仄韻。

叶◓●◒○◒●五句六字◒●◒○◓●[一]六句六字◒●●○○七句五字，平叶◓●◓○●八句五字◒●●○○九句五字，平叶

後段十句，四韻，四十七字

◓◒●起句三字◒●●二句三字●○○三句三字，平叶◓○◓●四句四字◒●◒●●○○五句七字，平叶◒●◒○◒●六句六字◓●◒○◒●七句六字◓●●○○八句五字，平叶◓●◒○●九句五字◒●●○○十句五字，平叶

詞

中秋寄子由[一]

蘇東坡

明月幾時有，把酒問青天。不知天上宮闕，今夕是何年。我欲乘風歸去，又恐瓊樓玉宇，高處不勝寒。起舞弄清影，何似在人間。◯轉朱閣，低綺戶，照無眠。不應有恨，何事長向別時圓。人有悲歡離合，月有陰晴圓缺，此事古難全。但願人長久，千里共嬋娟。

【校】

[一] 第一字「◒」，《詞譜》卷二十三注「◓」。

[二] 王本無題。按：《東坡詞》各本皆有小序曰：「丙辰中秋，歡飲達旦，大醉，作此篇，兼懷子由。」《花庵詞選》卷二同序；《草堂詩餘·後集》卷上入「節序·中秋」類。

鳳凰臺上憶吹簫

前段九句，四韻，四十七字

◒●○○首句四字◓○○●二句四字◓○◒●○○三句六字，平韻起●◓○◒●四句五字◓●○○五句四字[一]◒●◓○◓●[二]六句六字◒◓●◓●○○七句七字，平叶○○●八句三字◒○●●◓●○○九句八字，平叶

後段九句[三]，五韻，四十八字

○○接文二字，平叶◓○●●一句四字◒◓●○○二句五字◓●○○三句四字，平叶◓◓○○●四句五字◒●○○五句四字，平叶[四]◒●◒○◒●六句六字◒◓●◒●○○七句七字，平叶○○●八句

三字◒○●○◓●○○九句八字，平叶

詞

閨情[五]

李易安

香冷金猊，被翻紅浪，起來慵自梳頭。任寶奩塵滿，日上簾鈎。生怕離懷別苦，多少事、欲説還休。新來瘦，非干病酒，不是悲秋。○休休。這回去也，千萬遍陽關，也則難留。念武陵人遠，煙鎖秦樓。惟有樓前流水，應念我、終日凝眸。凝眸處，從今又添、一段新愁[六]。

【校】

[一] 此句原本未注叶韻，蓋脱漏。據例詞「鈎」字用韻，當注「平叶」。

[二] 第三字「◓」，王本注「◒」。

[三] 後段九句：據例詞，下片應爲十句，蓋未計換頭二字短韻句。按：《詞譜》卷二十五注上片十句、下片十一句，於兩片結句皆分作四言二句。

［四］平叶：金本、謝本、游本、王本皆未注叶韻，蓋脱漏。

［五］王本無題。按：《詩詞雜俎》本《漱玉詞》同此題，《草堂詩餘・後集》卷下入「人事・離別」類。

［六］按：《樂府雅詞》卷下所録此詞，多有異文：慵自，作「人未」；塵滿，作「閑掩」；離懷別苦，作「閒愁暗恨」；新來瘦，作「今年瘦」；休休，作「明朝」；也則，作「也即」；人遠，作「春晚」；煙鎖秦樓，作「雲鎖重樓」；惟有，作「記取」；流水，作「緑水」；又添、一段，作「更數、幾段」。

燭影搖紅

前段九句，五韻，四十八字

◓●○○［一］首句四字◓○◒●○○●［二］二句七字，仄韻起◓○◒●●○○三句七字◒●○○●四句五字，仄叶◒●◒○◒●［三］五句六字，仄叶◓○◒◒○●●六句七字，仄叶◓○◒●七句四字◓●○○八句四字◒○○●［四］九句四字，仄叶

後段同前

詞

元宵[六]

張林甫[五]（一）

雙闕中天，鳳樓十二春寒淺。去年元夜奉宸遊，曾侍瑤池宴。玉殿珠簾盡捲。擁羣仙、蓬壺閬苑。五雲深處，萬燭光中，揭天絲管。◯馳隙流年，恍如一瞬星霜換。今宵誰念泣孤臣，回首長安遠。可是塵緣未斷。謾惆悵、華胥夢短。滿懷幽恨，數點寒燈，幾聲歸鴈。

【校】

[一] 第一字「◓」，王本注「◒」。

[二] 第三字「◒」，據詞文「十」字仄聲，當注「◓」。

[三] 第一字「◒」，據詞文「玉」字仄聲，當注「◓」。第五字「◒」，王本注「◓」。

[四] 第一字「◒」，王本注「◓」。

[五] 按：王本此調改以趙長卿「梅雪飄香」一詞爲例。

（一） 按：張掄，字才甫，一作材甫。林甫，蓋「材甫」之訛誤。

［六］按：《中興以來絕妙詞選》卷二題「上元有懷」，《草堂詩餘・後集》卷上題「上元」。

倦尋芳［一］

前段九句，四韻，四十七字

◓○◓◓首句四字◒●○○二句四字◓●○●三句四字，仄韻起◓●○○四句四字◒●◓○○●五句六字，仄叶●○○○○●六句六字◓○◒●○○●［一］七句七字，仄叶◓○○◓○○●●八句八字◒○○●九句四字，仄叶

後段九句，六韻［二］，四十九字

◓○●○○●●起句七字◓●○○二句四字○●○●三句四字，仄叶◓●○○四句四字◓●◓○○●五句六字，仄叶◓●◒○○●●六句七字［三］◓○◒●○○●七句七字，仄叶●○○●○○八句六字◒○○●九句四字，仄叶

（一）按：《樂府雅詞・拾遺》卷上調名作《倦尋芳慢》。

春懷[四]

王元澤

露晞向曉[五]，簾幕風輕，小院閒晝。翠逕鶯來，驚下亂紅鋪繡。倚危樓、登高榭[六]，海棠着雨胭脂透。算韶華、又因循過了[七]，清明時候。◯倦遊燕、風光滿目，好景良辰，誰共攜手。恨被榆錢，買斷兩眉長鬪。憶得高陽人散後，落花流水仍依舊。這情懷、對東風[八]，盡成消瘦。

【校】

［一］第三字「◒」，金本、謝本、游本、王本皆注「●」。

［二］六韻：王本注「五韻」。據例詞，下片實用五韻。

［三］此句原本未注叶韻，蓋脱漏。王本注「仄叶」。

［四］王本無題。按：《草堂詩餘·前集》卷上入「春景·曉夜」類。

［五］曉：《樂府雅詞·拾遺》卷上作「晚」。

［六］按：此句《詞律》卷十四、《詞譜》卷二十四皆作三言二句。

［七］按：此句《詞律》、《詞譜》皆作三言一句、五言一句。

［八］按：此句《詞律》、《詞譜》皆作三言二句。

漢宮春

前段九句，四韻，四十七字

◒●○○首句四字◓○○◓◒二句五字◓○◒●三句四字，仄韻起◒○◓●四句四字◓●◓○○●五字六字，仄叶◒○◓●●○○六句七字◓○○●七句四字，仄叶◒◓●◒○◓●◒◒八句九字◓○○●九句四字，仄叶

後段九句，五韻，四十九字

◒○◓○○●起句六字，仄叶◓◒○◓●二句五字◒○◓●三句四字，仄叶◒○◓●四句四字◓●◓○○●五句六字，仄叶●○◓●●○○[一]六句七字◒○○●七句四字，仄叶◒◓●◓○◓●[二]八句七字◓●◓○○●九句六字，仄叶

詞

元宵[三]

康伯可

雲海沉沉，峭寒收建章，雪殘鳷鵲。華燈照夜，萬井禁城行樂。春隨鬢影映參差，柳絲梅萼[四]。丹禁杳、鰲峯對聳三山，上通寥廓[五]。◯春衫繡羅香薄。步金蓮影下，三千綽約。冰輪桂滿，皓色冷浸樓閣[六]。霓裳帝樂奏昇平，天風吹落[七]。留鳳輦、通宵宴賞[八]，莫放漏聲閒却。

【校】

[一]第一字「●」，游本、王本注「◒」。

[二]第四字「◓」，王本注「◒」。

[三]王本無題。按：《中興以來絕妙詞選》卷一題「慈寧殿元夕被旨作」，《草堂詩餘・後集》卷上入「節序・上元」類。

[四]「春隨」二句：《詞律》卷十四、《詞譜》卷二十四皆作「春隨鬢影，映參差、柳絲梅萼」。

[五]「丹禁」二句：《詞律》作三言一句、四言一句、六言一句，《詞譜》作七言一句、六言一句。

[六] 浸：《詞律》作「侵」。

[七]「霓裳」句：《詞律》、《詞譜》皆作「霓裳帝樂，奏昇平、天風吹落」。

[八]「留鳳輦」句：《詞律》作三言一句、四言一句。

又[一]

晁叔用(一)

詠梅[二]

瀟洒江梅，向竹梢深處，橫兩三枝。東君也不愛惜，雪壓風欺。無情燕子，怕春寒、輕失佳期。惟是有、南來歸鴈，年年長見開時。○清淺小溪如練，問玉堂何似，茅舍踈籬。傷心故人去後，冷落新詩。微雲淡月，對孤芳、分付伊誰。空自倚，清香未減，風流不在人知。[三]

【校】

[一] 此首附録同調異體，金本、謝本、游本同録，王本刪之。

(一) 按：此詞《草堂詩餘・後集》卷下作晁沖之詞，《梅苑》卷一、《樂府雅詞・拾遺》卷上、《中興以來絕妙詞選》皆作李邴詞，《全宋詞》兩收並存。

[二]《中興以來絕妙詞選》卷一題「梅花」,《草堂詩餘·後集》卷下入「花柳禽鳥·梅花」類。

[三]按:各本所錄此詞,略有異文:深處,一作「踈處」;風欺,一作「霜欺」;「惟是」二句,一作「却是有、年年塞鴈,歸來曾見開時」;「對孤芳」句,一作「對江天、分付他誰」;空自倚,一作「空自憶」。

聲聲慢

前段十句,四韻,四十九字

◒○◓●首句四字◒●○○二句四字◓●◓●○○三句六字,平韻起◓●○○四句四字◓○◒●

○○五句六字,平叶◓○◒●○●六句六字◓○○○●○○七句七字,平叶○○●[二]八句三字◓

○○◓●九句五字◓●○○[三]十句四字,平叶

後段九句,四韻,四十八字。

◓●◒○◓●起句六字◓◒○●●二句五字◓●○○三句四字,平叶◓●○○◓●四句六字◒●

○○五句四字,平叶◓○◓●○○六句六字◓●○◒●○○七句七字,平叶◓●●●○○八句六字

◒●●○九句四句,平叶

詞

桂花[三]

辛幼安

開元盛日，天上栽花，月殿桂影重重。十里芬芳，一枝金粟玲瓏。管絃凝碧池上，記當時、風月愁儂。翠華遠，但江南草木，煙鎖深宮。◯只爲天姿冷淡，被西風醞釀，徹骨香濃。枉學丹蕉葉展，偷染妖紅。道人取次裝來[四]，是自家、香底家風。又怕是、爲淒涼，長在醉中[五]。

【校】

[一]第一字「◯」，游本、王本注「◓」。

[二]第一字「◓」，王本注「◒」。

[三]王本無題。按：景宋本《稼軒詞》甲集有題序曰：「賦紅木犀。余兒時嘗入京師禁中凝碧池，因書當時所見。」景明鈔本《稼軒長短句》卷五題序同，惟「賦」作「嘲」。

[四]裝來：《稼軒詞》、《稼軒長短句》皆作「裝束」。

[五]按：《詞譜》卷二十七收此調，以李清照等人詞爲異體，於下片結尾二句作三言一句、七言折腰一句。

又[一]

夏景

梅黃金重，雨細絲輕，園林霧煙如織。殿閣風微，簾外燕喧鶯寂。池塘彩鴛戲水，霧荷翻、千點珠滴。閑晝永，稱瀟湘竿叟，爛柯仙客。○日午槐陰低轉，茶甌罷、清風頓生雙腋。碾玉盤深，朱李靜沉寒碧。朋儕閒歌白雪，卸巾紗、樽俎狼藉。有皓月、照黃昏，眠又未得。

【校】

[一] 此首附録同調異體，金本、謝本、游本同録，王本删之。

醉蓬萊（二）

前段十一句，四韻，四十七字

（一）按：此詞載《草堂詩餘·前集》卷下，入「夏景」類，未署名，其前首爲劉巨濟《夏初臨》詞，《類編草堂詩餘》卷三、《花草粹編》卷十八因題此詞亦劉巨濟作。《全宋詞》據《草堂詩餘·前集》卷下收作無名氏詞。

（二）按：《高麗史·樂志》收此詞，於調名下注「慢」。

◓○○◓●首句五字◓●○○二句四字◓○○●三句四字，仄韻起◒●○○四句四字◓○○○●五句五字，仄叶◓●○○六句四字◓○○●七句四字◓●○○●八句五字，仄叶◓●○○九句四字○○◓●十句四字◓○◒●十一句四字，仄叶

後段十一句，四韻，五十字

◓●○○◓○◒●起句八字◓●○○二句四字◓○●●[一]三句四字，仄叶◒●○○四句四字●◓○○●五句五字，仄叶◓●○○六句四字◓●○●七句四字●◓○○●八句五字，仄叶◓●○○九句四字◓○○●[二]十句四字◓○○●十一句四字，仄叶

詞

老人星[三]

柳耆卿

漸亭皋葉下，隴首雲飛，素秋新霽。華闕中天，鎖葱葱佳氣。嫩菊黄深，拒霜紅淺，近寶階香砌。玉宇無塵，金莖有露[四]，碧天如水。○正值昇平、萬機多暇[五]，夜色澄鮮，漏聲迢遞。南極星中，有老人呈瑞。此際宸遊，鳳輦何處，度管絃聲脆。太液波翻[六]，披香簾捲，月明風細。

【校】

[一] 第三字「●」，王本注「○」。
[二] 第一字「◓」，王本注「◒」。
[三] 王本無題。按：汲古閣本《樂章集》、《花庵詞選》卷五皆題「慶老人星現」。
[四] 莖：金本、謝本、王本作「封」。
[五] 「正值」句：《詞譜》作四言二句。
[六] 翻：謝本、王本作「鱗」。

八聲甘州

前段十句，四韻，四十六字

●○○●●首句五字●○○二句三字○◓●○○[一]三句五字，平韻起●○○◒●四句五字○○●●五句四字◓●○○六句四字，平叶◓●○○◒●七句六字◒●●○○八句五字，平叶◒●○○●九句五字◓●○○十句四字，平叶

後段九句，四韻，五十一字

◓●◓○○●[二]起句六字◓●○◓●二句五字◓●○○[三]三句四字，平叶●◒○◒●四句五字◒●●○○五句五字，平叶●◒○◒○◓●六句七字●◓○◓●●○○七句八字，平叶○◒◓◓○◓●[四]八句七字◓●○○九句四字，平叶

詞

寄參寥[五]　　蘇東坡

有情風萬里，捲潮來[六]，無情送潮歸。問錢塘江上，西興浦口，幾度斜暉。不用思量今古，俯仰昔人非。誰似東坡老，白首忘機。○記取西湖西畔，正暮山好處，空翠煙霏。算詩人相得，如我與君稀。約他年、東還海道，願謝公、雅志莫相違。西州路、不應回首，爲我沾衣。

【校】

[一]第二字「◓」，王本注「◒」。

［二］第三字「◓」，王本注「◒」。

［三］第一字「◓」，據詞文「空」字平聲，當注「◒」。

［四］第六字「◓」，王本注「○」。

［五］王本無題。按：傅幹注本《東坡詞》題「寄參寥子，時在巽亭」，《百家詞》本等多題「寄參寥子」；《草堂詩餘·後集》卷下題「送參寥子」。

［六］「有情風」二句：《詞律》卷一、《詞譜》卷二十五所列此調正體皆作八字一句，異體或有於首五字爲句者。

雙雙燕

前段九句，五韻，四十八字

◓○●●首句四字◓○●○○二句五字◓○○●三句四字，仄韻起○○◓●［一］四句四字◓●◓○○●五句六字，仄叶◒●◒○●●六句六字，仄叶◓◓●○○◓●七句七字，仄叶○○●●○○八句六字●●◒○◒●九句六字，仄叶

後段九句，六韻，五十字

◒●○○●●起句六字，仄叶●◓●○○二句五字◓○○●三句四字，仄叶○○◒●四句四字◓●◓○○●五句六字，仄叶◒●◒○●●六句六字，仄叶◓◓●○○◓●[二]七句七字，仄叶○◒●●○○[三]八句六字◓●◓○◓●九句六字，仄叶

詞

詠燕[四]

史邦卿

過春社了，度簾幕中間，去年塵冷。差池欲住，試入舊巢相竝。還相雕梁藻井。又軟語、商量不定。飄然快拂花稍，翠尾分開紅影。○芳徑芹泥雨潤[五]。愛貼地爭飛，競誇輕俊。紅樓歸晚，看足柳昏花暝。應自棲香正穩。便忘了、天涯芳信。愁損翠黛雙蛾，日日畫欄獨凭。[六]

【校】

［一］此句謝本注「○○○◓●」，衍一「○」。

［二］第六字「◓」，王本注「◒」。

［三］第二字「◒」，《詞譜》卷二十六注「◓」。

［四］王本無題。按：《百家詞》本《梅溪詞》、《中興以來絶妙詞選》卷七皆同題，《草堂詩餘・後集》卷下入「花柳禽鳥・詠燕」類。

［五］「芳徑」句：《詞律》卷十四、《詞譜》皆作二言一句、四言一句，於「徑」字注叶韻，乃句中藏短韻。

［六］王本於詞末注「又字羨」，蓋謂「又軟語」句多一「又」字。

高陽臺

前段九句，四韻，四十九字

◒●○○首句四字○○●●二句四字◒○◓●○○三句六字，平韻起◒●○○四句四字◒○◓●○○五句六字，平叶◒○◓●○○●六句七字◓●○◒●○○七句七字，平叶●○○◒●○○八句七字◓●○○九句四字，平叶

後段九句，五韻，五十字

◒○◓●○○起句六字，平叶●◒○◓●二句五字◓●○○三句四字，平叶◓●○○四句四字◓○◓●○○五句六字，平叶◒○◓●○○●六句七字◓●○◓●○○七句七字，平叶●○○◓●○○八句七字◓●○○九句四字，平叶

詞　　詩餘[一](一)

春思[二]

紅入桃腮，青回柳眼，韶華已破三分。人不歸來，空教草怨王孫。平明幾點催花雨，夢半闌、欹枕初聞。問東君、因甚將春[三]，老却閒人[四]。○東郊十里香塵[五]，旋安排玉勒，整頓雕輪。趂取芳時，去尋島上紅雲[六]。朱衣引馬黄金帶，算到頭、總是虚名。莫閒愁、一半悲秋，一半傷春。

(一) 按：《草堂詩餘·前集》卷上收此词，未署作者；其前首爲《祝英臺近》，亦佚名，又前首爲《卜算子》，署名僧皎如晦；故《類編草堂詩餘》卷三因題此詞亦僧皎如晦作。《全宋詞》據清瞿氏清吟閣刊本《陽春白雪》卷二録作王觀詞。

【校】

［一］游本署僧皎如晦，王本署僧用晦，蓋據《草堂詩餘·前集》卷上收録而誤題作者。

［二］王本無題。按：《類編草堂詩餘》卷三、《花草粹編》卷二十皆同此題。

［三］「問東君」句：與下片「莫閒愁」句，《詞律》卷十、《詞譜》卷二十八皆作三言一句、四言一句。

［四］老却：《陽春白雪》卷二作「老了」。

［五］「東郊」句：《陽春白雪》作「東郊十里香塵滿」。

［六］去尋：《陽春白雪》作「共尋」。

念奴嬌

一名《酹江月》，一名《赤壁詞》、《大江東去》、《百字令》

前段十句，四韻，四十九字

●○○●首句四字●○◒二句三字◒●○○○●［二］三句六字，仄韻起◓●○○○●●四句七字◓

●○○◒●五句六字，仄叶●●○○六句四字○○◓●七句四字◓●○○●八句五字，仄叶◒○○

●九句四字◓○◒●○●十句六字，仄叶

後段十句，四韻，五十一字

◓●◓●○○[二]起句六字◓○○●[三]二句四字◓●○○●[四]三句五字，仄叶◓●◒○○●●四句七字◒●◒○○●五句六字，仄叶●●○○六句四字○○◓●[五]七句四字◓●○○●八句五字，仄叶◓○○●九句四字◓○◒●○●十句六字，仄叶

詞[一]　　辛幼安

野塘花落[六]，又匆匆，過了清明時節[七]。剗地東風欺客夢，一枕雲屏寒怯[八]。曲岸持觴，垂楊繫馬，此地曾輕別。樓空人去，舊游飛燕能説。○聞道綺陌東頭，行人長見，簾底纖纖月。舊恨春江流未斷[九]，新恨雲山千疊。料得明朝，尊前重見，鏡裡花難折。也應驚問，近來多少華髮。

【校】

[一]第一字「◒」，王本注「◓」。

(一) 按：《稼軒詞》甲集、《稼軒長短句》卷二皆題「書東流村壁」；《中興以來絶妙詞選》卷三、《草堂詩餘·前集》卷上皆題「春恨」。

[二]第一字「◓」，王本注「◒」。

[三]第一字「◓」，據詞文「行」字平聲，當注「◒」。

[四]第一字「◓」，王本注「◒」。

[五]第三字「◓」，據詞文「重」字平聲，當注「◒」。

[六]塘：《稼轩词》、《稼軒長短句》、《中興以來絶妙詞選》、《草堂詩餘》皆作「棠」。

[七]「又匆匆」二句：《詞律》卷十六於「了」字注「豆」，作上五下四句法九言一句。

[八]一枕：《稼軒詞》、《稼軒長短句》作「一夜」。雲屏：《中興以來絶妙詞選》、《草堂詩餘》作「銀屏」。

[九]未斷：《稼軒長短句》作「不斷」，《中興以來絶妙詞選》、《草堂詩餘》作「不盡」。

又[一]

赤壁懷古(一)

蘇東坡

大江東去，浪淘盡、千古風流人物。故壘西邊，人道是、三國周郎赤壁。亂石穿空，驚濤拍

(一)按：此詞傅幹注本《東坡詞》卷二、《花庵詞選》卷二等，皆有此題。

岸，捲起千堆雪。江山如畫，一時多少豪傑。◯遥想公瑾當年，小喬初嫁了，雄姿英發。羽扇綸巾，談笑間，强虜灰飛煙滅[二]。故國神遊，多情應笑我，早生華髮。人間如夢，一樽還酹江月。（此詞與前調句法不同，説見凡例及《水龍吟》後。）[三]

【校】

[一] 此首及下首附録同調異體，謝本同録；游本録蘇軾詞，删葉夢得詞，另録范元卿詞，王本皆删之。

[二] 强虜：《花庵詞選》卷二、《草堂詩餘・後集》卷上皆作「檣艣」。

[三] 此注金本、謝本同録，謝本於「後」下增一「尾」字；游本删此注。

又[一]　葉少藴

洞庭波冷，望冰輪初轉，滄海沉沉。萬頃孤光雲陣卷，長笛吹破層陰。洶湧三江[二]，銀濤無際，遥帶五湖深。酒闌歌罷，至今鼉怒龍吟。◯回首江海平生，漂流容易散，佳會難

[一] 按：《百家詞》、汲古閣本《石林詞》題「中秋燕客有懷壬午歲吴江長橋」；《樂府雅詞》卷中、《中興以來絶妙詞選》卷一題略同；《草堂詩餘・後集》卷上入「節序・中秋」類。

尋[二]。縹緲高城風露爽，獨倚危檻重臨[三]。醉倒清尊，姮娥應笑，猶有向來心。廣寒宮殿，爲予聊借瓊林。

【校】

[一] 淘：《石林詞》、《樂府雅詞》卷中、《中興以來絶妙詞選》卷一皆作「洶」。

[二] 佳會：《樂府雅詞》作「佳期」。

[三] 檻：《石林詞》作「闌」。

解語花

前段十句，六韻，四十九字

◒○◓●首句四字◓●○○二句四字◒●○○●三句五字，仄韻起◓○○●四句四字，仄叶[一]○○●五句三字◓●◓○◓●六句六字，仄叶○○◓●七句四字，仄叶◓◓●○○◓●八句七字，仄叶◓○◓●○○[二]九句七字◓●○○●十句五字，仄叶

後段十句，七韻，五十一字

◒●◓○◓●起句六字，仄叶◓◒○◒●二句五字◒●◒●三句四字，仄叶◓○◒●四句四字，仄叶

○○●五句三字◓●◓○○●六句六字，仄叶◒○◓●七句四字，仄叶◒◓●◓○○●八句七字，仄

叶◓●○◒●○○[三]九句七字◒◓○○●十句五字，仄叶

詞

元宵[四]　周美成

風銷焰蠟，露浥烘爐，花市光相射。桂華流瓦。纖雲散，耿耿素娥欲下[五]。衣裳淡雅。看楚女、纖腰一把。簫鼓喧、人影參差，滿路飄香麝。○因念帝城放夜。望千門如晝，嬉笑遊冶。鈿車羅帕。相逢處，自有暗塵隨馬。年光是也。惟只見、舊情衰謝。清漏移、飛盖歸來，從舞休歌罷。

【校】

[一] 仄叶：金本、王本皆注「仄韻」，於第六句亦皆注「仄韻」。按：依原本體例，當注「仄叶」。

[二]第一字「◓」，據詞文「簫」字平聲，當注「◒」。第四字「◓」，王本注「◒」。

[三]第一字「◓」，王本注「◒」。

[四]王本無題。按：《片玉集》卷七題「元宵」，《片玉詞》題「上元」；《草堂詩餘・後集》卷上入「節序・上元」類。

[五]「纖雲散」二句：與下片「相逢處」二句之句讀相同，《詞律》卷十六皆作九言一句，於三字旁注「豆」；《詞譜》卷二十八分作兩種句式，一爲三言一句、六言一句，一作九言一句，於三字下注「讀」。

木蘭花慢

前段九句，四韻，四十九字

◓○◓●○◓●首句七字[一]●○○二句三字，平韻起◓◓●◓○三句五字◓○◓●[二]四句四字◓●○○五句四字，平叶◓○◒○◓●六句六字◓○○◓●●○○七句八字，平叶◓●◒○◓●[三]八句六字◒○◓●○○[四]九句六字，平叶

後段九句，五韻，五十一字

◒○◓●●○○起句七字，平叶◒◓●○○二句五字，平叶◓○●○○三句五字◓○◓●[五]四句四字◓●○○五句四字，平叶○○◓○○●六句六字◓◓○◓●●○○七句八字，平叶◓●○○◓●八句六字◒○◓●○○九句六字，平叶

詞

重陽[七]

京仲遠[六]

算秋來景物皆勝賞，況重陽[八]。正露冷欲霜，輕煙不雨[九]，玉宇開張。蜀人從來好事，遇良辰、不肯負時光。藥市家家簾幕，酒樓處處絲簧。○婆娑老子興難忘。聊復與平章。也隨分登高，茱萸綴席，菊蕊浮觴。明年未知誰健，笑杜陵、底事獨淒涼。不道頻開笑口，年年落帽何妨。（算字羡）

【校】

［一］第一字「◓」，據例詞後注「算字羡」，乃未以「算」字入譜，故注「首句七字」，則首字「秋」爲平聲，當注「◒」。王本注「首句八字」。

［二］第一字「◓」，據詞文「輕」字平聲，當注「◒」。

［三］第五字「◓」，據詞文「簾」字平聲，當注「◒」。

［四］第一字「◒」，金本、謝本、游本注「◓」。

［五］第一字「◓」，據詞文「茱」字平聲，當注「◒」。

［六］按：王本改以程垓「倩嬌鶯姹燕」一詞爲例，平仄與此詞略有參差。

［七］王本無題。按：《百家詞》本《松坡居士詞》、《中興以來絶妙詞選》卷三題「重九」，《草堂詩餘·後集》卷上入「節序·重陽」類。

［八］「算秋來」二句：《詞律》卷七所列二體皆作五言一句、三言二句；《詞譜》卷二十九所列各體皆作五言一句、六言一句，六言句作折腰句法。

［九］輕煙：《中興以來絶妙詞選》作「煙輕」。

金菊對芙蓉

前段十句，四韻，五十字［一］

◓●○○首句四字◒○◓●二句四字◓○◒●○○三句六字，平韻起●◒○◓●四句五字◓●○○五句四字，平叶◒○◓●○○●六句七字◓◓●◓●○○七句七字，平叶◒○○●八句四字◓○◓●九句四字◓●○○十句四字，平叶

後段十句，五韻，五十字

○●○●○○[二]起句六字，平叶◓○◓○○[三]二句五字◓●○○三句四字，平叶◓◒○◒●四句五字◓●○○五句四字，平叶◒○◒●○○●六句七字◓◒●◒●○○七句七字，平叶◓○◒●八句四字◒○◓●九句四字◓●○○十句四字，平叶

詞

九日[四](一)

辛幼安

遠水生光，遥山聳翠，霽煙深鎖梧桐。正零瀼玉露，淡蕩金風。東籬菊有黄花吐，對映水、幾簇芙蓉。重陽佳致，可堪此景，酒釅花濃。○追念景物無窮。嘆少年胷襟[五]，忒煞英

(一) 按：此詞稼軒詞集各本皆不收，亦未見宋詞其它選本收録，僅見《草堂詩餘・後集》卷上，入「節序・重陽」類。

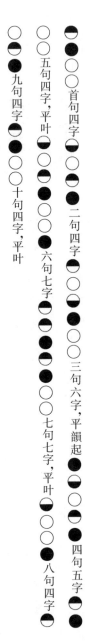

雄。把黃英紅萼，甚物堪同。除非腰佩黄金印，座中擁、紅粉嬌容。那時方稱，情懷盡拚，一飲千鍾。

【校】

〔一〕五十字：金本、謝本、游本、王本皆注「四十九字」。

〔二〕第三字「○」，王本注「◓」。

〔三〕第二、三字「○◓」，王本注「◓○」。

〔四〕王本無題。

〔五〕少年：王本作「年少」。

萬年歡

前段九句，五韻，四十九字

◒●○○首句四字◓◒○○●〔一〕二句五字◒◓○●三句四字，仄韻起◒●○○四句四字◓●◓

○○●五句六字，仄叶◒●◒○●●六句六字，仄叶◓◒●◒○○●七句七字，仄叶◒○●◓●
○○八句七字◓○◒●○●九句六字，仄叶

後段九句，六韻，五十一字

◒○◓●起句四字，仄叶◒○◓○○●●二句七字◒◓○●三句四字，仄叶◒●○○四句四字◓●
◓○○●五句六字，仄叶◒●◒○●●[二]六句六字，仄叶◓◒●◒○○●七句七字，仄叶◒○●◓
●○○八句七字◓○◒●○●九句六字，仄叶

詞

元宵[三]

胡浩然

燈月交光，漸輕風布暖，先到南國。羅綺嬌容，十里絳紗籠燭。花艷驚郎醉目。有多少、佳人如玉。春衫袂、整整齊齊，内家新樣粧束。○歡情未足。更闌謾勾牽舊恨，縈亂心曲。悵望歸期，應是紫姑頻卜。暗想雙眉對蹙。斷絃待、鸞膠重續。休迷戀、野草閑花，鳳簫人在金谷。

【校】

[一] 第四字「○」，王本注「●」。

[二] 第一字「◒」，王本注「◓」。

[三] 王本無題。按：《草堂詩餘·後集》卷上入「節序·上元」類。

桂枝香 一名《踈簾淡月》(一)

前段十句，五韻，四十九字

◒○●●首句四字，仄韻起◓◓●◓○二句五字○●○●三句四字，仄叶◒●○○◓●四句六字◓○○●五句四字，仄叶◓○◓●○○●[一]六句七字◓○○◒◓○●[二]七句七字，仄叶◓○○●八句四字◒○◓●九句四字◓○○●十句四字，仄叶

後段十句，五韻，五十二字

(一) 按：張輯詞別名《踈簾淡月》。又，《高麗史·樂志》載無名氏詞，於調名注「慢」字。

●◓●○○●●起句七字，仄叶◓○●○○二句五字○●○●三句四字，仄叶○●○○◓●四句六字◓○○●五句四字，仄叶◓○◓●○○●六句七字◓○○◒●○●七句七字，仄叶◓○○●八句四字○○◓○[三]九句四字◓○○●十句四字，仄叶

詞

金陵懷古[四]

王介甫

登臨送目。正故國晚秋，天氣初肅。瀟洒澄江似練[五]，翠峯如族[六]。征帆去棹殘陽裏，背西風、酒旗斜矗。綵舟雲淡，星河鷺起，畫圖難足。○念往昔、豪華競逐[七]。歎門外樓頭，悲恨相續。千古憑高對此，謾嗟榮辱[八]。六朝舊事隨流水，但寒煙、衰草凝綠[九]。至今商女，時時猶歌[十]，後庭遺曲。

【校】

[一] 第一字「◓」，王本注「◒」。

[二] 第四字「◒」，據詞文「酒」字仄聲，當注「◓」。第五字「◓」，王本注「◒」。

[三] 第三字「◓」，王本注「◒」。

[四] 王本無題。按：《臨川先生歌曲》無此題，《草堂詩餘・後集》卷上、《花庵詞選》卷二皆同題。

[五] 瀟洒：《臨川先生歌曲》、《樂府雅詞》卷上、《花庵詞選》皆作「千里」。

[六] 族：金本、謝本、游本、王本、《臨川先生歌曲》皆作「簇」。

[七] 豪華：《臨川先生歌曲》、《樂府雅詞》作「繁華」。

[八] 「千古」二句：《詞譜》卷二十九作四言一句、六言一句。

[九] 衰草：《臨川先生歌曲》、《樂府雅詞》作「芳草」。

[十] 猶歌：金本、謝本、王本作「猶唱」，《草堂詩餘》作「尚歌」。

水龍吟

前段十句，四韻，五十二字

◓○◓●○○首句六字◓○●●○○●二句七字，仄韻起◒○◒●[二]三句四字◒○○●四句四字

◒○◒●五句四字，仄叶◓●○○六句四字◓○○●七句四字◓○○●八句四字，仄叶◓○○◓●

○○◓九句八字●○○◓○○●十句七字，仄叶

後段十句，五韻，四十九字[二]

◓●◒○◓●起句六字，仄叶●○○◓○◒●[三]二句七字，仄叶◒○◓●三句四字◓○○●[四]四句四字◒○◒●[五]五句四字，仄叶◓●○○[六]六句四字◓○○●七句四字◓○○●八句四字，仄叶◓○○●●○○◒●[七]九句九字●○○●十句四字，仄叶

詞[一]　　秦少游

小樓連苑横空[八]，下窺繡轂雕鞍驟。踈簾半捲[九]，單衣初試，清明時候。破暖輕風，弄晴微雨，欲無還有。賣花聲、過盡垂楊院，落紅成陣飛鴛甃[十]。○玉珮丁東別後。悵佳期、參差難又。名韁利鎖，天還知道，和天也瘦。花下重門，柳邊深巷，不堪回首。念多情、但有當時皓月，照人依舊[十一]。

[一] 按：《百家詞》本《淮海詞》無題；張綖刻本《淮海長短句》、汲古閣本《淮海詞》皆題「贈妓婁東玉」，「婁」一作「樓」。《花庵詞選》卷四注曰：「寄營妓婁婉。婉字東玉，詞中藏其姓名與字在焉。」《草堂詩餘・後集》卷下入「人物・妓女」類，題「贈妓」。

【校】

［一］第三字「◑」，王本注「◐」。

［二］四十九字：王本注「五十字」。據例詞，下片實爲五十字。

［三］第四字「◐」，王本注「◑」。

［四］第一字「◐」，王本注「◑」。

［五］第三字「◑」，據詞文「也」字仄声，当注「◐」。

［六］第一字「◐」，王本注「◑」。

［七］第八字「◑」，王本注「◐」。

［八］苑：《百家詞》本《淮海詞》作「遠」。

［九］疎：《百家詞》本《淮海詞》作「朱」。

［十］「賣花聲」二句：《詞譜》卷三十作「賣花聲過盡，垂楊院宇，紅成陣、飛鴛甃」。垂楊：《淮海長短句》、《淮海詞》作「斜陽」。

［十一］照：《百家詞》本《淮海詞》、張綖刻本《淮海長短句》作「向」。

又[一]

章質夫

柳花[二]

燕忙鶯懶芳殘，正堤上、柳花飄墜。輕飛亂舞，點畫青林，全無才思[三]。閒趁遊絲，靜臨深院，日長門閉。傍珠簾散漫，垂垂欲下，依前被、風扶起。○蘭帳玉人睡覺，恠春衣、雪霑瓊綴。繡床漸滿，香毬無數，纔圓却碎。時見蜂兒，仰粘輕粉，魚吞池水。望章臺路杳，金鞍遊蕩，有盈盈淚。

【校】

[一]此首及下首附録同調異體，金本、謝本、游本同録，毛本删之。

[二]按：《花庵詞選》卷五同題，《草堂詩餘・後集》卷下入「花柳禽鳥・楊花」類。

[三]「輕飛」三句：《草堂詩餘》作「輕飛點畫青林，全無才思」，《花庵詞選》作「輕飛點畫青林，誰道全無才思」。

又

春游[一]

摩訶池上追遊路[二]，紅緑參差春晚。韶光妍媚，海棠如醉，桃花欲暖。挑菜初閑，禁煙將近，一城絲管。看金鞍爭道，香車飛盖，爭先占、新亭舘。◯惆悵年華暗换。黯銷魂、雨收雲散。鏡奩掩月，釵梁折鳳[三]，箏絃零鴈[四]。身在天涯，亂山孤壘，危樓飛觀。歎春來只有，楊花和恨，向東風滿。

（按：調中字數，多有兩句相牽連者。此調首句本是六字，第二句本是七字，若「摩訶池上追遊路」則七字，下云「紅緑參差春晚」却是六字。又如後篇《瑞鶴仙》，「冰輪桂花滿溢」爲句，以「滿」字叶，而以「溢」字帶在下句。别如二句分作三句，三句合作二句者尤多。然句法雖不同，而字數不少，妙在歌者上下縱横取協耳。古詩亦有此法，如韓退之「李杜文章在，光焰萬丈長」，王介甫「一讀亦使我，慨然想遺風」是也。）[五]

〔一〕按：宋本《渭南詞》不收此詞；《草堂詩餘·前集》卷上、《中興以來絶妙詞選》卷二皆作陸游詞；《放翁詞》亦收録，注「集中逸」。

【校】

[一]《放翁詞》無題,《中興以來絕妙詞選》卷二題「春日遊摩訶池」,《草堂詩餘・前集》卷上題「春遊摩訶池」,《類編草堂詩餘》卷四題「春遊」。

[二]路:《放翁詞》作「客」。

[三]折:《草堂詩餘》作「拆」。

[四]箏絃零鴈:《放翁詞》、《草堂詩餘》作「秦箏斜鴈」。

[五]按:此段按語金本同録,謝本、游本未録。

瑞鶴仙

前段十句,七韻,五十二字

●○○●●首句五字,仄韻起●◐◐○○二句五字◐◐◐●三句四字,仄叶○○●○●四句五字,仄叶

◐○○◐●五句五字◐○○●[二]六句四字,仄叶◐○◐●七句四字,仄叶◐○◐○○●●八句七字,仄叶

●○○◐●○○九句七字◐●◐○○●十句六字,仄叶

後段十二句，五韻[二]，五十字

○●起句二字，仄叶◒○○●[三]二句四字◓●○○[四]三句四字●○○●四句四字，仄叶○○●●五句四字[五]○●●六句三字[六]◓○●[七]七句三字，仄叶[八]●○○八句三字◒●◒○◒●[九]九句六字◓●○○●●十句六字，仄叶●○○◓●○○十一句七字◓○●●十二句四字，仄叶

詞

元宵[十一]

康伯可[十]

瑞煙浮禁苑。正絳闕春回，新正方半。冰輪桂華滿。溢花衢歌市，芙蓉開遍。龍樓兩觀。見銀燭、星毬有爛。捲珠簾、盡日笙歌，盛集寶釵金釧。○堪羨。綺羅叢裏，蘭麝香中，正宜遊翫。風柔夜暖，花影亂，笑聲喧。鬧蛾兒，滿路成團打塊，簇着冠兒鬭轉。喜皇都、舊日風光，太平再見。

【校】

[一]第一字「◓」，據例詞「芙」字平聲，當注「◒」。

［二］五韻：據例詞下片實用六韻，第五句漏注一韻。

［三］第一字「◒」，據例詞「綺」字仄聲，當注「◓」。

［四］第一字「◓」，據例詞「蘭」字平聲，當注「◒」。

［五］按：原本未注叶韻。據例詞此句爲「風柔夜暖」，「暖」字叶韻，當注「仄叶」。《詞譜》卷三十一所收此調各體於此句多用韻。

［六］按：據例詞此句「花影亂」，「亂」字叶韻；然《詞譜》所收此調各體於此句皆不用韻，此蓋偶叶。

［七］第三字「●」，金本、游本注「○」。據例詞「喧」字本平聲，《文體明辯・詩餘》、《嘯餘譜・詩餘譜》注作「去聲」。

［八］仄叶：各本譜注皆同。按：此調各體於此句皆用韻，此詞蓋以「喧」字讀去聲，以叶仄韻。

［九］第一字「◒」，金本、謝本、游本注「◓」。第五字「◒」，據詞文「打」字仄聲，當注「◓」。

［十］按：王本改以歐陽修「臉霞紅印枕」一詞爲例，別本作陸淞詞。

［十一］按：《草堂詩餘・後集》卷上、《中興以來絶妙詞選》卷一皆題「上元應制」，《類編草堂詩餘》卷四、《花草粹編》卷二十二皆題「上元」。

又[一]

欧阳永叔(一)

閨情[二]

臉霞紅印枕。睡覺來，冠兒還是不整[三]。屏間麝煤冷。但眉山壓翠，淚珠彈粉。堂深晝永。燕雙飛，風簾露井。恨無人與説相思，近日帶圍寬盡。◯重省。殘燈朱幌，淡月紗窗，那時風景。陽臺路遠，雲雨夢，便無準。待歸來，先指花稍教看，却把心期細問。問因循、過了青春，怎生意穩。

【校】

[一]此首附録同調異體，金本、謝本、游本同録，王本改以此詞爲例，而删前詞。

[二]按：《草堂詩餘・前集》卷上入「春景・春情」類，《類編草堂詩餘》卷四、《花草粹編》卷二十二皆題「春情」。

[三]「睡覺來」二句：王本作五言一句、四言一句；《詞律》卷十七作九言一句，於三字處注「豆」。

(一)按：此詞《草堂詩餘・前集》卷上、《類編草堂詩餘》卷四皆署歐陽修作；《花草粹編》卷二十二署陸子逸，《全宋詞》據《絕妙好詞》卷一録作陸淞詞。

茲據《詞譜》卷三十一校訂。

石州慢

前段十句，四韻，五十一字

◒●○○首句四字◒●◓○二句四字○●○●三句四字，仄叶[一]◒○○●○○●●四句八字◓○○●五句四字，仄叶○○●●六句四字◒●●●○○[二]七句六字◒○◒●○○●八句七字，仄叶◓●●○○九句五字◓○○○●十句五字，仄叶

後段十一句，五韻，五十一字

○●起句二字，仄叶◓○○●二句四字◓●○○三句四字◓○○●四句四字，仄叶◒●◓○○●五句六字◒○○●六句四字，仄叶○○●●七句四字◓●◒●○○八句六字◒○◒●○○●九句七字，仄叶◓●●○○十句五字◓○○○●十一句五字，仄叶

詞

早春[三]

張仲宗

寒水依痕，春意漸回，沙際煙闊。溪梅清照、生香冷蕊，數枝爭發[四]。天涯舊恨，試看幾許銷魂，長亭門外山重疊[五]。不盡眼中青，怕黃昏時節[六]。◯情切。畫樓深閉，想見東風，暗消肌雪。辜負枕前雲雨，樽前花月。心期切處，更有多少淒涼，殷勤留與歸時說。到得再相逢，恰經年離別。

【校】

[一]仄叶：依原本體例，當注「仄韻起」。

[二]第一字「◒」，據詞文「試」字仄聲，當注「◓」。第二字「●」，王本注「◯」。

[三]游本題「春日懷舊」，王本無題。按：《蘆川詞》各本皆無題；《草堂詩餘・前集》卷上、《中興以來絕妙詞選》卷一皆題「初春感舊」。

[四]「溪梅」二句：《詞譜》卷三十作六言二句。清：《蘆川詞》、《中興以來絕妙詞選》、《草堂詩餘》皆作「晴」。

［五］亭：謝本、王本作「臨」。

［六］怕黄昏：《蘆川詞》作「是愁來」。

齊天樂

前段十句，六韻，五十一字

◒○◓●○○●首句七字，仄韻起◒○◓○○●二句六字，仄叶◓●○○三句四字◒○●●四句四字◒●◒○○●五句六字，仄叶○○●●六句四字，仄叶●◒●○○七句五字◓○◒●八句四字，仄叶◓●○○九句四字◓○◒●◓○●十句七字，仄叶

後段十句，五韻，五十一字

◒○◒●●●起句六字●○○●●◓○◒●二句九字，仄叶◓●○○三句四字◒○●●四句四字◓●◒○○●五句六字，仄叶○○●●六句四字，仄叶●◒●○○[一]七句五字◓○◒●八句四字，仄叶◓●○○九句四字◓○○●●十句五字，仄叶

詞　　詩餘〔二〕（一）

端午〔三〕

踈踈幾點黃梅雨〔四〕。佳時又逢重午〔五〕。角黍包金，香蒲泛玉，風物依然荊楚。衫裁艾虎。更釵裊朱符，臂纏紅縷。撲粉香綿，喚風綾扇小牕午。◯沉湘人去已遠〔六〕，勸君休對景、感時懷古〔七〕。慢囀鶯喉，輕敲象板，勝讀離騷章句。荷香暗度。漸引入醄醄，醉鄉深處。臥聽江頭，畫船喧韻鼓〔八〕。

【校】

〔一〕第二字「◒」，王本注「◓」。

〔二〕游本署蔣子雲，王本署周邦彥。

〔三〕王本無題。按：《百家詞》本、汲古閣本《逃禪詞》皆有此題。

〔四〕幾點：《逃禪詞》作「數點」。

（一）按：《草堂詩餘·後集》卷上「節序·端午」類收此詞，未署名；汲古閣本《片玉詞補遺》録作周邦彥詞，注「或刻無名氏」。《全宋詞》據《逃禪詞》録作揚無咎詞。

［五］佳時：《逃禪詞》作「殊方」。重午：《逃禪詞》、金本、謝本、王本皆作「重五」。

［六］沉湘：《逃禅词》作「沅湘」。

［七］「勸君」句：《詞譜》卷三十一作五言一句、四言一句。

［八］韻：《逃禪詞》作「疊」。

喜遷鶯

前段十一句，五韻，五十一字

◓○○●［一］首句四字，仄韻起●◓●◓○［二］二句五字◒○○●三句四字，仄叶◓●○○四句四字◒○◓●五句四字◒●●○○●六句六字，仄叶◓●◓○○●七句六字◒●◓○○●［三］八句六字，仄叶◓●●九句三字◓◓○◒●十句五字◒○○●十一句四字，仄叶

後段十一句，五韻，五十二字

○●起句二字，仄叶◒●●○●◓○二句七字◒●○○●［四］三句五字，仄叶◓●○○四句四字◒○◓●五句四字◒●●○○●［五］六句六字，仄叶◓●◓○○●［六］七句六字◓●◓○○●［七］八句六

字，仄叶◓●●九句三字●◓○◒●十句五字◒○○●十一句四字，仄叶

詞

胡浩然[八]〔一〕

立春[九]

譙門殘月。聽畫角曉寒，梅花吹徹。瑞日烘春，和風解凍，青帝乍臨東闕。暖向土牛簫鼓，天路珠簾高揭。最好是，戴綵幡春勝，釵頭雙結。○奇絕。開宴處、珠履玳簪，俎豆爭羅列。舞袖翩翻，歌喉縹緲，壓倒柳腰鶯舌。勸我應時納祐，還把金爐香爇。願歲歲，這一巵春酒，長陪佳節。[十]

【校】

[一] 第一字「◓」，王本注「◒」。

[二] 第一字「●」，金本、謝本、游本注「○」，王本注「◓」。

〔一〕 按：此詞又載史浩《鄮峰真隱漫録》卷四十七《詞曲》，《全宋詞》據以録爲史浩詞。

［三］第三字「◓」，據詞文「珠」字平聲，當注「◒」。

［四］第一字「◒」，據詞文「俎」字仄聲，當注「◓」。

［五］第一字「◒」，據詞文「壓」字仄聲，當注「◓」。

［六］第五字「○」，據詞文「納」字仄聲，當注「◓」。

［七］第三字「◓」，金本、游本、王本注「◒」。

［八］金本、謝本、游本同録，皆署胡浩然；王本改以高觀國「歌音淒怨」一詞爲例。

［九］按：《彊村叢書》本《鄮峰真隱詞曲》有此題；《草堂詩餘・後集》卷上入「節序・立春」類。

［十］按：《鄮峰真隱詞曲》所載此詞，略有異文：聽，作「正」；烘春，作「烘雲」；暖向，作「暖響」；天路，作「夾路」；戴綵幡春勝，作「看彩幡金勝」；歌喉，作「歌聲」；納祐，作「納祜」。

又［一］

韋端己

人洶洶，鼓鼕鼕。襟袖五更風。大羅天上月朦朧。騎馬上虛空。○香滿衣，雲滿路。鸞鳳遶身飛舞。霓旌絳節一羣羣。引見玉華君。

【校】

［一］此首附録唐五代小令體，實與上列長調慢詞屬同名異調。金本、謝本同録，游本、王本删之。

綺羅香

前段九句，四韻，五十二字

◓●○○首句四字◒○●●二句四字◒●◒○○●三句六字，仄韻起◓●○○四句四字◒●◓

○○●五句六字，仄叶◒◓●◓●○○六句七字◓◒●◓○○●七句七字，仄叶●○◒◒●○○

八句七字◓○◓●◓○●九句七字，仄叶

後段九句，四韻，五十一字

○○◒●◓●起句六字◒●○○●二句五字◒○○●三句四字，仄叶◓●○○四句四字◒●◓

○○●五句六字，仄叶◒◓●◓●○○［一］六句七字◓◒●◓○○●［二］七句七字，仄叶●○◓◒●

○○八句七字◓○○●●九句五字，仄叶

詞

春雨[四]

史邦卿[三]

做冷欺花，將煙困柳，千里偷催春暮。盡日冥迷，愁裏欲飛還住。驚粉重、蝶宿西園，喜泥潤、燕歸南浦。最妨他、佳約風流，鈿車不到杜陵路。○沈沈江上望極，還被春潮急[五]，難尋官渡。隱約遙峯，和淚謝娘眉嫵。臨斷岸、新緑生時，是落紅、帶愁流處。記當日、門掩梨花，剪燈深夜語。

【校】

[一] 第四字「◓」，王本注「◒」。

[二] 第二、三字「◒●」，據詞文爲「落紅」二字，當注「◓◒」。

[三] 史邦卿：原本誤作「史邦道」，茲據游本、王本校訂。

[四] 王本無題。按：《中興以來絕妙詞選》卷七、《草堂詩餘・後集》卷上皆同此題；汲古閣本《梅溪詞》題「詠春雨」。

[五] 還被春潮急：《梅溪詞》、《絕妙好詞》卷二、《詞譜》卷三十三作「還被春潮晚急」。

永遇樂

前段十一句，五韻[一]，五十二字

◒●○○首句四字◓○○●二句四字○●○●三句四字，仄韻起◓●○○四句四字◒○◓●五句四字◒●○○●六句五字，仄叶◒○◒●[二]七句四字◒○○●八句四字◓●◓○○●九句六字，仄叶●○○◒○●●十句七字◓○◓○○●十一句六字，仄叶

後段十一句，五韻，五十二字

○○●●起句四字◒○◒●[三]二句四字[四]◓●◒○○●三句六字，仄叶◓●○○四句四字○○●●五句四字○●○○●六句五字，仄叶◒○◓●七句四字◓○○●八句四字◒●◓○○●九句六字，仄叶◒○●◒○◓●十句七字◓○●●十一句四字，仄叶

詞

憶舊[六] 解方叔[五]

風暖鶯嬌，露濃花重，天氣和煦。院落煙收，垂楊舞困，無奈堆金縷。誰家巧縱，青樓絃管，

惹起夢雲情緒。憶當時、紋衾粲枕，未嘗暫孤鴛侶。○芳菲易老，故人難聚，到此翻成輕誤。閬苑仙遙，蠻牋縱寫[七]，何計傳深訴。青山緑水，古今長在，惟有舊歡何處。空贏得、斜陽暮草，淡煙細雨。

【校】

[一]五韻：據例詞，上片實用四韻。

[二]第三字「◒」，據詞文「巧」字仄聲，當注「◓」。

[三]第一字「◒」，王本注「◓」。

[四]按：此句原本未注叶韻，據例詞此句「聚」字實用韻，當注「仄叶」；原本譜注後段用五韻，實注僅四韻，乃於此句漏注一韻。

[五]按：王本改以辛棄疾「紫陌長安」一詞爲例。

[六]按：《草堂詩餘・前集》卷上、《花庵詞選》卷三皆題「春情」。

[七]蠻：金本、謝本、游本作「鸞」。

望海潮

前段十一句，五韻，五十三字

◒○○●首句四字◒○○●二句四字◒○◓●○○三句六字，平韻起◒●◓○四句四字◒○◓●五句四字◒○◓●○○六句六字，平叶◒●●○○七句五字，平叶●◓○●●八句五字◒●○○九句四字，平叶◓●○○十句四字◓○○●●○○十一句七字，仄叶[一]

後段十一句，六韻，五十四字

◒○◓●○○起句六字，平叶●◒○●●二句五字◒●○○三句四字，平叶◒●◓○四句四字◒○◓●五句四字◒○◓●○○六句六字，平叶◒●●○○七句五字，平叶●◓○●●八句五字◒●○○九句四字，平叶◓●○○[二]十句四字◓○○●●○○十一句七字，平叶

詞[三]　　秦少游

梅英踈淡，冰澌溶洩，東風暗換年華。金谷俊游，銅駝巷陌，新晴細履平沙[四]。長記誤隨車。正絮翻葉舞[五]，芳思交加。柳下桃蹊，亂分春色到人家。○西園夜飲鳴笳。有華燈

礙月，飛蓋妨花。蘭苑未空，行人漸老，重來是事堪嗟[六]。煙暝酒旗斜。但倚樓極目，時見棲鴉。無奈歸心，暗隨流水到天涯。

【校】

[一]仄叶：蓋偶誤。此詞實用平韻，據例詞「家」字平聲，當注「平叶」。

[二]第一字「◐」，據例詞「無」字平聲，當注「◒」。

[三]游本題「梅花」。按：張綖刻本《淮海長短句》、汲古閣本《淮海詞》皆題「洛陽懷古」，《草堂詩餘・前集》卷上入「春景」類。

[四]晴：原本作「情」，蓋訛誤；茲從謝本、王本校訂。

[五]葉舞：《淮海長短句》、《淮海詞》作「蝶舞」。

[六]是事：《淮海詞》、金本、謝本、王本作「事事」。

風流子　一名《内家嬌》〔一〕

前段十三句，四韻，五十九字

○○◒●●〔二〕首句五字○○●◓●●○○二句八字，平韻起●◒●●○〔二〕三句五字◓○○●四句四字●○○●五句四字◒●○○六句四字，平叶◓○●七句三字◓○○●●八句五字◒●●○○九句五字，平叶◒●●○十句四字◓○○●十一句四字●○○●十二句四字◒●○○十三句四字，平叶

後段十一句，五韻〔三〕，五十一字

◓○○○●起句五字，平叶〔四〕○○●◓●二句五字◓●○○三句四字，平叶◒●●○○●四句六字◒●○○五句四字，平叶●○○●●六句五字◒○●●七句四字◓○●●八句四字◒●○○九句四字，平叶◒◓◓○◒●十句六字◒●○○十一句四字，平叶

〔一〕按：劉弇、劉辰翁詞名《内家嬌》。《詞律》卷二收《風流子》，以張耒詞爲「又一體」，注「又名《内家嬌》」。另有唐敦煌寫本無名氏及柳永《内家嬌》詞，爲同名異調。

詞

秋思[五]

張文潛

亭皋木葉下[六]，重陽近、又是擣衣秋。奈愁入庾腸，老侵潘鬢，謾簪黄菊，花也應羞。楚天晚，白蘋煙盡處，紅蓼水邊頭。芳草有情，夕陽無語，鴈横南浦，人倚西樓。○玉容知安否，香牋共錦字，兩處悠悠。空恨碧雲離合，青鳥沉浮。向風前懊惱，芳心一點，寸眉兩葉，禁甚閒愁。情到不堪言處，分付東流。

【校】

[一] 第一字「○」，王本注「◒」。第三字「◒」，王本注「◓」。

[二] 第四字「●」，王本注「○」。

[三] 五韻：據例詞，下片實用四韻。

[四] 平叶：圖譜第五字注「●」，詞文第五字爲「否」，實非平叶，蓋误注。

[五] 王本無題。按：《花庵詞選》卷三同題；《草堂詩餘・前集》卷上入「秋景・秋怨」類。

[六] 亭皋木葉：《樂府雅詞・拾遺》卷下作「木葉亭皋」；亭，一作「庭」。

又[一]

周美成

新緑小池塘。風簾動，碎影舞斜陽。羡金屋去來，舊時巢燕，土花繚繞，前度莓牆。繡閣鳳幃深幾許[二]，曾聽得理絲簧[三]。欲説又休，慮乖芳信，未歌先咽，愁近清觴[四]。〇遥知新粧了，開朱戸，應自待月西厢。最苦夢魂，今宵不到伊行。問甚時説與[五]，佳音密耗，寄將秦鏡，偷換韓香。天便教人，霎時厮見何妨。

【校】

[一] 此首及下首爲附録，金本、謝本同録，游本僅録此首，題「風情」，王本皆删之。按：《片玉集》卷一、《片玉詞》卷上皆無題，《花庵詞選》卷七題「初夏」，《草堂詩餘・後集》卷下入「人事・風情」類。

[二] 繡閣：《樂府雅詞》卷中、《片玉詞》作「繡閣裏」。

[三] 曾聽得：《樂府雅詞》、《花庵詞選》、《片玉詞》作「聽得」。

[四] 愁近清觴：《樂府雅詞》作「愁近清商」，《片玉詞》作「愁轉清商」。

[五] 説與：《樂府雅詞》、《片玉詞》作「却與」。

又　即《如夢令》(一)

孫光憲

樓倚長衢欲暮。瞥見神仙伴侶。微傅粉，櫳梳頭[二]，隱映畫簾開處。無語。無緒。慢曳羅裙歸去。

【校】

[一] 櫳：《花間集》卷八作「攏」。

沁園春

前段十三句，四韻，五十六字

◐●○○首句四字◐●○○二句四字◐○◐○三句四字，平韻起●○○●●四句五字○○●●五句

(一) 按：《風流子》小令單片體，僅見五代孫光憲詞三首，載《花間集》卷八，蓋用唐教坊曲名；《如夢令》初名《宴桃源》，又名《憶仙姿》，起於中唐，流行於五代以後。二調體式雖相近，然句法用韻有別，淵源不同，自非同調。此調亦與宋代長調慢詞迥異，乃屬同名異調。

四字◓○○●六句四字◓●○○七句四字，平叶◓●○○八句四字○○●●九句四字◓●○○◓●○[一]十句七字，平叶○○●十一句三字◓○○●●十二句五字◓●○○十三句四字，平叶

後段十二句，五韻，五十八字

◒○●●○○起句六字，平叶●○●○○◒●○二句八字，平叶●◓○○●三句五字○○●●四句四字◒○●●五句四字◓●○○六句四字，平叶◓●○○[二]七句四字◒○●●八句四字◒●○○◓●○九句七字，平叶○○●十句三字◓○○●●十一句五字◓●○○十二句四字，平叶

詞

恬退[三]

辛幼安

三逕初成，鶴怨猿驚，稼軒未來。甚雲山自許，平生志氣[四]，衣冠人笑，抵死塵埃。意倦須還，身閑要早[五]，豈爲蓴羹鱸鱠哉。秋江上，看驚絃鴈避，駭浪船回。○東岡更葺茅齋。好都把軒窗臨水開。要小舟行釣，先應種柳，疎籬護竹，莫礙觀梅。秋菊堪餐，春蘭可佩，留待先生手自栽。沉吟久，怕君恩未許，此意徘徊。

【校】

[一] 第五字「◓」，王本注「◒」。

[二] 第一字「◓」，王本注「◒」。

[三] 王本無題。按：《稼軒詞》甲集、《稼軒長短句》卷二皆題「帶湖新居將成」，《中興以來絕妙詞選》卷三、《草堂詩餘・後集》卷下皆題「退閑」。

[四] 志氣：《稼軒詞》、《稼軒長短句》、《中興以來絕妙詞選》、《草堂詩餘》皆作「意氣」。

[五] 要早：《稼軒詞》、《稼軒長短句》皆作「貴早」。

又[一]　　秦少游

宿靄迷空，膩雲籠日，晝景漸長。正蘭泥膏潤[二]，誰家燕喜，蜜脾香少，觸處蜂忙。盡日無人簾幕挂，更風遞遊絲時過牆。微雨後，有桃愁杏怨，紅淚淋浪。○風流寸心易感，但依依竚立，回盡柔腸。念小奩瑤鑑，重勻絳蠟，玉籠金斗，時熨沉香。柳下相將遊冶處，便回首青樓成異鄉。相憶事，縱蠻牋萬疊，難寫微茫。

【校】

［一］此首附録同調異體，金本、謝本、游本同録，王本删之。按：《淮海長短句》卷上、《淮海詞》皆題「春思」。

［二］蘭泥膏潤：汲古閣本《淮海詞》作「蘭皋泥潤」。

摸魚兒

前段十句，六韻[一]，五十七字

●◒○◓○◒●首句七字[二]◒◒◒●○●二句六字，仄韻起[三]◓○◒●○○●三句七字◒●◓○○●四句六字，仄叶○●●五句三字，仄叶◓◒●◒○◓●○○●[四]六句十字，仄叶◓○●●七句四字，仄叶●◓●○○八句五字◓○◒●九句四字◓●◓○●十句五字，仄叶

後段十一句[五]，六韻，五十九字

○○●句叶[六]◓●○○●●起句六字[七]◒○◒●○●二句六字，仄叶◒○◓●○○●三句七字◓●◓○○●四句六字，仄叶○●●五句三字，仄叶○●●◓○◒●○○●六句十字，仄叶◓○◓

●[八]七句四字，仄叶◓◓●○○[九]八句五字◓○◒●[十]九句四字◓●◓○●[十一]十句五字，仄叶

詞

辛幼安

春暮[十二]

更能消、幾番風雨，匆匆春又歸去。惜春長怕花開早[十三]，何況落紅無數。春且住。見説道、天涯芳草迷歸路[十四]。怨春不語。算只有殷勤，畫簷蛛網，盡日惹飛絮。○長門事，準擬佳期又誤，蛾眉曾有人妬。千金縱買相如賦，脉脉此情誰訴。君莫舞。君不見、玉環飛燕皆塵土。閑愁最苦。休去倚危欄[十五]，斜陽正在，煙柳斷腸處。

【校】

[一]六韻：下片亦注「六韻」。按：《詞譜》卷三十六收此調，於兩片首句皆注用韻，每片實各用七仄韻。

[二]按：原本於上片首句和下片起句皆未注用韻，依例當補注「仄韻起」、「仄叶」。

[三]仄韻起：據例詞，首句即起韻，此句當注「仄叶」。

〔四〕第二字「◒」，王本注「◓」。第六字「◓」，據詞文「芳」字平聲，當注「◒」。

〔五〕十一句：王本注「十句」。

〔六〕句叶：此句實不用韻，蓋誤注。

〔七〕起句六字：謝本、游本注「起句九字」，未注叶韻。按：《詞譜》於換頭作三言一句、六言一句，注用韻。

〔八〕第一字「◓」，王本注「◒」。

〔九〕第一字「◓」，王本注「◒」。

〔十〕第一字「◓」，王本注「◒」。第三字「◒」，游本注「◓」。

〔十一〕第一字「◓」，王本注「◒」。

〔十二〕王本無題。按：《中興以來絕妙詞選》卷三題「暮春」，《草堂詩餘·前集》卷上題「春晚」；《稼軒詞》甲集、《稼軒長短句》卷五序云：「淳熙己亥，自湖北漕移湖南，同官王正之置酒小山亭，爲賦。」

〔十三〕長怕：《稼軒詞》作「長恨」。

〔十四〕迷：《稼軒長短句》、《草堂詩餘》、游本作「無」。

〔十五〕欄：《稼軒詞》作「樓」。

又[一]

歐陽永叔

卷繡簾、梧桐秋院落，一霎雨添新緑。對小池、閑立殘粧淺，向晚水紋如縠。凝遠目。恨人去寂寂，鳳枕孤難宿。倚欄不足。看燕拂風簷，蝶翻草露[二]，兩兩長相逐。〇雙眉促。可惜年華婉娩，西風初弄庭菊。況伊家年少多情，未已難拘束[三]。那堪更趂凉景，追尋甚處垂楊曲[四]。佳期過盡，但不説歸來，多應忘了，屏雲去時祝。（未下遺一字）[五]

（「那堪更」，「更」字當是韻。「佳期過盡」，「盡」字當是韻。今皆無之。盖大手筆之作，不拘拘于聲韻。然音律既諧，雖無韻可也。但韻是常格，非歐公，不可輕變。又有可以有韻，可以無韻，如律詩起句者，不在此例。雖字有定數，亦有多一二字者，是歌者羡文助語，非定格也。）[六]

【校】

[一] 此首附録同調異體，金本、謝本、游本同録，王本删之。

[二] 草露：《近體樂府》卷三、《醉翁琴趣外篇》卷六皆作「露草」。

[三] 「況尹家」二句：《詞譜》卷三十六作五言一句、七言一句。

［四］「那堪」二句：《詞譜》作「那堪更、趁凉景追尋，甚處垂楊曲」。

［五］按：此注謂「未已難拘束」句「未」字下脱一字。金本同録，謝本、游本删之。

［六］按：此段按語原本以雙行小字另起排列，金本、游本同録，謝本删之。

賀新郎

前段十句，六韻，五十七字

◒●○○●首句五字，仄韻起◓○○◓○◓●［一］二句七字◓○○●三句四字，仄叶◒●○○○●

●四句七字◒●◒○●●五句六字，仄叶●◓●◒○○●六句七字，仄叶◓●◒○○●●七句七字

●◓○◒●○○●八句八字，仄叶○●●九句三字◓○●十句三字，仄叶

後段十句，六韻，五十九字

◒○◒●○○●首句七字［二］，仄叶●○○◓◒◒●二句七字◓○○●三句四字，仄叶◒●◒○○

●●四句七字◒◓○○●●五句六字，仄叶●●●○○○●六句七字，仄叶◓●◒○○●●七句七

字●◒○◓●○○●八句八字，仄叶○●●九句三字●○●十句三字，仄叶

詞　劉潛夫

端午[三]

深院榴花吐。畫簾開、綵衣紈扇[四]，午風清暑。兒女紛紛新結束[五]，時樣釵符艾虎[六]。早已有、遊人觀渡。老大逢場慵作戲，任白頭、年少爭旗鼓[七]。溪雨急，浪花舞。○靈均標致高如許。憶生平、既紉蘭佩，又懷椒糈。誰信騷魂千載後，波底垂涎角黍。又説是、蛟饞龍怒。把似而今醒到了，料當年、醉死差無苦。聊一笑，吊千古。[八]

【校】

[一]第六字「◓」，王本注「◒」。

[二]首句：金本、謝本、游本、王本皆注「起句」。按：依原本術語，下片首句當注「起句」。

[三]王本無題。按：景宋本、《百家詞》本《後村居士詩餘》皆有此題；《草堂詩餘・後集》卷上入「節序・端午」類。

[四]綵衣：景宋本《後村居士詩餘》作「綀衣」，《百家詞》本作「綀衣」。

[五]新：《後村居士詩餘》各本皆作「誇」。

〔六〕時様：景宋本《後村居士詩餘》作「新様」。

〔七〕白頭：《後村居士詩餘》各本皆作「陌頭」。

〔八〕按：此調金本圖譜及詞文略有殘缺。

金明池

前段十句，四韻，五十九字

◒●○○首句四字◒○◓●二句四字◓●○○●●三句六字，仄韻起○◓●○○●●四句七字◓●●◓◓●五句七字，仄叶●○○◓●○○六句七字◒◓●○●◒○○●〔一〕七句九字，仄叶●◓●○○八句五字○○◒●九句四字●●○○○●十句六字，仄叶

後段十句，五韻，六十一字。

◓●○○○○●起句七字，仄叶●○●○○〔二〕二句五字○○○●〔三〕三句四字，仄叶○○●○○●●四句七字○●●◓○○●五句七字，仄叶●○○○●○○〔四〕六句七字●◓●○○◒○○●七句九字，仄叶●◓●○○八句五字○○◓●九句四字●●○○○●十句六字，仄叶〔五〕

詞　　詩餘[六]（一）

春遊[七]

瓊苑金池，青門紫陌，似雪楊花滿路。雲日淡、天低晝永，過三點、兩點細雨。好花枝、半出牆頭，似悵望、芳草王孫何處。更水遶人家，橋當門巷，燕燕鶯鶯飛舞。○怎得東君長爲主。把綠鬢朱顏，一時留住。佳人唱、金衣莫惜，才子倒、玉山休訴。況春來、倍覺傷心[八]，念故國情多、新年愁苦[九]。縱寶馬嘶風，紅塵拂面，也則尋芳歸去。

【校】

［一］第一字「◒」，王本注「◓」。

［二］第二字「○」，游本注「◓」。

［三］第一字「○」，游本注「◓」。

［四］第四字「○」，游本、王本注「◓」。

（一）按：《草堂詩餘・前集》卷上未署作者；《花草粹編》卷二十四注出《詩餘》；《類編草堂詩餘》卷四署秦觀作。《全宋詞》據《草堂詩餘・前集》録作無名氏詞。

［五］按：金本圖譜及詞文略有殘缺，謝本圖譜第十句「●●○」以下缺失，例詞亦缺。
［六］游本、王本署秦觀作。
［七］王本無題。按：《草堂詩餘·前集》卷上、《類編草堂詩餘》卷四皆有此題。
［八］倍：王本作「梏」，蓋訛誤。
［九］「念故國」句：《詞譜》卷三十六分作五言一句、四言一句。

詩餘圖譜補畧

東吳 毛晉 輯

菩薩鬘　雙調　一名《重疊金》，一名《子夜歌》

開元中，西域婦人編髮垂髻，飾以雜花，如中國塑佛像纓絡之飾，曰菩薩鬘，調名取此。時刻《菩薩蠻》，非。

前段四句，四韻，二十四字

◐○◐●○○●首句七字，仄韻起◐○◐●○○●二句七字，仄叶◐●●○○三句五字，平韻換◐○◐●○四句五字，平叶

後段四句，四韻，二十字

◐○○●●起句五字，仄韻換◐●○○●二句五字，仄叶◐●●○○三句五字，平韻換◐○◐●○四句五字，平叶

李　白

平林漠漠煙如織。寒山一帶傷心碧。暝色入高樓。有人樓上愁。　闌干空佇立。宿鳥歸飛急。何處是歸程。長亭更短亭。

憶秦娥

唐詞多緣題所賦以名調，如《臨江仙》則言仙事，《女冠子》則述道情，《河瀆神》則詠祠廟，大概不失本題之意。此調詠秦娥，遂名《憶秦娥》。後人因中有「秦樓月」句，又名《秦樓月》。花庵詞客云：此曲與《菩薩蠻》為百代詞曲之祖。信學者之彀率也。

前段五句，三韻，二十一字

◒○●首句三字，仄韻起◒○◓●○○●二句七字，仄叶○○●三句疊上三字◒○◒●四句四字◓○○●五句四字，仄叶

後段五句，三韻，二十五字

◓○◒●○○●起句七字，仄叶◒○◓●○○●二句七字，仄叶○○●三句疊上三字◓○◓●四句

四字◓○○●五句四字，仄叶

李白

簫聲咽。秦娥夢斷秦樓月。秦樓月。年年柳色，霸陵傷別。樂遊原上清秋節。咸陽古道音塵絕。音塵絕。西風殘照，漢家陵闕。

采桑子　雙調　一名《羅敷媚》，一名《羅敷豔歌》，一名《醜奴兒令》

此調本古樂府《陌上桑》為羅敷作也。羅敷為邯鄲秦氏女，嫁於王仁。仁後為趙王家令。羅敷採桑於陌上，趙王登臺見而悅之，置酒欲奪焉。羅敷善彈箏，作《陌上桑》以自明不從。故後有《采桑子》詞，或又名《羅敷媚》《羅敷豔歌》，意皆本此。別有《秋胡行》，亦名《陌上桑》，亦名《采桑》，與《羅敷行》迥別。

前段四句，三韻，二十二字

●○◓●○○●首句七字◓●○○二句四字，平韻起◓●○○三句四字，平叶◓●○○◓◒○四句七字，平叶

後段同前

李　煜

轆轤金井梧桐晚，幾樹驚秋。晝雨和愁。百尺蝦鬚上玉鈎。　瓊窗春斷雙蛾皺，回首邊頭。欲寄鱗遊。九曲寒波不泝流。

昭君怨

此調本樂府《王昭君》。按昭君名嬙，字昭君，避晉文諱，改曰明君。漢元帝時，匈奴請婚於漢，帝以後宮良家子昭君配焉。時後宮掖庭帝不及徧識，令毛延壽畫圖。延壽取金於後宮，昭君不與，故陋其姿。及昭君出宮，帝為愕然，殺延壽。其時昭君於馬上彈琵琶，以慰其道路之思，其辭云：「吾家嫁我兮天一方。遠託異國兮烏孫王。穹廬為室兮旃為牆。」

前段四句，二換韻，二十字

◒●◒○◒●首句六字，仄起◒●◒○○●二句六字，仄叶◒●●○○三句五字，平換●○○四句三字，仄起

後段同前

蘇　軾

誰作桓伊三弄。驚破緑窗幽夢。新月與愁煙。滿江天。　欲去又還不去。明日落花飛絮。飛絮送行舟。水東流。

清商怨

此調本古清商曲也。亦謂之清樂，出於清商三調，所謂平調、清調、瑟調是也。三調者，乃周房中樂之遺聲，漢魏相繼，至晉不絕，傳有清商七曲，如《子夜》《前溪》《烏夜啼》《石城樂》《莫愁樂》《襄陽樂》《王昭君》。及隋平陳，置清商府，傳采舊曲，若《巴渝》《白紵》等，皆在焉。

前段四句，三韻，二十一字

◐○◐●◐●●首句七字，仄韻起◐◐○●●二句五字，仄叶◐●○○三句四字◐○○●●四句五字，仄叶

後段四句，三韻，二十二字

◒○○○●●起句六字，仄叶◓●●◓○○●二句七字，仄叶◓●○○三句四字◒○○●●四句五字，仄叶

歐陽脩

關河愁思望處滿。漸素秋向晚。雁過南雲，行人回淚眼。　雙鸞衾裯悔展。夜又永、枕孤人遠。夢未成歸，梅花聞塞管。

木蘭花

此調本古樂府《木蘭辭》也。按木蘭女子，其父被調從征，木蘭代父往防邊，獲功而歸。與人同伴十二年，而人不知其為女子。故其詩有「雄兔脚撲朔，雌兔眼迷離。兩兔傍地走，焉能知我是雄雌」之句。如《減字木蘭花》《偷聲木蘭花》《木蘭花慢》，其調各别，意皆本此。

前段四句，三韻，二十八字

◓○○●○○●首句七字，仄韻起◒●◒○○●●二句七字，仄叶◒○◒●●○○三句七字◒●

◒○○●●四句七字，仄叶

後段同前

晏　殊

緑楊芳草長亭路。年少抛人容易去。樓頭殘夢五更鐘，花底離愁三月雨。無情不似多情苦。一寸還成千萬縷。天涯地角有窮時，只有相思無盡處。

減字木蘭花

前段四句，四韻，二十二字

◐○●●首句四字，仄韻起●●◐○○●●二句七字，仄叶◐●○○三句四字，平韻換◐●◐○●●○四句七字，平叶

後段同前

黃庭堅

襄王夢裏。草緑煙深何處是。宋玉臺頭。暮雨朝雲幾許愁。飛花漫漫。不管覊人腸欲斷。春水茫茫。欲度南陵更斷腸。

偷聲木蘭花

前段四句，四韻，二十五字

◓○◒●○○●首句七字，仄韻換◓●◒○○●●二句七字，仄叶◓●○○三句四字字，平韻換◓●

○○◓●○四句七字，平叶

後段同前

張先

雪籠瓊苑梅花瘦。外院重扉聯寶獸。海月新生。上得高樓沒奈情。簾波不動銀釭小。

今夜夜長爭得曉。欲夢高唐。祇恐覺來添斷腸。

木蘭花慢

前段十句，四韻，五十字

●○○●●首句五字◓◒●二句三字●○○三句三字，平韻●◓●○○四句五字○○◓●五句四字

◒●○○六句四字，平叶◒○●○◓●七句六字●○○◒●●○○八句八字，平叶◒●○○◓●九句六字◓○○●○○十句六字，平叶

後段九句，五韻，五十字

○○●●●○○首句七字，平叶●●●○○二句五字，平叶●◓◒●●三句五字○○◓●四句四字◒●○○五句四字，平叶○○◓○◓●六句六字●◒○●◓○○七句七字，平叶◒●○○◓●八句六字◓○◓●○○九句六字，平叶

柳　永

拆桐花爛熳，乍踈雨，洗清明。正豔杏燒林，緗桃繡野，芳景如屏。傾城盡尋勝去，驟雕鞍紺幰出郊坰。風暖繁絃脆管，萬家齊奏新聲。　盈盈鬥草踏青人。豔冶遞逢迎。向路傍往往，遺簪墮珥，珠翠縱横。歡情對佳麗地，任金罍竭玉山傾。拚却明朝永日，畫堂一枕春酲。

玉樹後庭花　一名《後庭花》

陳後主常與女學士及朝臣相唱和為詩，太樂令何胥採其尤輕豔者為歌曲，曰《玉樹後庭花》，

後人取其意為調云。

前段四句，四韻，二十二字

○○●●○○●首句七字，仄起●○○●二句四字，仄叶●○○●○○●三句七字，仄叶●○○●四句四字，仄叶

後段同前

孫光憲 一刻毛熙震

鶯啼燕語芳菲節。瑞庭花發。昔時懽宴歌聲揭。管絃清越。自從陵谷追遊歇。畫梁塵黦（音謁）。傷心一片如珪月。閒鎖宮闕。

江南春 單調

按：相和歌三十曲有《江南曲》，梁簡文辭云：「陽春路。時使佳人度。枝中水上青併歸。長楊渡，拂地桃花飛。清風吹人光照衣。景將夕。擲黃金，留上客。」後人為《夢江南》《憶江南》《謝秋娘》各調，意即本此。

首尾六句，三韻，三十字

○●●首句三字◓○○二句三字，平韻起◒○○●●三句五字○●●○○四句五字，平叶◒○○●○○●五句七字◒●○○○●○六句七字，平叶

波渺渺，柳依依。孤村芳草遠，斜日杏花飛。江南春盡離腸斷，蘋滿汀洲人未歸。

寇平仲

夢江南

單調，後加一疊為《望江南》，又名《望江梅》

首尾五句，三韻，二十七字

○●●首句三字●●●○○二句五字，平韻起◒●◒○○●●三句七字◒○◓●●○○四句七字，平叶○●●○○五句五字，平叶

梳洗罷，獨倚望江樓。過盡千帆皆不是，斜暉脉脉水悠悠。腸斷白蘋洲。

溫庭筠

憶江南　單調，一名《謝秋娘》

首尾五句，三韻，二十七字

○○●首句三字◒●●○○二句五字，平韻起◓●◒○○●●三句七字◒○◓●●○○四句七字，平韻◒●●○○五句五字，平叶

白居易

江南好，風景舊曾諳。日出江花紅勝火，春來江水緑如藍。能不憶江南。

雙雙燕

此調前無作者，邦卿詠燕，遂以名詞，亦詩人「燕燕于飛」及古樂府「雙鳳」「雙燕」與《雙燕離》之遺意也。姜堯章極稱其「柳昏花暝」之句，信千秋之絕調云。

前段九句，五韻，四十八字

●○●●首句四字◓○●○○二句五字●○○●三句四字，仄韻○○●●四句四字●●◓○○●五

句六字，仄叶○●○○●●六句六字，仄叶●●●○○●●七句七字，仄叶○○◓●○○八句六字●●◒○○●九句六字，仄叶

後段九句，六韻，五十字

◒●○○●●首句六字，仄叶●●●○○二句五字●○○●三句四字，仄叶○○◒●四句四字◓●●○○●五句六字，仄叶◒●○○●●六句六字，仄叶◓○●○○◒●七句七字，仄叶○◓●●○○八句六字◓●◓○◓●九句六字，仄叶

史達祖

過春社了，度簾幕中間，去年塵冷。差池欲住，試入舊巢相並。還相雕梁藻井。又軟語、商量不定。飄然快拂花梢，翠尾分開紅影。　芳徑芹泥雨潤。愛貼地爭飛，競誇輕俊。紅樓歸晚，看足柳昏花暝。應自棲香正穩。便忘了、天涯芳信。愁損翠黛雙蛾，日日畫欄獨凭。

白紵

此調本古《白紵歌》。按《白紵歌》有《白紵舞》《白鳧歌》《白鳧舞》，並吳人之歌舞也。吳地出

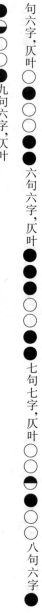

紵，又江鄉水國多鳧鷖，故興其所見以寓意焉。始則田野之作，後乃入大樂氏，在吳歌為《白紵》，在雅歌為《子夜》。梁武令沈約更制其辭曰：「白紵白，質如輕雲色似雲。制以為袍餘作巾。袍以光軀巾拂塵。」

前段十一句，六韻，六十二字

●○○首句三字◓○●二句三字○○●●三句四字，仄韻起○○●●四句四字●●○○●●五句六字，仄叶◓○◒●○○●●○●六句十字，仄叶○●●○○七句五字◓●●○○○●八句七字，仄叶○◒◓○九句四字○●○○◓●十句六字，仄叶○●◒●○○●◒○●十一句十字，仄叶

後段十一句，六韻，六十四字

○●起句二字，仄叶○○●●二句四字●●○○三句四字●◒○●◒●◒○●●四句十字，仄叶○●◓○◒●○○●五句九字，仄叶○○●●六句四字●◒○○●●七句六字●○○●八句四字，仄叶●●○○九句四字●●○○◒●○●十句八字，仄叶●●○○●●○○●十一句九字，仄叶

柳　永

繡簾垂，畫堂悄，寒風淅瀝。遙天萬里，黯淡同雲羃羃。漸紛紛、六花零亂散空碧。姑射宴瑤池，把碎玉、零珠抛擲。林巒望中，高下瓊瑤一色。嚴子陵釣臺、歸路迷蹤跡。追惜。

燕然畫角，寶簫珊瑚，是時丞相、虛作銀城換得。當此際、偏宜訪袁安宅。醺醺醉了，任他金釵舞困，玉壺頻側。又是東君，暗遣花神、先報南國。昨夜江梅、漏泄春消息。

漁歌子　單調，又雙調

張志和居江湖間，每垂釣不設餌，自稱煙波釣徒，又號玄真子，作《漁歌子》以寄傲。後人演為雙調，亦名《漁歌子》。又如《漁家傲》《摸魚兒》諸調，亦本其意以道漁家之事云。

前段六句，四韻，二十五字

●○○首句三字○●●二句三字，仄韻起◒○◓●○◓●三句七字，仄叶●○○四句三字○●●五句三字，仄叶◒●○○○●六句六字，仄叶

後段同前

李　詢

楚山青，湘水緑。春風淡蕩看不足。草芊芊，花簇簇。漁艇棹歌相續。信浮沈，無管束。釣廻乘月歸灣曲。酒盈樽，雲滿屋。不見人間榮辱。

柳含煙

毛文錫詠柳，即詞中「含煙」句立題，亦名樂府《楊花曲》《隋隄柳》遺意也。同時劉禹錫有《楊柳》詞，及《圖譜》所載《柳梢青》《柳初新》《風中柳》《淡黃柳》《山亭柳》，意不出此。

前段五句，三韻，二十二字

◓○●首句三字●○○二句三字，平韻起◓●○○●●三句六字●○◓●●○○四句七字，平叶●○○五句三字，平叶

後段四句，二換韻，二十三字

◓●◓○○●●首句七字，換仄韻◓●○○●●二句六字，仄叶◓○◓●●○○三句七字，再換平韻●○○四句三字，平叶

毛文錫

河橋柳，占芳春。映水含煙拂路，幾迴攀折贈行人。暗傷神。　樂府吹為橫笛曲。能使離腸斷續。不如移植在金門。近天恩。

永遇樂

東坡夜登燕子樓，夢盼盼，因作此詞。後秦少游入京見東坡，坡云：近作何詞？秦舉「小樓連苑橫空，下窺繡轂雕鞍驟」。坡云：十三個字，只說得一個人騎馬樓前過。秦問先生近作，坡云：亦有一詞説樓上事，乃舉「燕子樓空，佳人何在，空鎖樓中燕」。晁無咎在座云：三句説盡張建封燕子樓一段事，奇哉！

前段十一句，五韻，五十二字

◒●○○首句四字◓○○●二句四字○●○●三句四字，仄韻起◓●○○四句四字◓○◓●五句四字◒●○○●六句五字，仄叶◒○◓●七句四字◒○○●八句四字◓●◓○○●九句六字，仄叶●○○◒○●●十句七字◓○◓○○●十一句六字，仄叶

後段十一句，五韻，五十二字

○○●●起句四字◓○◒●二句四字◓●◒○○●三句六字，仄叶●●○○四句四字○○●●五句四字○●○○●六句五字，仄叶◒○◒●七句四字◒○○●八句四字◓●◓○○●九句六字，仄叶◓○●◒○◓●十句七字◓○●●十一句四字，仄叶

蘇軾

明月如霜，好風如水，清景無限。曲港跳魚，圓荷瀉露，寂寞無人見。紞如五鼓，鏗然一葉，黯黯夢雲驚斷。夜茫茫、重尋無覓處，覺來小園行遍。　天涯倦客，山中歸路，望斷故園心眼。燕子樓空，佳人何在，空鎖樓中燕。古今如夢，何曾夢覺，但有舊歡新怨。異時對、南樓夜景，為余浩歎。

洞仙歌令　雙調

東坡自序云：僕七歲時，見眉州老尼。姓朱，忘其名，年九十餘，自言嘗隨其師入蜀主孟昶宮中。一日大熱，主與花蕊夫人夜起，避暑摩訶池上，作一詞，朱具能記之。今四十年，朱已死久矣，人無知此詞者。獨記其首兩句，暇日尋味，豈《洞仙歌令》乎？乃為足之云。

前段六句，三韻，三十四字

◒○●●首句四字◒◒○○●二句五字，仄韻起◒●○○◒◒●三句七字，仄叶●◒◒◒●○●
◒○四句九字○◒●五句三字◒●◒●○●六句六字，仄叶

後段七句，三韻，四十九字

●○○●●首句五字◒●○○二句四字◒●○○●○●三句七字，仄叶●◒◒◒◒●○○四句九字◒◒●◒○○●五句七字，仄叶●◒●○○●○○六句八字●◒●○○◒○◒●七句九字，仄叶

蘇軾

冰肌玉骨，自清涼無汗。水殿風來暗香滿。繡簾開、一點明月窺人，人未寢，欹枕釵橫鬢亂。起來攜素手，庭户無聲，時見疎星渡河漢。試問夜如何、夜已三更，金波淡、玉繩低轉。但屈指、西風幾時來，又不道、流年暗中偷換。

蘇幙遮

《唐書》：呂元濟上書：比見方邑，相率為渾脱隊，駿馬胡服，名曰「蘇幙遮」。曲名亦取此。李太白詩「公孫大娘渾脱舞」，即此際之事也。

前段五句，四韻，三十一字

●○○首句三字○●●二句三字，仄韻起◒●○○◒●○○●三句九字，仄叶◒●◒○○●●四句

七字，仄叶◐●○○◐●○○●五句九字，仄叶

後段同前

周邦彦

隴雲沈，新月小。楊柳梢頭、能有春多少。試着羅裳寒尚峭。簾捲青樓、占得東風早。翠屏深，香篆裊。流水落花、不管劉郎到。三疊陽關聲漸杳。斷雨殘雲、只怕巫山曉。

醉公子

唐人《醉公子》詞，即詠公子醉也。又名《四换頭》，因其詞意四换云。或以問韓子蒼，子蒼曰：只是轉折多。且如剗襪下堦，是一轉矣；而苦其今夜醉，又是一轉；喜其入羅幃，又是一轉；不肯脱羅衣，又是一轉；後兩句自開釋，又是一轉。其後有一調四换韻者，亦名《醉公子》。

前段四句，二换韻，二十字

●●○○●首句五字，仄韻起○●○○●二句五字，仄叶●●●○○三句五字，平换○○●●○四句五字，仄叶

後段四句，二韻，二十字

◐●○○●首句五字，仄起●●○○●二句五字，仄叶○●●○○三句五字，平換○○◐●○四句五字，平叶

顧敻

漠漠秋雲淡。紅藕香侵檻。枕倚小山屏。金鋪向晚逈。睡起横波慢。獨望情何限。衰柳數聲蟬。魂銷似去年。

惜分飛

元祐中，東坡守杭州，毛澤民為法曹掾，東坡以衆人遇之。秩滿辭去，與籍妓瓊芳者別，妓置酒索詞，遂於席上創一調贈之，名曰《惜分飛》。是夕東坡燕客，妓遂歌此詞，至「今夜山深處，斷魂分付潮廻去」，東坡歎賞，問誰所作，妓以毛法曹對語。答曰：郡有詞人不及知，軾之罪也！折柬追回，流連數日而去。

前段四句，四韻，二十五字

◓●◒○○●●首句七字，仄韻起◒●○○●●二句六字，仄叶◓●○○●三句五字，仄叶◓○◒●
○○●四句七字，仄叶

後段同前

毛澤民

淚濕闌干花着露。愁到眉峰碧聚。此恨平分取。更無言語空相覷。　斷意殘雲無意緒。寂寞朝朝暮暮。今夜山深處。斷魂分付潮回去。

明張綖撰《詩餘圖譜》三卷，坿錄二卷，專取宋人歌詞聲調合節者，得一百十首，圖平仄於詞首，白圈為平，黑圈為仄，半白半黑為平仄通用。是編即補其未備。卷首不著卷數，卷尾版心又題為卷一，不知是否完足之本。原係舊鈔，向藏菰里瞿氏，毛家版本並未著錄。《詞苑英華》有《圖譜》三卷，即張氏原書，已刪去秦觀詞及綖自著詞各一卷矣。戊午立冬日，初園居士記於密娛小閣。

附録

一、生平

南湖墓誌銘

顧璟

賜進士出身，中順大夫，河南等處提刑按察司副使致仕，前南京兵部武選郎中，吴郡顧璟撰。

高郵有博雅君子，曰張世文。正德癸酉，與予同領鄉薦。明年會試禮部，偶聯席舍，始稔相識。既各萍梗散去，聲跡不相聞者二十年。嘉靖丁酉，予罷官里居，忽辱君惠顧，則通判武昌矣。相與敘故舊，道離索，因得竊窺所蘊，曰：「是瑰奇磊落人也！而涵揉不露，與世異趣者耶！」君亦喜予拙直不入時俗，遂成深交。其後，屢以公事至京，必亟過予，講論評品，傾竭不吝，益相厚善。庚子之會，謂予言：「久宦，荒我南湖！聞今已擢光守，予將納檄歸矣。」予曰：「吾子洪才，而倅車不得展，光州佳郡，而貪鄙者難之，何不一行，使光人樂得父母，且知世有循良也，胡爲以一方易一湖哉！」既而君瀝懇再三，卒不得請，乃强一任，未朞，被中罷歸。適會君懷甚樂也，以書告予，灑然無幾微介意。予極高之，獨恨阻遠，不獲相從。今年夏，忽傳君訃，悲痛未平。君子守中持太僕寺丞王君狀，來請銘以葬。嗚呼，吾忍銘吾世文耶！然相知誠厚無如吾二人者，而今則已矣，忍不爲銘！

按狀，君諱綖，字世文。其先陝之合水人。高祖文質仕元，爲雲南宣慰使。王師下雲南，率所部來歸，高皇帝嘉之，詔仍其官。後朝京師，擇地高郵請老焉。迨今五世爲高郵人。曾祖得義，祖仲良，父允通，生君兄弟四人，君最少。

七歲讀書，通大義，口占爲詩，時出奇句。十三遭父喪，哀毁如成人。嘗見道旁殍死者，撫而哭之曰：「他日爲政，何以使天下無此餓夫也！」十五遊郡庠，謁鄉賢祠，作詩，輒有俎豆其間意，蓋自少志已不凡。如此，每督學使者至，必遇以殊禮。兄弟更迭首冠，時有「四龍」之目。癸酉領舉，年甫二十有七。丙子卒業南雍，時陽明王公網羅人物，訪士於汪司成，獨以君對。王與君論及武王伐商，大加驚賞曰：「汪公謂子豪傑，真豪傑也！」平居商確義理，進退古人，多出人意表，聞者厭服。

八上春官不第。乙未，遂謁銓曹，得武昌通判，專督郡賦。武昌治會城，事劇而禮繁。君敬以事上而不逢其意，仁以撫下而不貸以法。歲終行縣，令有繫民催逋者，君愀然曰：「公賦固急，窮民凍餒囹圄中，可念也。」亟使放歸，責以春和完辦。十邑之民感惠爭輸，惟恐干三合之限。屬邑通城豪家多，橐盜爲楚豫患。君密啟當道捕除，且教以禮義，使知向善。

昭聖梓宫附陵，聖駕繼即南狩。君兩承大役，備極勞瘁，事集而民不擾，然未嘗自以爲功。有欲爲君顯白者，君力止之。暇則吊古尋幽，多所述作，政聲文譽並起，而忌亦隨之矣。及赴光州，設施未久，豪强斂跡，民有倚賴。歲凶民饑，請當道，得穀數萬賑之，全活者甚眾。述職京師，士民咸籲天禱神，祈其復來，竟以武昌上官誣君怠事遊詠，而君不可留矣。光人聞君將歸，相顧涕泣不已，而君欣然暢適，如釋重負。

先是，讀書武安湖上，自號南湖居士。及是，增構草堂數楹，貯書數千卷，其中多手自摽點，晝夜誦讀，目爲之眚，猶令人誦而默聽之。其癖好如此，故於聲利泊如也。爲詩文，操筆立就，而尤工於長短句，率意口占，皆合格調。然不欲以此自名，嘗謂：「人貴於道有見，無汲汲於立言也。」判武昌時，過留都，謁吕涇野先生，論及岳武穆班師，及所説《論語》數條，吕公嘆服曰：「君所見到此，若得嘉惠後學，有益於居官多矣。」予兄東橋公自湖南巡撫過家，予因問君，公稱許不容口，及得君罷官信，嘆息不已，與君書，有「古道難行，古心誰識」之語。蓋君高才絶識，而以誠心直道自將，故每爲名公賞拔如此。

君天性孝友，疾亟猶追念二親，形之詩句。兄子膽早孤多難，賴君扶植教育，今已領鄉舉。從弟某，家業顛墜，子頗慧，不能顧，君力經紀其家，教其子，使有成立。其他親友有不克婚喪者，不俟請求，輒周濟如己急。惠不自得，而人多德之。施於鄉者，多於官也。

元配王氏，生男一，即守中；女一，配朱玠。繼吳氏，生女二，一聘王太僕子學誠，一尚幼。

君生於成化丁未二月二十二日，以嘉靖癸卯五月五日卒，得年五十有七，以是年十二月初三日葬車邏鎮西新塋。

所著《詩餘圖譜》、《杜詩釋》、《杜詩本義》、《南湖入楚吟》，皆刊行於世，其他詩文未經編輯者，與《杜詩通》十八卷，皆藏於家。

嗚呼！君道在經濟而未竟其施，志在著述而未畢其願，樂在山水而未暢其情，甲子將周，齎志以殁，可勝痛哉！守中孝謹而文，庶幾嗣君之志者。銘曰：

儒也則醇，吏也則循。胡數之奇，而命之屯。弗究於其身，寔昌其後人！

明張守中輯刻《張南湖先生詩集》四卷卷首附録，明嘉靖三十二年癸丑（一五五三）刊本，原本藏臺北故宫博物院，收入中國國家數字圖書館《中華古籍資源庫》；另有《四庫全書存目叢書》本（集部第六八册，濟南：齊魯書社，一九九七年版），據上海圖書館藏本影印，此文附於卷四末尾。

二、序録

《新鐫補遺詩餘圖譜》序

謝天瑞

詩有法，詞有譜，尤金之有範，物之有則也。自三百篇之後，繼之古體，變爲律詩，迨南北朝始有詩餘焉。盛於唐宋，極於金元，而國朝諸名家，尤加綺麗。然凡作者，無非寓物適情，即今懷古，務尋商摘羽，戛玉敲金。一詞之倡，可以被之絃管，播之塵寰，四聲屬按，五音克諧，使抑揚反覆，罔不合體，斯之當矣。否則，差毫釐，謬千里，其牽率砌合而不馴熟者，則近於詠諧而已，曷可以詞目之耶？予素潛心樂府，麤知音律。雖不能繼往聖之萬一，而將引初學之入門。謹按調而填詞，隨詞而叶韻。其四聲五音之當辨者，句分而字注之，一一詳載。凡有一詞，即著一譜，毫無遺漏，以爲初學之標的。同吾志者，熟玩而深味之，即此類推，千變萬化，豈能窮耶？其作之工拙，則在乎人而已。予愧無紀述之材，僭作者之任，其罪安能逃哉！姑以有補於詞林之一助云爾。

時皇明歲次己亥季秋望後十日，武林後學謝天瑞甫謹識。

明萬曆二十七年己亥（一五九九）謝天瑞《新鐫補遺詩餘圖譜》本，原本藏北京中國國家圖書館，此據《續修四庫全書》本，集部·詞類，第一七三五册，上海：上海古籍出版社，二〇〇二年版。

《重刻詩餘圖譜》引

游元涇

聲音之道，原於天地，竅於人心，而播之呂律歌詠。自《國風》、《雅》、《頌》以降，變而爲《離騷》，爲樂府，又流而爲詩餘，爲歌曲，無恠乎大雅之代湮已。晚唐迄宋，詞曲更繁，雖以名公鉅筆，不無音節之戾，此南湖張公有《圖譜》之著也。蓋詩之爲體嚴而正，大率祖沈約之《類譜》，而我朝應制詩則悉遵《洪武正韻》也。至於填詞鼓曲，一準之《中原音韻》，不拘拘於四聲八病，分析平上去入矣。且調有定格，字有定數，詞有定名，韻有定叶，故《圖譜》一書，惟以平仄之白黑析圖於前，隨以先代名辭附録於後，庶仙客騷人，一有吟詠，按圖閱譜，按格填詞，昭於指掌，亦猶射之彀率，匠之繩墨也。第坊刻多訛，間有詞調無圖譜者，余於游藝之暇，校而增之，一新耳目，所爲裨益於詞林，詎小補哉。雖然，般倕善運，昌基巧中，泥方書者未必効，拘奕譜者未必勝，循乎法而不囿於法，存乎其人耳。慎無嗤是刻爲斫輪之糟粕也矣。

萬曆辛丑季秋九日，新安婺東後學惟清游元涇謹識於望台閣。

明萬曆二十九年辛丑（一六〇一）游元涇《增正詩餘圖譜》本，原本藏北京中國國家圖書館，又收入中國國家數字圖書館《中華古籍資源庫》。

《重刻詩餘圖譜》序

王象晉

填詞非詩也，然不可謂無當於詩也。詩三百篇，郊廟之所登聞，明良之所賡和，學士大夫之所宣播，窮巖邃谷田畯紅女之所詠吟，採之輶軒，被之絃管，靡不洋洋纚纚，可諷可詠。删定一經，炳烺千古，此與王跡爲存亡者也。詩止矣，跫乎難繼矣。詩亡而後有樂府，樂府亡而後有詩餘。詩餘者，樂府之派別，而後世歌曲之開先也。李唐以詩取士，爲律，爲古，爲排，爲絶，爲五七言，爲長短句，非不較若列眉，然此李唐之詩，非成周之詩也。詩餘一脉，肇自趙宋，列爲規格，填以藻詞，一時文人才士，交相矜尚。或發紓獨得，或酬應鴻篇；或感慨今昔，或欣厭榮落。或柔態膩理，宣究諦而寄幽情；或比物託興，圖節敘而繪花鳥。憶美人者盻西方，思王孫者怨芳草；望西歸者懷好音，抱孤憤者賦楚些。譬照乘之珠，連城之玉，散在几席，晶光四射，爲有目人所共賞，有心人所共珍，豈不膾炙一時，流耀來裔哉。然可謂唐詩之餘，非周詩之餘也。宋崇寧間，命周美成等討論古音，比律切調，於時有十二律、六十家、八十四調，而柳屯田遂增至二百餘調。總之，以李青蓮之《憶秦娥》、《菩薩蠻》爲開山鼻祖。裔是而降，遞相祖述，靡不換羽移商，務爲艷冶靡麗之談，詩若蕩然無餘。究而言之，詩亡於周，而盛於唐；詩盛於唐，而餘於宋。總之，元聲本之天地，至情發之人心，音韻合之宫商，格調協之風會。風會一流，音響隨易，何餘非詩？何唐宋非周？謂宋之填詞即宋之詩可也，即李唐成周之詩亦可也。南湖張子，創爲《詩餘圖譜》三卷，圖刻於前，詞綴於後，韻脚句法，犂然井然，一披閲而調可守，韻可循，字推句敲，無事望洋，誠修詞家南車已。萬曆甲午、乙未間，予兄霽宇刻之上谷署中，見者爭相玩賞，竟携之而去。今書簏所存，日見寥寥，遲以歲月，計當無剩本已。海虞毛子晉，博雅好古，見予讐較此編，遂請歸而付之剞人，使四十年前几案間物，頓還舊觀，亦一段快心事也。若曰月露風雲，此騷人墨客之小技，無當實用，請以質之三百篇。至於探詞源，稽事因，編次歲月，舉散見於群籍中者，類而綴之，别爲一卷，則子晉已先得我心，亦庶幾博雅之一助云。

崇禎乙亥小春月，濟南王象晉書於天中之冰玉軒中。

明毛晉汲古閣刻《詞苑英華》本，原本藏北京大學圖書館，此據《四庫全書存目叢書》本，集部·詞曲類，第四二五册，濟南：齊魯書社，一九九七年版。

《草堂詩餘別録》序

張　綖

歌詠以養性情，故聲歌之詞有不得而廢者。詩餘者，唐宋以來之慢調也，吴文節公於《文章辨體》亦有取焉。雖亦艷歌之聲，比之今曲，猶爲古雅，故君子尚之。當時集本亦多，惟《草堂詩餘》流行於世。其間復猥雜不粹，今觀老先生硃筆點取，皆平和高麗之調，誠可則而可歌。復命愚生再校，輒敢盡其愚見，因於各詞下漫注數語，略見去取之意，别爲一録呈上。倘有可取，進教幸甚。

明張綖《草堂詩餘别録》自序，作於嘉靖十七年戊戌（一五三八），明黎儀鈔録本，原本藏上海圖書館，此據朱崇才《詞話叢編·續編》本，第一册，北京：人民文學出版社，二〇一〇年版，第五五頁。

《淮海長短句》跋

張　綖

陳後山云：「今之詞手，惟有秦七、黄九。」即謂淮海、山谷也。然詞尚豐潤，山谷特瘦健，似非秦比。此在諸公非其至，多出一時之興，不自甚惜，故散落者多。其風懷綺麗者，流播人口，獨見傳録，蓋亦泰山毫芒耳。字復舛誤，頗爲辨正。其有一二字不可校者，不欲以臆見輒易，存闕文之意，更俟善本正之。嘉靖己亥中秋日，南湖張綖識。

明張綖編刻《淮海集》本《淮海長短句》卷末識語，作於嘉靖十八年己亥（一五三九）中秋，原本藏北京中國國家圖書館，又收入中國國家數字圖書館《中華古籍資源庫》。

《淮海集》提要

《淮海集》四十卷，《後集》六卷，《長短句》三卷，宋秦觀撰。觀事跡具《宋史・文苑傳》。觀與兩弟覿、覯皆知名，而觀集獨傳。本傳稱文麗而思深。《苕溪漁隱叢話》載蘇軾薦觀於王安石，安石答書，述葉致遠之言，以爲清新婉麗，有似鮑謝。敖陶孫詩評則謂其詩如時女步春，終傷婉弱，元好問論詩絕句因有「女郎詩」之譏。今觀其集，少年所作，神鋒太儁或有之，概以爲靡曼之音，則詆之太甚。呂本中《童蒙訓》曰：少游「雨砌墮危芳，風櫺納飛絮」之類，李公擇以爲謝家兄弟不能過也。過嶺以後詩，高古嚴重，自成一家，與舊作不同。斯公論矣。觀雷州詩八首，後人誤編之東坡集中，不能辨別，則安得概目以小石調乎？其古文在當時亦最有名，故陳善《捫蝨新話》曰：呂居仁嘗云少游從東坡遊，而其文字乃自學西漢。以余觀之，少游文格似正，所進策論，頗若刻露，不甚含蓄。若比東坡，不覺望洋而嘆，然亦自成一家云云。亦定評也。《王直方詩話》稱觀贈參寥詩末句曰「平康在何處，十里帶垂楊」，爲孫覺所呵，後編《淮海集》，則改云「經旬滯酒伴，猶未獻長楊」。則此集爲觀所自定。《文獻通考》別集類載《淮海集》三十卷，又歌詞類載《淮海集》一卷，《宋史》則作四十卷。今本卷數與《宋史》相同，而多《後集》六卷、《長短句》分爲三卷，蓋嘉靖中高郵張綖以黄瓚本及監本重爲編次云。

清《四庫全書總目》卷一五四，北京：中華書局，一九六五年影印本，下册，第一三三〇頁。

《詩餘圖譜》提要

《詩餘圖譜》三卷，附録二卷，明張綖撰。綖有《杜詩通》，已著録。是編取宋人歌詞，擇聲調合節者一百十首，彙而譜之，各圖其平仄於前，而綴詞於後。有當平當仄、可平可仄二例，而往往不據古詞，意爲填註。於古人故爲拗句，以取抗墜之節者，多改諧詩句之律。又校讎不精，所謂黑圈爲仄，白圈爲平，半黑半白爲平仄通者，亦多混淆，殊非善本，宜爲萬樹《詞律》所譏。末附秦觀詞及綖所作詞各一卷，尤爲不倫。

清《四庫全書總目》卷二百，同上版，第一八三五頁。

《杜詩通》提要

《杜詩通》十六卷，《本義》四卷，明張綖註。綖字世文。《千頃堂書目》作字世昌，疑傳寫誤也。高郵人，正德癸酉舉人，官至光州知州。是編因清江范德機批點杜詩三百十一篇，每首先明訓詁名物，後詮作意，頗能去詩家鉤棘穿鑿之説，而其失又在於淺近。《本義》四卷，皆釋七言律詩，大抵順文演意，均不能窺杜之藩籬也。

清《四庫全書總目》卷一七四，同上版，第一五三二頁。

《南湖詩集》提要

《南湖詩集》四卷，明張綖撰。綖有《杜詩通》，已著録。是集詩多艷體，頗涉佻薄，殆《玉臺》、《香奩》之末流。每卷皆附詞數闋。考綖嘗作《填詞圖譜》，蓋刻意於倚聲者，宜其詩皆如詞矣。

清《四庫全書總目》卷一七六，同上版，第一五七四頁。

三、評論

填詞平仄及斷句皆定數，而詞人語意所到，時有參差。如秦少游《水龍吟》前段歇拍句云：「紅成陣，飛鴛甃。」換頭落句云：「念多情但有，當時皓月，照人依舊。」以詞意言，「當時皓月」作一句，「照人依舊」作一句。以詞調拍眼，「但有當時」作一拍，「皓月照」作一拍，「人依舊」作一拍，爲是也。維揚張世文云：陸放翁《水龍吟》，首句本是六字，第二句本是七字。若「摩訶池上追遊客」則七字。下云「紅緑參差春晚」，却是六字。又如後篇《瑞鶴仙》，「冰輪桂花滿溢」爲句，以「滿」字叶，而以「溢」字帶在下句。别如二句分作三句，三句合作二句者尤多。然句法雖不同，而字數不少，妙在歌者上下縱横取協爾。古詩亦有此法，如王介甫「一讀亦使我，慨然想遺風」是也。

明楊慎《詞品》卷一「填詞句參差不同」條，據唐圭璋編《詞話叢編》本，北京：中華書局，一九八六年版，第四三六頁。

秦少游《滿庭芳》「晚色雲開」，今本誤作「晚兔雲開」，不通。維揚張綖刻《詩餘圖譜》，以意改「兔」作「見」，亦非。按《花庵詞選》作「晚色雲開」，當從之。

明楊慎《詞品》卷三「滿庭芳」條，據唐圭璋編《詞話叢編》本，同上版，第四七六頁。

張世文曰：詞體大略有二：一婉約，一豪放，蓋詞情蘊藉，氣象恢弘之謂耳。然亦在乎其人，如少游多婉約，東坡多豪放。東坡稱少游爲今之詞手，大抵以婉約爲正也。所以後山評東坡，如教坊雷大使舞，雖極天下之工，要非本色。

清王又華《古今詞論》「張世文詞論」條，據唐圭璋編《詞話叢編》本，同上版，第五九六頁。

今人作詩餘，多據張南湖《詩餘圖譜》及程明善《嘯餘譜》二書。南湖譜平仄差核，而用黑白及半黑半白圈，以分別之，不無魚豕之訛，且載調太畧。如《粉蝶兒》與《惜奴嬌》，本係兩體，但字數稍同，及起句相似，遂誤爲一體，恐亦未安。至《嘯餘譜》，則舛誤益甚。如《念奴嬌》之與《無俗念》、《百字謡》、《大江乘》，《賀新郎》之與《金縷曲》，《金人捧露盤》之與《上西平》，本一體也，而分載數體。《燕春臺》之即《燕臺春》，《大江乘》之即《大江東》，《秋霽》之即《春霽》，《棘影》之即《疎影》，本無異名也，而誤仍譌字。或列數體，或逸本名。甚至錯亂句讀，增減字數，而强綴標目，妄分韻脚。又如《千年調》、《六州歌頭》、《陽關引》、《帝臺春》之類，句數率皆淆亂。成譜如是，學者奉爲金科玉律，何以迄無駁正者耶。

清鄒祇謨《遠志齋詞衷》「張程二譜多舛誤」條，據唐圭璋編《詞話叢編》本，同上版，第六四三頁。

張光州南湖《詩餘圖譜》，於詞學失傳之日，創爲譜系，有蓽路藍縷之功。虞山詩選云：南湖少從王西樓遊，刻意填詞，必求合某宫某調，某調第幾聲，其聲出入第幾犯，抗墜圓美，必求合作。則此言似屬溢論。大約南湖所載，俱係習見諸體，一按字數多寡、韻脚平仄，而於音律之學，尚隔一塵。試觀柳永《樂章集》中，有同一體而分大石、歇指諸調，按之平仄，亦復無别。此理近人原無見解，亦如公畝所言徐六擔板耳。

清鄒祇謨《遠志齋詞衷》「南湖詩餘圖譜」條，據唐圭璋編《詞話叢編》本，同上版，第六五八頁。

張世文曰：少游多婉約，子瞻多豪放，當以婉約爲主。

清沈雄《古今詞話·詞話》上卷「少游多婉約子瞻多豪放」條，據唐圭璋編《詞話叢編》本，同上版，第七六六頁。

張南湖論詞派有二：一曰婉約，一曰豪放。僕謂婉約以易安爲宗，豪放惟幼安稱首，皆吾濟南人，難乎爲繼矣。

清王士禛《花草蒙拾》「婉約與豪放二派」條，據唐圭璋編《詞話叢編》本，同上版，第六八五頁。

錢謙益曰：張南湖少從王西樓刻意填詞，必求合某宫，合某調，某調第幾聲，其聲出入第幾犯，抗墜圓美，以期合作，謂之當行。余對之曰，南湖《圖譜》，俱係習見諸體，一按字數多寡，句讀平仄，至宫律之學，尚隔一塵。試覽《樂章集》中，有同一體而分載大石、歇指，較之多寡平仄，更大有別，此理亦近人未解。

清沈雄《古今詞話·詞品》上卷「按律」條，據唐圭璋編《詞話叢編》本，同上版，第八二九頁。

按張世文《水龍吟》，起句本是六字，第二句本是七字。若放翁「摩訶池上追游路，紅緑參差較晚」，上七字，下六字，世文以此疑之。余閲章質夫「燕忙鶯懶芳殘」，與少游「小樓連苑橫空」不異。但質夫下句「正堤上柳花飛墜」，東坡下句「也無人惜從教墜」及「下窺繡轂雕鞍驟」，則又語意參差。……

按張綖卒章：「望王孫，甚日歸來，除是車輪生角。」未爲知調者。只看東坡之「作霜天曉」，稼軒之「繫斜陽纜」，秋澗之「枕秋蟾醉」，玉林之「與煙霞會」，以多者證之如是。若劉後村之「做先生處士，一生一世，不論資考」，毛幵之「念素心空在，徂年易失，淚如鉛水」，則知六字句之兩句與三字句之兩句，不可破其斷句，而四字末句之空頭體，則又可嚴可不嚴也。

清沈雄《古今詞話・詞辨》下卷「水龍吟」條，據唐圭璋編《詞話叢編》本，同上版，第九四九—九五〇頁。

沈雄曰：維揚張世文爲《圖譜》，絕不似《嘯餘譜》、《詞體明辨》之有舛錯，而爲之規規矩矩，亦填詞家之一助也。乃其自製《鵲踏枝》有云：「紫燕雙飛深院靜。簟枕紗廚，睡起嬌如病。一綫碧煙縈藻井。小鬟茶進龍香餅。」又：「斜日高樓明錦幕。樓上佳人，癡倚闌干角。心事不知緣底惡。對花珠淚雙雙落。」更自新蒨蘊藉，振起一時者。

清沈雄《古今詞話・詞評》下卷「張綖」條，據唐圭璋編《詞話叢編》本，同上版，第一〇二九頁。

詞有一體而數名者，亦有數體而一名者，詮叙字數，不無次第參錯，其一二字之間，在於作者研詳綜變，譜中譜外，多取唐、宋人本詞較合，便得指南。張世文、謝天瑞、徐伯曾（魯）、程明善等，前後增損繁簡，俱未盡善。

清馮金伯《詞苑萃編》卷九《指摘》「詞有一體數名」條引俞少卿詞話，據唐圭璋編《詞話叢編》本，同上版，第一九七九頁。

蒲褐山房詩話：「樓儼，號西浦，義烏人。居申江，與繆雪莊、張幻花以詞倡和。康熙癸丑，詔修《詞譜》，被薦與杜紫綸同館纂修，辨析體制，考訂源流，駁正萬氏《詞律》百餘條，最中窾要。又以張綖之《詩餘圖譜》、程明善之《嘯餘譜》，及毛先舒之《詞學全書》，率皆謬妄錯雜，倚聲家無所遵循。因自訂《群雅集》一書，以四聲二十八調爲經，而以詞之有宫調者爲緯，並以詞之無宫調者，依世代爲先後，附於其下。朱竹垞先生爲之序。以卷帙繁重，未及開雕。今不可復得矣。」詒案：《群雅集序》，前已詳論之矣。至以四聲二十八調爲經，以詞之有宫調者爲緯，即詒之以古之七音十二律爲經，以今之四上工尺爲緯，删複正誤之意也（見二卷第二條）。惜乎《群雅集》不傳於世，而詞學之流，遂成絶響。

清江順詒《詞學集成》卷一《一曰源》「樓儼自訂群雅集」條，據唐圭璋編《詞話叢編》本，同上版，第三二二四頁。

張綖云：「少游多婉約，子瞻多豪放，當以婉約爲主。」此亦似是而非，不關痛癢語也。誠能本諸忠厚，而出以沉鬱，豪放亦可，婉約亦可，否則豪放嫌其粗魯，婉約又病其纖弱矣。

清陳廷焯《白雨齋詞話》卷一「張綖論蘇秦詞似是而非」條，據唐圭璋編《詞話叢編》本，同上版，第三七八五頁。